『西廂記』変遷史の研究

黄冬柏 著

白帝社

明・崇禎十三年（一六四〇）閔齊伋刻『西廂記』カラー挿絵
（ドイツ・ケルン東方芸術博物館所蔵、上海古籍出版社『明閔齊伋絵刻西廂記彩図』二〇〇五年影印本による。本文扉の挿絵も同様）

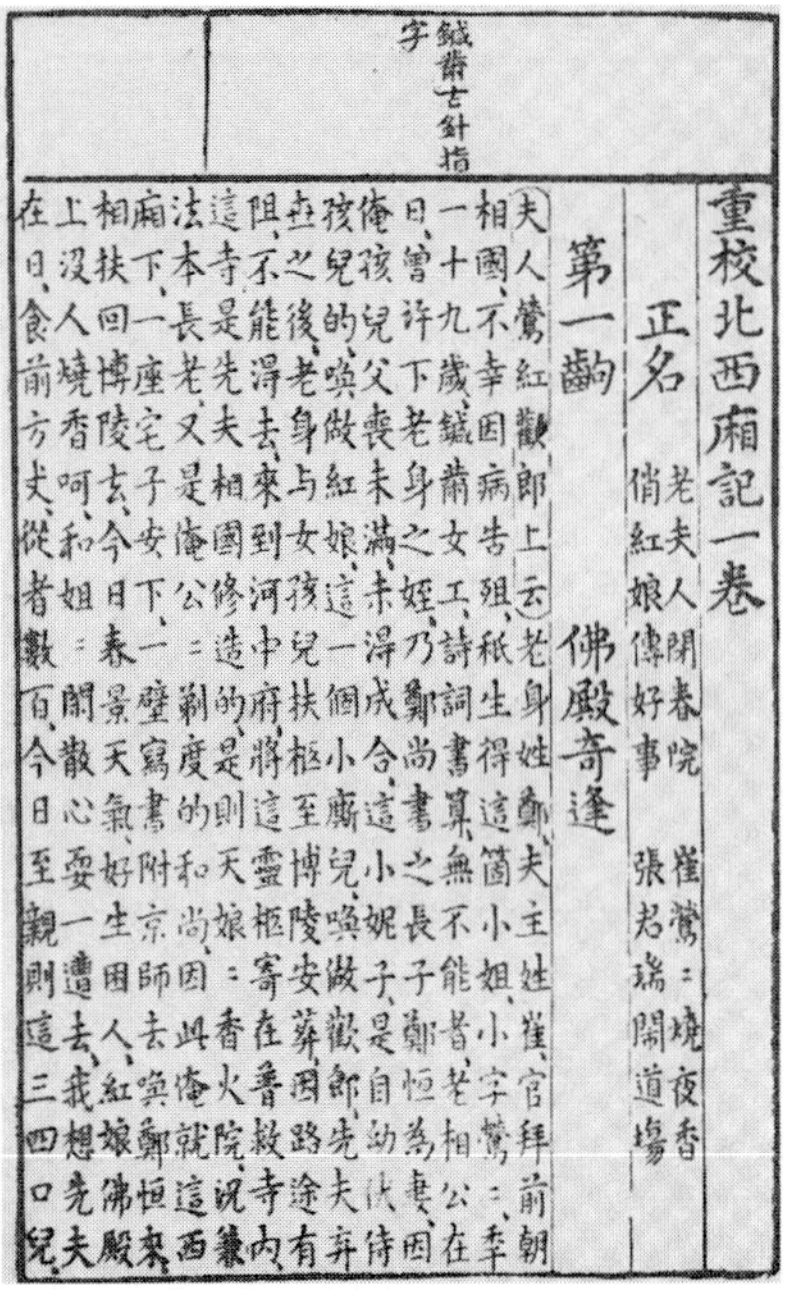
重校北西廂記一卷

正名 老夫人閑春院 崔鶯鶯燒夜香
俏紅娘傳好事 張君瑞鬧道場

第一齣 佛殿奇逢

明・万暦二十六年（一五九八）
継志斎刊『重校北西廂記』
（内閣文庫蔵）

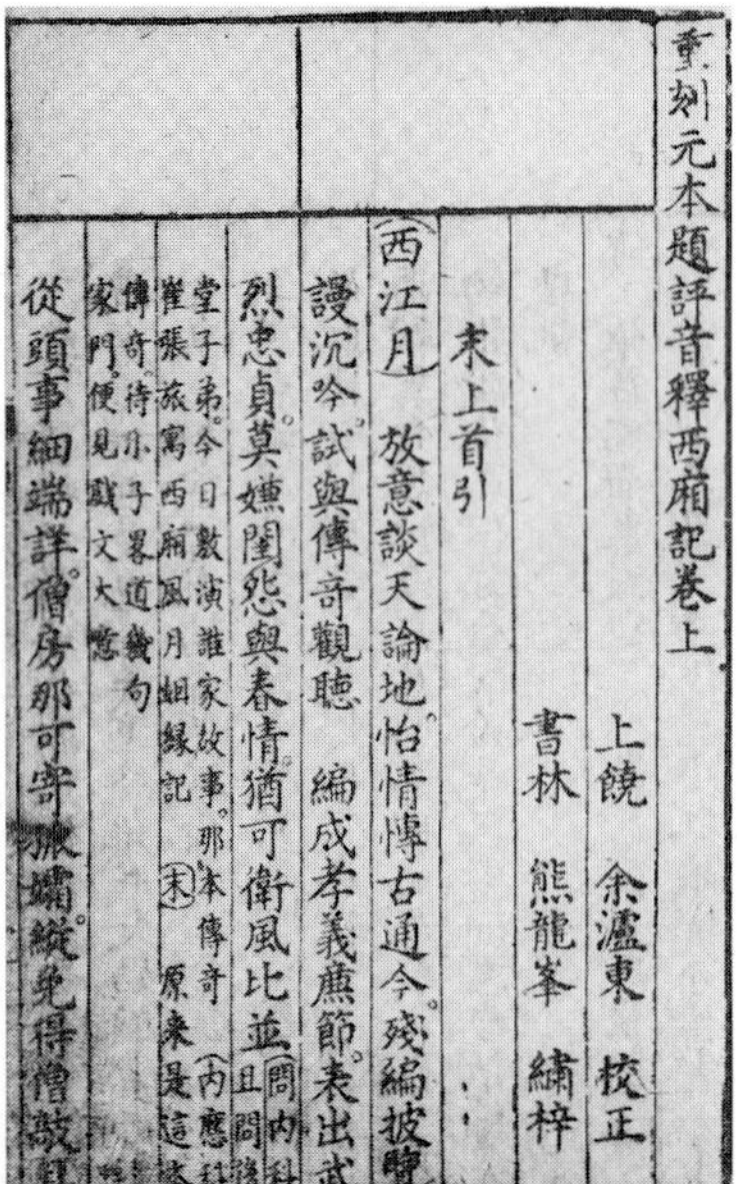
重刻元本題評音釋西廂記卷上

上饒 余瀘東 校正
書林 熊龍峯 繡梓

末上首引

（西江月）放意談天論地 怡情博古通今 殘編披覽
謾沉吟 試與傳奇觀聽 編成孝義廉節 表出武
烈忠貞 莫嫌閨怨與春情 猶可衛風比並

從頭事細端詳 僧房那可寄

明・万暦二十年（一五九二）
熊龍峯刊『重刻元本題評音釈西廂記』
（内閣文庫蔵）

序

竹村　則行

行く川の流れは絶えずして、しかも本の水にあらず。淀みに浮ぶうたかたは、かつ消えかつ結びて久しく止まる事なし。

周知の『方丈記』冒頭のこの一節は鴨長明が人世の無常を説いたものとされるが、いま「行く川の流れ」を文学史に、「淀みに浮ぶうたかた」を人生の悲歓離合を描いた個々の文学作品に当てはめて考えてもぴったり符合する。

古今東西の全ての文学史と同じく、中国文学史上においても、今日に至るまで無数の文学作品がうたかたのように次々と誕生し、そして消滅を繰り返してきた。一時に名を馳せてすぐに消滅した作品もあれば、さほど有名ではないが細く長く読み継がれる作品もある。作品の伝承如何は時代思潮や場所の特性、その他の条件によって様々に変動するであろうが、全ての名著作品に共通する要素として、時間（歴史）や空間（国際）を超え、多くの読者が感動をもって不断に読み継ぐ、それだけの魅力を作品自体が内包していることが挙げられる。一世を風靡した話題作でも、後世の読者が絶えればその作品は消滅するし、外国語の作品であっても、内容が感動的であれば、翻訳を通して国境を超えた愛読者によって作品が伝承されることは、従来の多くの名著が等しく証明するところである。

『西廂記』は中国文学屈指の名著である。なぜか。解答は至って簡単、その成立時から今日に至るまで、中国の内外を問わず多数の愛読者を獲得して来たし、今後も確実にそうであろうことが予測できるからである。

本著がすでに述べるように、『西廂記』物語の発端は唐・元稹の「鶯鶯伝」にある。

作者と思しき張生が、山西の名刹普救寺において崔鶯鶯と運命の出会いをすることから話は始まる。いくらかの経緯の後、二人は純愛をもって結ばれるが、やがて張生の科挙受験のための上京を経て二人は別離し、それぞれに配偶者を得る。後に鶯鶯を忘れ切れない張生は再会を求める手紙を書くが、鶯鶯はこれをきっぱり拒絶する。

拙文の梗概では感動が薄れるが、中唐の山西という時間と場所、才子受験生と深窓佳人との邂逅と別離、そして悲劇の結末という要素を持ったこの佳人才子物語は成立当時から好評を博したが、その後、宋元明清朝を経て、様々な分野の文学作品に取り上げられ、今日『西廂記』という名称で名著の評価を揺るぎないものにしている。

このいわゆる『西廂記』物語の伝承の特徴は、「鶯鶯伝」や『西廂記』に結晶する小説や戯曲を含み、詩文や音曲、絵画等の様々な表現芸術の素材に広く取り上げられ、それが伝存していることにある。すなわち本著が述べるように、文学的には唐代伝奇小説・宋代鼓子詞・金代諸宮調・元代雑劇・明代清代伝奇等がそうである。従来の『西廂記』研究はともすれば個別作品の研究に重点を置き、これらを全体的に考察しようとする研究は必ずしも多くなかった。

本著は、この張生と鶯鶯の恋物語に取材した各種作品について、従来の研究動向を踏まえた上で、作者、版本、主題、人物像等の多彩な方面から総括的に考察しようとしたものであり、いわば特定テーマを設定した『西廂記』文学史研究と言うことも可能である。

本著は至る所に著者の新見解が披瀝されるが、従来の研究になかった、あるいは乏しかった新局面を切り開いた点として、趙令畤『商調蝶恋花』の発掘（第二章）、及び明清期の関連俗曲・脚本・序跋等の検討（第四―七章）が挙げられる。まず宋朝の宗室であり、蘇軾門下でもある趙令畤の『商調蝶恋花』詞については従来本格的な研究が乏しかったが、著者は十二首の全てにわたって詳細に分析し、これが後に続く『董西廂』『王西廂』の先蹤を成すものであることを論証した。このことは『西廂記』文学史研究上の新たな業績として評価されるであろう。また明清期には出版業の盛行も相まって多種多様の『西廂記』関連俗曲・脚本・序跋が作られ、今日に伝存しているが、著者はこれらの一一について綿密に検討し、明清文学史上における『西廂記』の伝承を実証的に考証した。時間を超越できない我々は当時の上演は実体験できないし、今日上演される『西廂記』戯曲を観劇してもなお隔靴掻痒の感がある。とすれば、当時の資料を丹念に読み込むことは一つの有力な方法である。著者が本著の第四章『西廂記』の流伝、第五章『西廂記』の上演、第六章『西廂記』の序跋、第七章『西廂記』の批評に分かって、特に明清期の関連資料を詳細に分析するのは、地味で労苦のみ多い作業であるが、研究としては最も着実な方法であると言える。

著者の黄冬柏君は上海出身の有為の研究者である。上海は近世以後今日まで高度の文化水準を誇っており、その豊穣な風土に生まれ育った本人の文化基盤は相当に高い。本人は平成四年（一九九二）に研究生として筆者の勤務する九州大学中国文学研究室に参じて以来、今日に至るまで一貫して倦むことなく『西廂記』研究に従事してきた。その長年の研究成果は『『西廂記』変遷史研究』にまとめられ、平成十四年（二〇〇二）に九州大学から博士（文学）の学位を授与された。すなわち本著の原型である。

著者の研究者としての成長を傍で見守ってきた日本の一研究者として、筆者には一抹の感慨がある。それは、本人の研究の場は中国が良かったのか、日本が良かったかの問題である。巷間に日中の学術研究の欠陥を評して〝中国の研究は大から大へ、日本の研究は小から小へ〟と言われる（多分に筆者の造語であるが）。おおむね従来の中国側の研究は大鉈を振り回す大まかのものが多く、対して日本側の研究は重箱の隅をつつく態の微細に過ぎるものが多いことの辛口評価である。むろん両方の長所を併せて〝構想は大胆であり、かつ論述は精細である〟論著が好ましいことは言うまでもない（そういう論著も近年は確かに増えている）。黄君は中国上海に生まれ育ち、日本で研究の仕方を学んだ（当方の指導は及ばなかったが、多くは本人が自ら学んだ）。筆者は、黄君の本著が日中双方の学問研究の長所を併有していることを確信する。

二〇〇九年十一月吉日

九州大学中国文学研究室にて

目　次

第一章　西廂故事と小説戯曲
――小説『伝奇』から雑劇『西廂記』へ――

第二章　西廂故事と講唱文芸
――宋・趙令畤『商調蝶恋花』をめぐって――

第三章　西廂故事の戯曲化
――金・董解元『西廂記諸宮調』を中心として――

第四章 『西廂記』の流伝

——明代伝奇から民歌俗曲へ——

第五章 『西廂記』の上演

——案頭書から台上曲へ——

第六章　『西廂記』の序跋
――序跋に見る戯曲の理念――

付録

序論　『西廂記』変遷史概説

『西廂記』は中国古典戯曲の傑作であり、長編小説『紅楼夢』と並んで中国文学史上の双璧と称されている。『西廂記』という作品を作ったのは王実甫であるが、実際には、唐の元稹をはじめ、宋の趙令時、金の董解元、そして名もない多くの民間芸人などが、『西廂記』故事の流伝と発展に大きな役割を果たした。もし先行作品である唐代伝奇小説『鶯鶯伝』、宋代鼓子詞『元微之崔鶯鶯商調蝶恋花』、金代諸宮調『西廂記諸宮調』などがなければ、元代雑劇『西廂記』が誕生することもなかったであろう。『西廂記』故事はある個人によって作り出された物語というよりも、むしろ衆知の精華であり、また時代の産物であるというべきであろう。

本書で取り上げる『西廂記』変遷史とは、すなわち崔鶯鶯と張生の恋愛を題材とする『西廂記』故事の時間的変化と空間的流伝の歴史であり、『西廂記』故事の内容と形式に、絶えず新機軸を打ち出す発展の歴史でもある。『鶯鶯伝』から『元微之崔鶯鶯商調蝶恋花』『董解元西廂記』『西廂記』、そして明代伝奇『南西廂記』、清代金聖歎『第六才子書西廂記』に至るまで、この『西廂記』故事は、時代の推移に伴って、読者や聴衆の嗜好に合わせ、文人作者あるいは民間芸人によって、ストーリーやモチーフといった内容面だけではなく、形式面を含めて、様々なレベルで改変を加えられ、いろいろな作品に作り上げられてきた。また、こうした不断の改変と発展によって、『西廂記』故事はその命脈を保ち、時代・ジャンル、そして受容者の階層を超えて、人口に膾炙し、雅俗ともに賞賛されたのである。

中国俗文学史において、伝奇小説から講唱文芸（語りの部分と歌の部分を含む民間芸能）、そして戯曲へという発展過程における、それぞれの密接な関係は注目に値する。『西廂記』『牡丹亭』『長生殿』など古典戯曲の傑作は、すべて長期にわたって各々流伝と改変とを経た物語を基にして、王実甫・湯顕祖・洪昇らの偉大な劇作家によって完成されたものである。従って、『西廂記』文学の研究は、単に崔鶯鶯と張生の恋愛を題材とする作品の解明にとどまらず、中国小説戯曲発展史を考察する上でも、極めて重要な意義を持つと思われる。

一　従来の研究とその問題点

『西廂記』文学の研究は、すでに長い歴史があり、「紅学」（長編小説『紅楼夢』研究）と並んで、「西学」とも呼ばれている。蔣星煜が「『西学』在揺籃中叫嚷」の中で、

作爲一門科學、「西學」不如「紅學」那樣成熟、甚至人們也許根本不承認。但是、它已經出生、並在揺籃中叫嚷了、我們不能充耳不聞。這是客觀存在。

一つの科学として、「西学」は「紅学」ほど成熟していないし、そもそも、人々にはまだ認知されていないかもしれない。しかし、「西学」はすでに誕生し、ゆりかごの中でうぶ声をあげ、我々が耳をふさいで聞かないというわけにはいかない。これはもはや客観的な事実である。(1)

と指摘するように、『西廂記』研究は、中国文学における最も重要な研究テーマの一つとして認識されつつある。『西廂記』が世に問われて以来今日まで、主にその作者・版本・内容・表現などの問題をめぐって数多くの考察がなされ、いくつかの大きな成果も挙がっている。(2)その研究の現状を概観すれば、以下のとおりである。

（一）作者について

明清以来、『西廂記』の作者については、様々に論じられてきた。その中で主たるものは、おおむね次の四説、すなわち①王実甫単独説、②関漢卿単独説、③王作関続説、④関作王続説である。

元・鍾嗣成の『録鬼簿』や、明・朱権の『太和正音譜』などの記載によれば、『西廂記』の作者は王実甫とされる。従って、「王実甫単独説」は最も古くかつ確実な証拠を有するものとして、長く世に信じられてきたが、時代の推移に伴って、他の三説が相次いで提出された。特に明の嘉靖（一五二二—一五六六）頃に出現した「王作関続説」（『西廂記』の第一本より第四本に至る十六折が王実甫の原作で、第五本の四折は関漢卿の続作だとする説）は、当時の文壇の盟主であった王世貞（一五二六—一五九〇）の誤信と宣伝によって、大いに盛行した。近代に至って、著名な学者である王国維・呉梅・王季烈・劉世珩・魯迅らも、総じてこの説に賛同している。

ところが、一九四四年、王季思は「『西廂記』作者考」[3]という論考を発表した。同氏は王実甫と関漢卿とがそれぞれ活躍していた時代や、『西廂記』の風格および構造といった角度から総合的に分析した上で、『西廂記』は王実甫一人によって作られたものだという結論を出したのである。それ以後、作者に関する議論は今日までも続いている。例えば、陳中凡の衆人合作説[4]や、呉金夫と陳紹華の関漢卿作説[5]、および蔣星煜と蔡運長の王作関続説[6]、などの考察が議論を呼んでいたが、張人和など多くの研究家も「王実甫作説」を支持している[7]。ちなみに、田中謙二は、音韻分析というユニークな角度から、「王作関続説」を否定し、『西廂記』の五本二十一折はすべて王実甫の手によるものだと論証している[8]。

（二）版本について

中国古典戯曲作品の中で、『西廂記』の版本は最も多く見られるものである。今日知るところによれば、明代においては六十余種の刊本が上梓され、清代の刊本も七十種余りに上り、さらに現在に至っても約五十種の校注本が出版されている。例えば、明の万暦八年（一五八〇）に刊行された徐士範の『重刻元本題評音釈西廂記』や、万暦四十二年（一六一四）に上梓された王驥徳の『新校注古本西廂記』、また天啓年間（一六二一—一六二七）凌濛初の『西廂記』、清の順治十三年（一六五六）金聖歎の『第六才子書西廂記』などは、その中でも後世に大きな影響力を持った版本である。特に、『第六才子書西廂記』は世に出て以後、その読みやすさと批評の奇警さとが相まって、他の版本を圧倒し、一世を風靡して後世にも多大な影響を及ぼした。そして、清末民国初に至ると劉世珩の編纂による『暖紅室彙刻伝劇』が刊行され、その中に収められた凌濛初の『西廂記』が次から次へと翻刻されて、『西廂記』の通行本として大いに流行した。それ以降出版された王季思の『集評校注西廂記』（一九四九年、上海開明書店）や、呉暁鈴の『西廂記』（一九五四年、作家出版社）などは、みなこの凌濛初の『西廂記』を底本として校注されたものである。王季思校注本は、詳細な注解と広範にわたる用例を備え、しかも数回にわたる修訂を経て重刷されたことで、現在でも最も重用される版本となっている。

その一方で、『西廂記』の版本に関する研究も盛んに行われている。一九三二年に鄭振鐸は「『西廂記』的本来面目是怎様的」[9]を発表し、『西廂記』の体例と版本について基本的な考証を施した。その後、田中謙二は相次いで「『西廂記』版本の研究」[10]、「『西廂記』諸本の信憑性」[11]を発表し、現存する諸本を厳密に校勘した上で、それぞれの評価を定めた。一九七〇年には、伝田章が明代に刊行された『西廂記』諸本の伝存状況を丹念に調査した労作『明刊元雑劇西廂記目録[12]』を発表した。この目録は以後の『西廂記』版本研究に多大な貢献をしている。またその後出版された蔣星煜の『明刊本西廂記研究[13]』は、それまでの『西廂記』版本研究の集大成とも言える最も系統的な論著である。一九八〇年代以後は、蔣星煜、張人和らの研究者が、版本に関する一連の論文を発表し、この分野の研究をさらに推し進めている。

（三）主題について

男女の恋愛・婚姻の自由を提唱する『西廂記』は、明代以来、「伝奇の冠」（明・胡応麟『少室山房筆叢』巻四十一「荘嶽委談」）、あるいは「天下の至文」（明・李卓吾『焚書』巻三「童心説」）といった評価を与えられると同時に、「誨淫の書」との汚名をも着せられ、特に清代に入ると時折禁書のリストに載せられて弾圧を被った[14]。この「淫書説」に対して最初に強く反駁《はんばく》したのが金聖歎（一六〇八―一六六一）である。彼は「読第六才子書西廂記法」の中で、猛烈に「淫書説」を批判している。

『西廂記』斷斷不是淫書、斷斷是妙文。……文者見之謂之文、淫者見之謂之淫耳。
『西廂記』は決して淫書ではなく、まぎれもなく妙文である。……文雅な者がこの作を読めば文雅だと言うし、猥《わい》褻《せつ》な者がこの作を読めば猥褻だと言うだけのことである[15]。

すなわち、猥褻なのは『西廂記』そのものではなく、『西廂記』が「淫書」だと非難した封建的道学家たちこそそうだと言うのである（詳しくは本書第七章を参照されたい）。

また、「五四運動」以後、郭沫若は「『西廂』芸術上之批判与其作者之性格」の中で次のように指摘している。

『西廂記』是超時空的藝術品、有永恒而普遍的生命。『西廂記』是有生命的人性戰勝了無生命的禮教的凱旋歌、紀念塔。

『西廂記』は時空を超越した芸術品であり、永遠かつ普遍的な生命を有している。『西廂記』は生命のある人性が生命のない礼教に打ち勝った凱旋歌であり、記念塔である。[16]

この論断は、明代以後続いていた『西廂記』イコール「誨淫」という汚名を打破するとともに、『西廂記』の主題は封建的礼教への反抗であるという解釈の端緒となったのである。その後、劉修業の「読『西廂記』後」[17]、徐朔方の「論『西廂記』」[18]、王季思の「『西廂記』敍説」[19]、蘇興の「王実甫雑劇『西廂記』反封建主題的発展和深化」[20]、郎淨の「『西廂記』与中国伝統的愛情観」[21]などの論文が次々に発表されたが、これらはいずれも、『西廂記』は封建的礼教への反抗をテーマとする作品であるとし、男女の恋愛・婚姻の自由を提唱し、さらに「願普天下有情的都成了眷屬」（どうか天下の恋するものがみな夫婦となるように――『西廂記』第五本第四折）という理想を打ち出したものである。「淫書説」を消滅させ、反封建の主題を確立したことは、「五四運動」以来の『西廂記』研究の顕著な特徴であり、大きな成果であると言えよう。

（四）人物像について

人物像の描写は、詩文にはあまり見られない、戯曲小説などの叙事類型の文学作品特有の基本的な要素である。中国古典戯曲を批評する上で、初めて人物の性格と描写について分析したのが金聖歎である。彼は「読第六才子書西廂記法」第四十七則から第五十六則にかけて、人物像を描き出すという点に着目し、特に『西廂記』の作者が工夫を凝らして三人の人物像を描いたと次のように述べている。

『西廂記』止寫得三個人：一個是雙文、一個是張生、一個是紅娘。其餘如夫人、如法本、如白馬將軍、如歡郎、如法聰、如孫飛虎、如琴童、如店小二、……俱是寫三個人時所突然應用之家伙耳。

『西廂記』はただ三人を描いている。一人は雙文（鶯鶯―筆者注）であり、一人は張生であり、一人は紅娘である。そのほかの人、例えば、夫人・法本・白馬將軍・歡郎・法聡・孫飛虎・琴童・店小二などは、…みなすべて三人を描くために不意に使われる道具であるのみである。(22)

そしてこの三人の中でも、扱いの軽重に差があり、張生および紅娘の描写は、専ら主人公である鶯鶯のイメージを際立たせるためのものであるとも指摘している。一方、同じく清の著名な戯曲家である李漁（一六一一―一六八〇）は、

一部『西廂』、止爲張生一人。

『西廂記』は、ただ張生一人のためのものなのである。(23)

と言う。また、槃薖碩人の「玩西廂記評」には、

看『西廂』者、人但知觀生・鶯、而不知觀紅娘。
『西廂記』を見る者は、ただ張生と鶯鶯を見ることのみ知っていて、紅娘を見ることを知らない[24]とあり、『西廂記』を観賞する時に、小間使の紅娘という脇役が劇全体の中で果たした役割を見逃してはならないと指摘する。

二十世紀に入ると、西洋の文芸理論と中国伝統の文学批評とが結合し、新たな研究方法が生み出されることとなった。一九三二年に北京樸社出版部から出版された『挿図本中国文学史』の第四十六章「雑劇的鼎盛」では、鄭振鐸が張生と鶯鶯との恋愛過程における心理描写について、的確かつ具体的な分析を施している。また、中国と外国の文学を比較研究することも、この時期の文学研究の注目すべき特徴の一つである。一九三五年の『光華半月刊』には堯子と署名する「読『西廂記』与『Romeo and Juliet』――中西戯劇基本観念之不同[25]」と「読『西廂記』与『Romeo and Juliet』――中西作者描写人物之不同[26]」という論文が発表された。これらは比較文学の観点から『西廂記』を研究した論文の嚆矢と言えるが、その中で、筆者は『西廂記』と『ロミオとジュリエット』という二つの作品の人物およびその描写手法を具体的に比較・分析した上で、その相違点を指摘している。

一方、田中謙二は「雑劇『西廂記』における人物性格の強調[27]」の中で、登場人物の性格の強調が『西廂記』の特徴の一つであること、また『西廂記』の真の主人公は紅娘でなければならないことを指摘し、『西廂記』の人物像および主題を理解する上で、新しいヒントを与えてくれたのである。

最近二十年間の研究では、「西廂三幻同名人物性格辨[28]」「従崔鶯鶯・杜麗娘到林黛玉[29]」「従董・王西廂的比較中看張生的形象塑造[30]」「給普天下有情人以巨大的鼓舞力量――談西廂記中崔鶯鶯的形象[31]」などの『西廂記』人物論に関する論文が目を引く。これらの論考の特徴と言えば、やはり『西廂記』と『鶯鶯伝』や『西廂記諸宮調』、あるいは『牡丹亭』や『紅楼夢』などの作品とを比較することを通して、男女の恋愛を題材とする戯曲小説の名作の中に、人物性格、特にヒロインの性格の成長と発展の軌跡を探ることであろう。

（五）言語表現について

『西廂記』が読者あるいは観客に賞賛されるのは、華麗な曲辞《うた》と機知に富んだ賓白《せりふ》、巧みな描写およびユーモラスな表現がその大きな要因であると言うことができる。歴代の研究者もまずこの点に注目して評価している。例えば、明の文人は『西廂記』およびその作者王実甫について次のように絶賛している。

王實甫之詞、如花間美人。
王実甫の詞は、花間の美人の如し。（32）

作詞章、風韻美、……『西廂記』天下奪魁。
詞章を作り、風韻美しく、…『西廂記』は天下の魁を奪ふ。（33）

王實甫才情富麗、眞辭家之雄。
王実甫は才情富麗にして、真に辞家の雄なり。（34）

實甫斟酌才情、縁飾藻艶、極其於浅深濃淡之間、令前無作者、後掩來哲、遂擅千古絶調。

実甫は才情を斟酌し、飾を縁《ほどこ》し艶を藻《えが》きて、其れを浅深濃淡の間に極め、前に作者無く、後に来哲を掩《おお》はしめ、遂に千古の絶調を擅す。(35)

語其神、則字字當行、言言本色、可謂南北之冠。

其の神を語れば、則ち字字当行、言言本色、南北の冠と謂ふべし。(36)

以上の明人の評価から、『西廂記』の言語風格および戯曲史上における位置付けをうかがうことができる。元雑劇の言語風格は多様であるが、作風がより俗に傾いて口語を多く用いるのを本色派といい、雅に傾いて文語を主体とするのを文采派といって大別され、『西廂記』は華麗な詞藻によって、文采派の代表作と言われてきた。しかし、現代に至って、王国維・呉梅・王季烈らの学者が、『西廂記』の華麗な曲辞を肯定すると同時に、賓白の「当行本色」と方言俗語の運用を最も重要視すべきだと指摘した。王国維は『宋元戯曲考』の中で、「元曲は中国の最も自然な文学である」と言い、具体的に『西廂記』第四本第四折の【雁児落】【得勝令】二曲の曲辞を例として、俗語の襯字（メロディーに合わせるために加えられる字）を以て曲の間に挿入するのが前例のないことだと述べている。(37)また、呉梅の『顧曲麈談』（一九一四年）、『中国戯曲概論』（一九二六年）および王季烈の『螾廬曲談』（一九二二年）には、『西廂記』が雅語美辞を用いるだけではなく、口語や俗語などをも多用していると書かれている。王国維らは元雑劇の通俗自然な言葉を肯定するという前提の下に、見逃しやすい『西廂記』曲辞賓白の「本色」表現をあえて強調したのである。

一方、宮原民平も「西廂記解題」の中で、「西廂記の妙は、主として其の文に在り、文の妙はまた俗語の使用に在り[38]」と記しており、まさに王国維らの述べるところと通じるものがある。

『西廂記』の表現において、自然の景色と主人公の気持ちを巧みに融合して、詩的な境地に達することや、古典詩文の名句をうまく取り込んで、文学素養を持つ主人公の優雅な風格をふさわしく伝えることなどの特徴は、「西廂記曲辞中的詩詞典故的運用[39]」「西廂記的語言芸術[40]」などの論文に具体的に考察されている。また、章培恒・駱玉明の主編した『中国文学史』の中には、『西廂記』の言語特徴について次のように書かれている。

(『西廂記』)劇中的賓白、基本上都是鮮活的口語、能够傳達各個人物的性格和生動的神態。……而劇中的曲詞、則和關漢卿雜劇以本色爲主、朴素流暢不同、它明顯地偏向於華美、形成一種詩劇的風格。

(『西廂記』)劇中の賓白は、ほとんどが活き活きとした口語であり、各個人物の性格および活き活きとした表情や態度を伝えている。…しかも劇中の曲辞は、関漢卿の雑劇のような本色を主とする、素朴流暢さとは異なって、明らかに華美に傾いて、一種の詩劇の風格になっている[41]。

『西廂記』の言語表現は、多くの研究者が指摘するように、まさに「文采」と「本色」をともに有し、曲辞と賓白とをともに生かし、形神を兼ね備えていたがゆえに、雅俗ともに賞賛されたのである。

『西廂記』研究において、その特異な体制(五本二十一折)や、その難解な様式(悲劇か、喜劇か、それとも悲喜劇か)、また『西廂記』と『董解元西廂記』との比較研究、および『西廂記』の現代京劇と地方劇の改編などの問題も、多くの研究者によって検討されている。

（六）日本における研究について

日本における『西廂記』研究の状況については、井上泰山がすでに詳細な調査をしている。[42]そこで、本書では同氏の調査結果を踏まえ、新しい情報を加えて、その主な研究成果を次のようにまとめてみたい。

日本における『西廂記』の研究者としては、塩谷温を忘れることはできない。同氏は一九一九年に早くも『支那文学概論講話』を著し、『西廂記』の冒頭部分を訳している。以後も引き続いて同書の和訳を試み、五七調を基調とする歌訳体の翻訳を完成するに至った。一九五八年に天理養徳社より出版された『歌訳西廂記』には、「解説」が付され、『西廂記』の源流や版本についての基礎的な説明が加えられており、『西廂記』研究史を考える上で見逃せない著作である。

一九二八年に出版された久保得二の『支那戯曲研究』（弘道館）は、おそらく日本における本格的な『西廂記』研究の嚆矢であろう。その「前篇」の内容は、『西廂記』の先駆、『西廂記』の内容・作者・体制・人物並びにその描写・詞藻・流行・諸本、金聖歎本の価値、『西廂記』続撰の諸劇など多岐にわたり、同氏のそれまでの『西廂記』研究の水準の高さをうかがわせる。そして青木正児の『支那近世戯曲史』（弘文堂、一九三〇年）と吉川幸次郎の『元雑劇研究』（岩波書店、一九四八年）とは日本における中国戯曲研究の双璧であり、『西廂記』研究にも欠かすことのできない論考である。

また、一九三九年四月、京都の東方文化研究所（現在の京都大学人文科学研究所）において「元曲研究班」が組織され、青木正児と吉川幸次郎を中心として解読研究が進められたことは、以後の『西廂記』研究のみならず、元雑劇研究全体を推し進める大きな原動力となった。その一員であった田中謙二は、すでに紹介した『西廂記』の作者・版本・人物性格に関する論考のほかにも、故事演変および『董解元西廂記』などについて多角的な研究を行った。「『董西廂』に見える俗語の助字[43]」「文学としての『董西廂』（上・下）[44]」、および「雑劇『西廂記』の南戯化――西廂物語演変のゆくえ[45]」などの一連の論文は、同氏の『董西廂』と『南西廂』および『西廂記』演変についての詳密な考察を展開したものである。さらに同氏はこれまでの研究成果を踏まえた上で、ついに『西廂記』を現代語で翻訳し、解説を加えて世に問うている[46]。

前述したように、『西廂記』には数多くの版本が現存する。日本においても、いくつかの貴重な版本が収蔵されている。例えば、内閣文庫に収める明の万暦年間の熊竜峰刊『重刻元本題評音釈西廂記』、陳邦泰刊『重校北西廂記』、および天理大学図書館に収める游敬泉刊『李卓吾批評合像北西廂記』などがある。『西廂記』の刊本に関する研究は、先に触れた田中謙二・伝田章以外の研究者によってもなされており、波多野太郎の「明何壁校『北西廂記』提要――封張心逸彙校[47]」、内田泉之助の「詞壇清玩西廂記――槃薖碩人改定本について[48]」などは、版本研究をさらに前進させる役割を果たしている。このほか、田仲一成は、「明末文人の戯曲観――『三先生合評元本北西廂』における「湯若士」評の方向――[49]」と「明初以来、『西廂記』の流伝と分化――碧筠斎本を起点としての一考察――[50]」という二編の論文を発表している。これらの論文は、湯顕祖批評についての考察や、碧筠斎本以来の版本の流伝と分化に関する考証などを行い、中でも、従来の版本研究に欠けていた時代背景との絡みを追求している点で特に注目すべきであろう。

最後に、近年の研究成果について見ておきたい。九十年代に入って、『西廂記』に関する論考は、管見の及ぶ限りにおいて、「『西廂記』または物語の謎解き[51]」「説唱文学としての『董西廂』[52]」「『董解元西廂記諸宮調』研究[53]」などがある。そのうち、最も評価が高く影響が大きかったのは、『「董解元西廂記諸宮調」研究』であろう。かつて田中謙二の下で『董西廂』あるいは元雑劇についての教えを受けた六名の筆者が、「解説」「本文」「曲譜」を分担して共同研究を行い、『西廂記諸宮調』の形式と内容を具体的に分析し、本文の校訂と注釈を施した上で日本語に翻訳している。同書はこれまでの研究成果を踏まえつつ、新しい見解をも加えた『西廂記諸宮調』研究の集大成であり、以後の『西廂記』文学研究へ多大な便宜を与えることとなろう。

二　本研究の意図と視角

以上、今日までの『西廂記』文学の研究をおおまかに振り返ってみた。これまで多くの研究者の努力によって、『西廂記』の作者考証、版本流変、内容鑑賞、人物分析などを中心とする研究が大きな成果を上げたことは明らかである。しかし、従来の『西廂記』研究は、主に文献学の考証と文芸学の分析を行い、作者と作品といった研究範囲を超えることをせず、それぞれの作品を作家個々の創作によるものとして捉える傾向が濃厚であった。

筆者は決してこれらの研究の必要性と重要性を否定するつもりはない。しかし、『西廂記』文学は、衆知の精華であり時代の産物であって、『西廂記』雑劇と『西廂記諸宮調』だけの研究にとどまるわけにはいかず、その源流と変遷および『西廂記』成立以後の文学への影響についても、詳細に検討すべきである。また、雑劇『西廂記』にしても、書かれた文学作品というよりも、生きた社会の中で演じられ、伝承されていったものとして捉えていく必要がある。特に、『西廂記』変遷の背景に、小説・戯曲を文化史、あるいは社会史の一部として捉え、民族性を発見しようとする視点を持つことは重要であろう。

以上の観点から本書では、まず、中国文学史上において、全く異なる文学ジャンルを指す、「伝奇」という名称の由来と変化を検証することによって、『西廂記』文学が中国俗文学史上に与えた多大な影響について考察を試みた。

時代の推移とともに、「伝奇」は、時に小説の代名詞となり、時に講唱文芸あるいは戯曲の呼称となった。このように一つの言葉が全く別の作品ジャンルを指すことがありえたのは、その内容題材が深く関係しているからである。すなわち、『西廂記』文学に代表される恋愛物語こそは歴代「伝奇」に共通して描かれる主な題材なのであり、「伝奇」という名称の変化は、まさに『西廂記』文学の変遷とともに発展して来たと言えよう。また、『西廂記』の変遷には、中国俗文学史の一つの典型的な軌跡をうかがうことも可能なのである。（第一章）

次に、『西廂記』文学史において、従来あまり研究されなかった作品を取り上げ、これらの作品の特徴および『西廂記』変遷史上の位置付けなどについて、具体的に検討してみた。北宋の趙令畤は、伝奇小説『鶯鶯伝』に基づきながら、「鼓子詞」というジャンルを採用し、独自の見解によって『商調蝶恋花』という優れた講唱文学作品を生み出した。この作品は、その形式と内容の特徴および成功度から見て、『西廂記』変遷史において重要な役割を果たし、特に『西廂記諸宮調』、雑劇『西廂記』および後世の戯曲への道を開いたということが言える。（第二章）

明清時代の俗文学ジャンルと言えば、まずは長編小説あるいは戯曲が挙げられよう。しかし、その一方で、民間では通俗的な民歌俗曲のたぐいが流行していた。ここでは、従来ほとんど扱われなかった、『西廂記』故事を題材とする民歌俗曲を調査し、それらと明清伝奇との比較研究を通して、明清時代における『西廂記』文学が文人の曲から民間の歌へどのように変遷していったのかについて、各受容層の嗜好や社会的背景などの視点から明らかにすることを試みた。（第四章）

また、『西廂記諸宮調』は、『西廂記』文学史の中でも、極めて重要な作品として位置付けられる。特にその「諸宮調」というジャンルを考えた場合、この作品が形式においては戯曲の構造に近づいたことによって、次の元代の雑劇『西廂記』に直接強い影響を及ぼしたことは明らかであり、『西廂記』戯曲化の流れを考える上では、この点について

の十分な考察が必要である。（第三章）

従来雑劇『西廂記』の文学性および作者・内容・版本などが盛んに研究されてきたが、一方で演劇名品としての『西廂記』の上演実態とその脚本や受容層などについては、関連資料が乏しいこともあって、現在に至ってもいまだ十分には知られていない。戯曲研究の扱う範囲は、書かれた文学作品から、演じられる戯曲脚本とその上演へと拡大されるべきである。本書では、明清時代の雑記随筆および小説戯曲に見える『西廂記』の上演記録を調査し、また上演に供される脚本を具体的に分析することによって、その上演の実態および脚本の特徴を解明した。（第五章）

戯曲の序跋は、豊富な内容を備え、戯曲研究の資料的宝庫と言うべきである。明清における主な『西廂記』の序跋を精読することによって、作品の流伝に関する考証や説明・表現の鑑賞と批評、そして高度な理論的分析、さらに実践的な上演方法などをめぐる校注者の戯曲理念を見て取ることができる。本書では、明清時代に上梓された主な『西廂記』版本の序跋を考察し、これらの序跋に見える『西廂記』に対する評価を分析しつつ、当時の文芸思潮、審美観、および社会的背景などを合わせて検討してみた。（第六章）

さらに、清の初めから現在に至るおよそ三百年の間、金聖歎の『第六才子書西廂記』はなぜ長く世に流行し、また後世にも多大な影響を及ぼしえたのかについて考察する。金聖歎は、本来上演すべき台上曲《しばい》である『西廂記』を書斎で読まれる案頭書《よみもの》に書き直し、読みやすくするための批評と改訂を行い、原作の面目を一新する『第六才子書』に作り上げた。その作品の特徴と魅力を探ることは、『西廂記』文学史において重要かつ不可欠な課題であると思われる。（第七章）

最後に、「俗」「雅」という対応関係から、『西廂記』文学について検証してみたい。文人の伝奇小説『鶯鶯伝』から展開してきた『西廂記』文学の末流をたどれば、宋・金・元・明・清における俗文学発展の一つの典型的な軌跡をうかがうことができる。その発展の背後には、終始一貫して文人の参与と関心が色濃く存在したことは、言うまでもない。「俗」なる小説や戯曲というジャンルは、本来文学的地位の低いものであったとする見方は基本的に間違っていない。しかし、あえてそれを重視した文人が作品創作にあたって「雅」なる詩文の表現を意欲的に取り込んだことによって、初めて文壇における地位を確立することができ、文人士大夫の情趣を重んじる社会にも認められたわけである。『西廂記』変遷史は、まさに中国俗文学と雅文学との融合過程そのものとも言える。（第八章）

『西廂記』文学史を考察するには、小説・講唱文芸・戯曲といったジャンルごとに分けて考えるより、むしろ才子佳人の恋愛物語というキーワードの下に、各種の伝承媒体を融合させて考えるほうが合理的ではないかと思われる。『西廂記』文学のジャンルおよびプロットを時代の流れと受容者の嗜好に応じて変化させながらも、その主題は常に一貫して才子佳人の真摯な愛情であった。そして、時代・作品のジャンル・受容者の階層を超えて、『西廂記』文学が常に読者の心を奪い、観客や聴衆の喝采を受け続けられたのは、まさにその真摯な愛情が常に人々を魅了した結果に他ならない。

注

（1）蔣星煜「『西学』在揺籃中叫嚷」（『上海戯劇』、一九八七年第六期）なお、本文および注で言及した諸先生方のお名前は、敬称を省略した表記とした。
（2）本書巻末付録三「『西廂記』研究論著目録」
（3）王季思「『西廂記』作者考」（『国文月刊』二十八・二十九・三十合刊、一九四四年）
（4）陳中凡「関於西廂記雑劇的創作時代及其作者」（『江海学刊』一九六〇年第二期）

（5）呉金夫「『西廂記』応為関漢卿所作」（『西北大学学報』一九八五年第四期）と陳紹華「関漢卿也創作過一本『西廂記』」（『揚州師院学報』一九九二年第一期）
（6）蔣星煜「『西廂記』作者考」（『河北師院学報』一九八八年第一期）と蔡運長「『西廂記』第五本不是王実甫所作」（『戯曲芸術』一九八八年第四期）
（7）張人和『「西廂記」論証』（東北師範大学出版社、一九九五年）
（8）田中謙二「関於「王作関続」説」（寒声ほか編『西廂記新論』、中国戯劇出版社、一九九二年）二二七―二三〇頁。
（9）鄭振鐸「『西廂記』的本来面目是怎様的」（『清華週刊』三十七巻九・十、一九三二年、後『中国文学研究』に収録、作家出版社、一九五七年）
（10）田中謙二「『西廂記』版本の研究」（『ビブリア』第一輯、一九四九年）
（11）田中謙二「『西廂記』諸本の信憑性」（『日本中国学会報』第二集、一九五一年）
（12）伝田章『明刊元雜劇西廂記目録』（東京大学東洋文化研究所附属東洋学文献センター刊行委員会、一九七〇年）
（13）蔣星煜『明刊本西廂記研究』（中国戯劇出版社、一九八二年）
（14）王利器輯録『元明清三代禁毀小説戯曲史料』（上海古籍出版社、一九八一年）第二編地方法令「同治七年江蘇巡撫丁日昌査禁淫詞小説」と第三編社会輿論「水滸会真当焚」
（15）金聖歎「読第六才子書西廂記法・二」（『金聖歎批本西廂記』、上海古籍出版社、一九八六年）十頁。
（16）郭沫若「『西廂』芸術上之批判与其作者之性格」（『文芸論集』、一九二一年五月）
（17）劉修業「読『西廂記』後」（『読書月刊』第二巻第六・七号、一九三三年三・四月）
（18）徐朔方「論『西廂記』」（『光明日報』一九五四年五月十日）
（19）王季思「『西廂記』敍説」（『人民文学』一九五五年九月）
（20）蘇興「王実甫雑劇『西廂記』反封建主題的発展和深化」（『社会科学戦線』一九八〇年第一期）
（21）郎淨「『西廂記』与中国伝統的愛情観」（『名作欣賞』二〇〇一年第二期）

(22) 金聖歎「読第六才子書西廂記法・四十七」(同注(15)十八頁)
(23) 李漁『閑情偶寄』巻一「立主脳」(『中国古典戯曲論著集成』第七集所収、中国戯劇出版社、一九五九年)十四頁。
(24) 槃薖碩人「玩西廂記評」(蔡毅編著『中国古典戯曲序跋彙編』第二冊所収、斉魯書社、一九八九年)六九〇頁。
(25) 堯子「読『西廂記』与『Romeo and Juliet』——中西戯劇基本観念之不同」(『光華半月刊』第四巻第一期、一九三五年十月)
(26) 堯子「読『西廂記』与『Romeo and Juliet』——中西作者描写人物之不同」(『光華半月刊』第四巻第三期、一九三五年十一月)
(27) 田中謙二「雑劇『西廂記』における人物性格の強調」(『東方学』第二十二輯、一九六一年七月)
(28) 段啓明「西廂三幻同名人物性格辨」(『西南師院学報』一九八二年第二期)
(29) 黄進「従崔鶯鶯・杜麗娘到林黛玉」(『汕頭大学学報』一九八六年第二期)
(30) 蔡運長「従董・王西廂的比較中看張生的形象塑造」(『戯曲芸術』一九九〇年第一期)
(31) 張元国「給普天下有情人以巨大的鼓舞力量——談西廂記中崔鶯鶯的形象」(『江漢論壇』一九九〇年第十一期)
(32) 朱権『太和正音譜』(『中国古典戯曲論著集成』第三集所収)巻上、十七頁。
(33) 賈仲明「凌波仙」(『校訂録鬼簿三種』所録、中州古籍出版社、一九九一年)一三七頁。
(34) 何良俊『曲論』(『中国古典戯曲論著集成』第四集所収)七頁。
(35) 王驥徳「新校注古本西廂記・自序」(『中国古典戯曲序跋彙編』第二冊六五六頁)
(36) 徐復祚『曲論』(『中国古典戯曲論著集成』第四集所収)二四二頁。
(37) 王国維『宋元戯曲考』(『海寧王静安先生遺書』第十五冊、商務印書館、一九四〇年版)第十二章「元劇之文章」、七十六頁。
(38) 宮原民平「西廂記解題」(『国訳西廂記』、国民文庫刊行会、一九二一年)五頁。
(39) 許栄生「西廂記曲辞中的詩詞典故的運用」(『青海師専学報』、一九八三年)
(40) 呉功正「西廂記的語言芸術」(『新劇作』一九八四年第二期)
(41) 章培恒・駱玉明『中国文学史』(復旦大学出版社、一九九六年)下巻、四十三頁。

(42) 井上泰山「日本における『西廂記』研究」(『中国俗文学研究』第八集、一九九〇年十二月)
(43) 田中謙二「『董西廂』に見える俗語の助字」(『東方学報・京都』第十八冊、一九五〇年)
(44) 田中謙二「文学としての『董西廂』(上・下)」(『中国文学報』第一・二冊、一九五四年、一九五五年)
(45) 田中謙二「雑劇『西廂記』の南戯化——西廂物語演変のゆくえ」(『東方学報・京都』第三十六冊、一九六四年)
(46) 田中謙二『西廂記』は、『中国古典文学大系・戯曲集』(平凡社、一九七〇年)上巻に収録される。
(47) 波多野太郎「明何璧校『北西廂記』提要——封張心逸彙校」(『書報』四十四、一九六一年十二月)
(48) 内田泉之助「詞壇清玩西廂記——槃薖碩人改定本について」(『二松学舎大学論集』一九六三年三月)
(49) 田仲一成「明末文人の戯曲観——『三先生合評元本北西廂』における「湯若士」評の方向——」(『東洋文化研究所紀要』第九十七冊、一九八五年三月)
(50) 田仲一成「明初以来、『西廂記』の流伝と分化——碧筠斎本を起点としての一考察——」(『伊藤漱平教授退官記念中国学論集』所収、汲古書院、一九八六年)
(51) 廣瀬玲子「『西廂記』または物語の謎解き」(『東洋文化研究所紀要』第百二十冊、一九九三年二月)
(52) 輪田直子「説唱文学としての『董西廂』」(『集刊東洋学』第七十六号、一九九六年十一月)
(53) 金文京ほか『「董解元西廂記諸宮調」研究』(汲古書院、一九九八年)

第一章　西廂故事と小説戯曲

——小説『伝奇』から雑劇『西廂記』へ——

一　「伝奇四変」説

「伝奇」とは何を指すのか、この問題については中国文学史上に様々な考え方がある。王国維によれば、「伝奇」という概念には唐代から明代に至るまで四回の変化があったとする。すなわち王国維は、

> 傳奇之名、實始於唐。唐裴鉶所作『傳奇』六巻、本小説家言、此傳奇之第一義也。至宋則以諸宮調爲傳奇、……元人則以元雜劇爲傳奇、……至明人則以戲曲之長者爲傳奇、……蓋傳奇之名、至明凡四變也。
>
> 伝奇の名は、実に唐に始まる。唐の裴鉶が作る所の『伝奇』六巻は、本より小説家の言にして、此れ伝奇の第一義なり。宋に至れば則ち諸宮調を以て伝奇と為し、…元人は則ち元雑劇を以て伝奇と為し、…明人に至れば則ち戯曲の長き者を以て伝奇と為し。…蓋し伝奇の名は、明に至るまで凡そ四変するなり。(1)

と論じている。近代学問の開祖たる碩学が定義したこのいわゆる「伝奇四変」説は、中国小説戯曲史研究上に多大な影響を及ぼし、それ以後の文学史・研究著作および辞書などは、ほとんどこの説に相従っている。(2) しかし、王国維のこの「伝奇四変」説は、ただ「伝奇」という概念の、時代による表面的な変化を概括するにとどまり、そこに内在する変化の要因については、必ずしも十分に指摘していないように思われる。

　時代の推移とともに、「伝奇」は、時に文言小説の代名詞となり、時に戯曲の呼称となった。では、なぜこのように一つの言葉が全く別の作品ジャンルを指すということがありえたのであろうか。この問題について考える時、歴代

の「伝奇」作品が取り上げた題材に、ある共通性が存在することに気付く。それがすなわち西廂故事（西廂記物語）であり、西廂故事に代表される恋愛物語こそが、歴代の「伝奇」に共通して描かれる主たる題材なのである。唐代伝奇小説『鶯鶯伝』から明代伝奇『南西廂』に至るまで、崔鶯鶯と張生の恋愛を題材とするこの西廂故事は、鼓子詞・諸宮調・話本・戯文、あるいは戯曲に仕組まれて、まさしく「伝奇」という言葉とともに様々な作品に変化しつつ現世に送り出されてきたと言えるであろう。

以上の観点から、本章では、歴代の西廂故事を題材とした作品を通じて、「伝奇」という名称の変遷を検証することによって、その言葉の持つ本質的な意味を明らかにすると同時に、西廂故事が中国文学史上に与えた影響について考察してみたい。

二　西廂故事の由来――『伝奇』（『鶯鶯伝』）

まず、「伝奇」という名称の由来について確認しておきたい。

「伝奇」という言葉は、従来晩唐の裴鉶の小説集『伝奇』に由来するというのが一般的な見方のようである[3]。しかしそれは果たして正しいであろうか。また、唐代小説は宋代に入って初めて「伝奇」と呼ばれ、その名称は裴鉶『伝奇』の流行に因る、という通説[4]は果たして正確であろうか。

裴鉶『伝奇』の原本はすでに逸するものの、その主な作品は『太平広記』の中に保存され、また、周楞伽の編集による『裴鉶伝奇』（上海古籍出版社、一九八〇年）に作品三十一編が収められる。これらの作品を見るに、裴鉶の『伝奇』には、鬼神怪異の物語が最も多く収録されていたようである。盛・中唐の伝奇小説と比較すれば、裴鉶の作品には剣俠・神怪類が非常に多く、「崑崙奴」「崔煒」「聶隠娘」などはこの類型の代表作として知られている。しかし、恋愛物語に取材する作品は極めて少ない。たとえ男女関係について描いていても、そこで強調されるのは人間と鬼神妖怪との出会いであり、男女の愛情そのものに関する描写はほとんど見られない。例えば、「孫恪」「鄭徳璘」「裴航」などの作品では、それぞれ主人公と猴女袁氏・竜女韋氏・神女雲英との不思議な人鬼恋愛が描かれるが、男女の愛情心理についてはあまり語られていない。そこにはむしろ六朝志怪の遺風が強く感じられるのである。これらの作品を果たして唐代伝奇小説の代表作と見なすことができるであろうか。ひいては、このような小説を集めた作品集の題名を以って唐代小説を「伝奇」と称したとする従来の説は、果たして信頼するに足るであろうか。

唐代小説の代表作、すなわち通常「伝奇」と呼ばれる作品といえば、やはり伝奇創作の最盛期と言われる中唐に産み出された作品であり、その典型例としてはとりわけ『鶯鶯伝』『李娃伝』『霍小玉伝』などの恋愛物語が挙げられるであろう。これらの作品は、従来の超自然的な怪異の要素を切り捨てた人間の「才子佳人小説」であるが、中でも、最も注目されるのは、唐代伝奇小説中の佳編として中国文学史に多大な影響を及ぼした元稹の『鶯鶯伝』である。この作品が後に千古の名劇『西廂記』の淵源になったことは言うまでもないが、特にこの作品の固有題名として、「伝奇」という名称が裴鉶より六十年余りも早く用いられている事実に注目しなければならない。

『鶯鶯伝』は、北宋初の太平興国二年（九七七）、太宗の勅命により、李昉などが編集した小説集『太平広記』巻四八八「雑伝記」のほか、『説郛』（元・陶宗儀編、明・陶延重校）、『虞初志』（明・湯顕祖）、『五朝小説』（明・闕名）、『竜威秘書』（清・馬俊良）、『唐人説薈』（清・陳蓮塘）などに収められる。また、『類説』（宋・曽慥）巻二十八によれば、唐・陳翰『異聞集』にも収められていたことが分かる。

その題名については、『太平広記』をはじめとして、『虞初志』および近人の『唐宋伝奇集』（魯迅、文学古籍刊行社、一九五六年）、『唐人小説』（汪辟疆、文学古籍刊行社、一九五六年）などはみな『鶯鶯伝』に作るが、『重校説郛』『五朝小説』『竜威秘書』『唐人説薈』などは「会真記」に作る。「会真記」は文中の「会真詩」から採ったものであり、会真とは真人、すなわち佳人に会う意である。ただし、この題名は、周知のように元代以前には全く見られず、明人が勝手に改めたものである。では『鶯鶯伝』という題がこの作品の原題であったかというと、それも疑問であろう。というのは、『類説』所収の『異聞集』はこの作を『伝奇』と題しているからである。この問題については、すでに卞孝萱・周紹良らが、『鶯鶯伝』という題名は、実は『太平広記』の編者が勝手に付けたものにすぎず、作者の元稹自身は本来それを『伝奇』と題していたと指摘する。(5)

唐代小説の保存には、『太平広記』が重要な役割を果たしたが、一方で晩唐に完成した陳翰の『異聞集』の存在も見逃すことはできない。なぜならば、魯迅の指摘するように、「『太平広記』所収の唐人伝奇文は、多く『異聞集』に本づく」（『唐宋伝奇集』巻末「稗辺小綴」）からである。『異聞集』自体はすでに散逸して伝わっていないが、『類説』『太平広記』などの叢書によって、そこに収められていた作品のうち四十一編を今日確認することができる。次に挙げる二十五編目は『類説』巻二十八所収の『異聞集』に収められる唐代小説の題名である（なお、『太平広記』に収録される同作の題名および巻数・出典を併記する）。

『異聞集』題名	『太平広記』題名（巻数、出典）
（1）「神告録」	「丹邱子」（二九七、「神告録」）
（2）「上清伝」	「上清」（二七五、『異聞集』）
（3）「神異記」	無

（4）「鏡竜記」　「李守泰」（二三一、『異聞録』）
（5）「古鏡記」　「王度」（二三〇、『異聞録』）
（6）「韋仙翁」　「韋仙翁」（三十七、『異聞集』）
（7）「枕中記」　「呂翁」（八十二、『異聞録』）
（8）「僕僕先生」　「僕僕先生」（二十二、『異聞集』）
（9）「柳氏述」　「柳氏伝」（四八五）
（10）「汧国夫人伝」　「李娃伝」（四八四、『異聞集』）
（11）「洞庭靈姻」　「柳毅」（四一九、『異聞録』）
（12）「霍小玉伝」　「霍小玉伝」（四八七）
（13）「華嶽靈姻」　無
（14）「感異記」　「沈警」（三二六、『異聞録』）
（15）「離魂記」　「王宙」（三五八、「離魂記」）
（16）「伝奇」　「鶯鶯伝」（四八八）
（17）「相如琴挑」　無
（18）「南柯太守伝」　「淳于棼」（四七五、『異聞録』）
（19）「三女仙精」　「姚氏三子」（六十五、「神仙感遇伝」）
（20）「謝小娥」　「謝小娥」（四九一）
（21）「冥音録」　「冥音録」（四八九）

(22)「碧玉槲葉」　　「李章武伝」(三四〇)
(23)「周秦行紀」　　「周秦行紀」(四八九)
(24)「湘中怨」　　「太学鄭生」(二九八、『異聞集』)
(25)「任氏伝」　　「任氏」(四五二)

このうち、『異聞集』と『太平広記』とが同じ題名であるのはわずか六編((6)(8)(12)(20)(21)(23))であり、その他については『太平広記』はすべて主人公の名を採って題名とする。例えば、「古鏡記」は「王度」、「枕中記」は「呂翁」、「離魂記」は「王宙」となっている。これは『太平広記』の編者が唐代小説の題名を改める時に採用した一つの編集原則であったようである。してみれば、『鶯鶯伝』という題名もまた、恐らく原題名ではなく、『太平広記』に始まるものであろう。

ところで、元稹の小説(表記の都合上、今これを『鶯鶯伝』と呼ぶ)は、『異聞集』と『太平広記』のほか、北宋・趙令時(字は徳麟、一〇五一―一一三四)の『元微之崔鶯鶯商調蝶恋花詞』(以下、『商調蝶恋花』と略す)中にもかなり詳しく引用されている。趙令時は、『鶯鶯伝』および元稹本人について深く考証した上で、「辨『伝奇』鶯鶯事」「微之年譜」および『商調蝶恋花』を撰述した。(6)『商調蝶恋花』の冒頭に、作者は元稹の小説を『伝奇』と書いて次のように述べる。

夫『傳奇』者、唐元微之所述也。以不載於本集而出於小說、或疑其非是。今觀其詞、自非大手筆、孰能與於此。
夫れ『伝奇』なる者は、唐元微之の述ぶる所なり。本集に載せずして小説に出づるを以て、或《あるひと》は其の是に非ざるを疑ふ。今其の詞を観るに、大手筆に非ざるよりは、孰《だれ》か能く此に与《あず》からん。

この他の二編において、「辨『伝奇』鶯鶯事」に十箇所および「微之年譜」に四箇所の合わせて十四箇所に『伝奇』という題名が見えている。また同じく宋人傅幹は、『注坡詞』の中に、

『傳奇』、崔氏與張籍詩：「自從別後減容光、……」

『伝奇』、崔氏の張籍に与える詩に、「別れの後より容光を減じ、…」(7)

『傳奇』、張生與崔氏諧遇、……。

『伝奇』、張生は崔氏と諧遇し、…。(8)

という二箇所で元稹の小説を引用し、その題名を『伝奇』とする。さらに、元代においても、陶宗儀・元好問などといった文人たちがいずれも『鶯鶯伝』を『伝奇』と呼んでいたのである。

『傳奇』、崔氏鶯鶯婢曰紅娘。

『伝奇』、崔氏鶯鶯の婢は紅娘と曰ふ。(9)

按唐元微之『傳奇』鶯鶯事、以爲張生寓蒲之普救寺、……『傳奇』言生年二十二。

案ずるに唐の元微之『伝奇』の鶯鶯の事、以為《おもへ》らく張生蒲の普救寺に寓し、…『伝奇』に張生の年は二十二と言ふ。(10)

「骨化形銷、丹誠不泯、因風委露、猶託清塵。」是崔娘書詞、見元相國『傳奇』。

「骨化し形銷え、丹誠泯《ほろ》びず、風に因り露に委ね、猶ほ清塵に託す。」是れ崔娘の書詞にして、元相国の『伝奇』に見ゆ。(11)

これらの記述からすれば、『鶯鶯伝』の原題は『伝奇』であった可能性が極めて高いのである。

そしてこのことは、唐代文言小説が「伝奇」と総称されることにも深く関係する。『鶯鶯伝』は才子佳人小説の誕生を告げる重要な作品であると同時に、唐代小説が到達しえた最高の境地であった。つまり、唐代伝奇小説全体および後世の文学に多大な影響を与えうる巨大な作品であったと言えるのである。一方、王夢鷗の考証によれば、『異聞集』は裴鉶の『伝奇』よりも二十余年早く成立したと思われる。(12)とすれば、裴鉶は『異聞集』の影響を受けた上で、元稹の名作の小説『伝奇』の編名を採用し、自分の小説集の書名にしたのではあるまいか。このように見てくると、元稹の『伝奇』は、西廂故事の成立のみならず、「伝奇」という言葉の淵源としても重要な役割を果たしたと考えられるのである。

三　西廂故事の流伝と「伝奇」の展開

「伝奇」という名称は、以上に述べたように元稹の小説名に端を発しているが、後に時代の流れに伴い、その内包するものが次第に変化していき、いくつかの文芸ジャンルを指すことになった。以下では、「伝奇」という名称の指す作品ジャンルの変遷と、西廂故事の流伝とのつながりについて検討しながら、「伝奇四変」の現象に内在する要因について探ってみたい。なお、前段の結論を踏まえ、元稹の小説の題名を以後は『伝奇』と表記する。

（二）『商調蝶恋花』

唐代における伝奇小説の流行に続いて、宋代には俗文学が勃興した。この時期においてまず注目すべきは、先に言及した趙令時の『商調蝶恋花』という講唱文芸作品である。趙令時は、『伝奇』の主人公張生がすなわち元稹（字は微之）本人であると捉え、自分の創作の正式名称も張生、崔鶯鶯ではなく、『元微之崔鶯鶯商調蝶恋花詞』とする。

ところで、趙令時はなぜ『伝奇』に対してこのように強烈な興味を抱いたのだろうか。彼が『商調蝶恋花』を作る目的は何だったのか。『商調蝶恋花』の冒頭に、彼はその当時の『伝奇』の流行の情況をこう記している。

> 至今士大夫極談幽玄、訪奇述異、無不舉此以爲美談。至於倡優女子、皆能調説大略。惜乎不比之以音律、故不能播之聲樂、形之管絃。好事君子、極飲肆歡之際、願欲一聽其説、或舉其末而忘其本、或紀其略而不及終其篇、此吾曹之所共恨者也。
>
> 今に至るまで士大夫は幽玄を極談し、奇を訪ね異を述ぶるに、此れを挙げて以て美談と為さざるは無し。倡優女子に至りては、皆能く大略を調説す。惜しいかな之を比ぶるに音律を以てせず、故に之を声楽に播《うつ》し、之を管絃に形《あら》はす能はず。好事の君子、飲を極めて歓を肆にするの際、一たび其の説を聴くかんと願《ねが》欲ふも、或は其の末を挙げて其の本を忘れ、或は其の略を紀して其の篇を終ふるに及ばず。此れ吾曹の共に恨む所の者なり。

このように、趙令時は当時民間に流行していたのが『伝奇』の大略であって、その故事の全部ではなかったことを指摘し、その原因を、『伝奇』に楽曲が付いてなかった点に求めている。一方、『伝奇』の内容そのものについても彼には不満があった。そこで趙令時は、当時民間に流行した鼓子詞というジャンルを採用し、『伝奇』に基づきながらも独自の見解によって『商調蝶恋花』という優れた講唱文芸作品を生み出したのである。

この作品は、十二節から構成され、それぞれの節は語りと歌の二つの部分に分かれる。まず散文部分である語りを見ると、冒頭の第一節と結末の第十二節を除いた、第二節から第十一節は、すべて『伝奇』を引用したものである。一方、韻文部分である歌は、すなわち作者が自分で作った「蝶恋花詞」十二首であり、すべて語りの後に歌われている。

ところで、趙令時は『伝奇』の基本プロットを保存しながらも、原作中の張生の「忍情の辯」と元稹の「補過の辞」とが宣揚する「尤物論」に対しては「煩褻」（煩瑣で見苦しい文章）として退ける。その上で、この観点にかかわる結末の部分をすべて削り去ると同時に、張生の薄情さと残酷さを厳しく非難して、遺棄された鶯鶯に深い同情を寄せながら、「蝶恋花詞」十二首を詠んだのである。ここで、十二首のうち第二首を挙げてみることにする。

錦額重簾深幾許　　錦額　重簾　深きこと幾許ぞ
繡履彎彎　　繡履　彎彎として
未省離朱戸　　未だ省《かつ》て朱戸を離れず
強出嬌羞都不語　　強ひて嬌羞を出だすも　都《すべ》て語らず
絳綃頻掩酥胸素　　絳綃もて頻りに掩ふ　酥胸の素きを

黛淺愁深妝淡注
怨絶情凝
不肯聊回顧
媚臉未勻新涙汚
梅英猶帶春朝露

黛浅く　愁深く　妝淡く注ぎ
怨絶へ　情凝りて
聊かも回顧するを肯ぜず
媚臉　未だ勻《ととの》はず　新涙の汚
梅英　猶ほ帯ぶ　春朝の露

この第二首詞では「嬌羞」「怨絶」の気質と「愁深」「情凝」の性格を併せ持つ崔鶯鶯が描かれる。これは、散文中に引用した『伝奇』中の彼女のイメージとも一致する。鶯鶯は「深沈矜持、善良鍾情」の特徴を備えると同時に、「孤僻怯弱」の一面も有していた。まさにこの性格の二重性が、「媚臉未だ勻はず新涙の汚」という情況を生み出し、彼女は、最後に捨てられる運命に直面しても、ただ我慢して耐えるしかないことになるのである。

かくして、西廂故事は初めて楽曲に支えられることとなり、また故事全体が一つの完成した作品中に収められたわけである。楽曲が付いたことで、主として士大夫階級に愛好されていた西廂故事が、庶民の娯楽の場所にまで進出することとなった。現存する文献に基づけば、趙令時こそが、このように唐代伝奇小説と宋代講唱文芸とを直接結び付けた最初の人であった。そしてそのことが、「伝奇」という言葉がその示す作品ジャンルを次々に変えてゆく端緒となったと言える。その結果、呉梅および王国維が、

傳奇之名、雖昉於金源、顧宋趙徳麟『蝶戀花詞』、以七言韻語、加入微之原文而按節彈唱、則已啓傳奇串演之法、惟其名乃成於元耳。

伝奇の名は、金源に昉《はじま》ると雖も、宋趙徳麟の『蝶恋花詞』を顧みるに、七言の韻語を以て、微之の原文に加入し、而して節を按じて弾唱すれば、則ち已に伝奇の串演の法を啓けり。惟だその名は乃ち元に成るのみ。(13)

傳者惟趙徳麟之『商調蝶戀花』、述『會眞記』事凡十闋、並置原文於曲前、又以一闋起一闋結之。視後世戯曲之格律幾於具體而。

伝はる者は惟だ趙徳麟の『商調蝶恋花』のみ。『会真記』の事を述ぶること凡そ十闋、原文を曲前に並置し、又一闋を以て一闋を起こし之を結ぶ。後世戯曲の格律に視《くら》ぶれば具体にして微なるに幾《ちか》し。(14)

と評するように、趙令時のこの作品は、後世の戯曲に大きな影響を及ぼすことになったのである。

一方、「伝奇」という名称は、前代の著名な詩人元稹の名声に乗り、かつ『伝奇』が内容的にも人々に好まれるものであったところから、宋代以降民間に広く流布するに至ったと考えられる。しかも、当時「伝奇」という言葉は単に「鶯鶯の物語」を指すだけにとどまらない意味を持ち始める。宋の潅園耐得翁・呉自牧らの記録によれば、

説話有四家、一者「小説」、謂之「銀字兒」、如煙粉・靈怪・傳奇。

説話に四家有り、一は「小説」、之を「銀字児」と謂ふ、煙粉・霊怪・伝奇の如し。(15)

且小説名「銀字兒」、如煙粉・靈怪・傳奇・公案・朴刀・桿棒・發發蹤參之事。

且つ小説「銀字児」と名づく、煙粉・霊怪・伝奇・公案・朴刀・桿棒・発発蹤参の事の如し。(16)

「煙粉・霊怪・伝奇…」と併記されるように、「伝奇」は、宋代では盛り場で人気を博した語り物「説話」のうち、恋愛をテーマにしたものであることが分かるし、羅燁『酔翁談録』の「伝奇」という項目には、『鶯鶯伝』のほか、十八種の男女の情愛・悲恋を題材にした小説の題目が記録されている。

論「鶯鶯傳」「愛愛詞」「張康題壁」、……此乃爲之傳奇。

「鶯鶯伝」「愛愛詞」「張康題壁」、…を論ずれば、此れ乃ち之が為に奇を伝ふ。(17)

また、明の胡応麟『少室山房筆叢』の小説分類にも、同じように「伝奇」に含まれる作品として「趙飛燕」「楊太真」「崔鶯鶯」「霍小玉」などの、いずれも愛情にかかわる作品が挙げられている。

小説家一類、又自分數種。……一曰傳奇、飛燕・太眞・崔鶯・霍玉之類是也。

小説家の一類、又自ら数種に分つ。…一に伝奇と曰ふ、飛燕・太真・崔鶯・霍玉の類是なり。(18)

こういったことから考えると、宋代においてはいわゆる「伝奇」は、広く男女の恋愛を題材とした物語を指したのではあるまいか。そしてその根底には元稹の小説『伝奇』の影響があったと思われる。すなわち人々に愛された張生と鶯鶯の恋愛物語の題名が『伝奇』であったことが、恋愛を扱った作品イコール「伝奇」という意識を生み出し、結果として、男女の恋愛を描く作品をすべて「伝奇」と呼ぶに至ったと考えられるのである。

（二）『西廂記諸宮調』

宋・金・元代においては、商品経済の繁栄と都市文明の勃興に伴い、通俗文学（特に講唱文芸）は大いに発展していった。その中でも、「瓦子」（「瓦肆」あるいは「瓦舍」とも称され、宋・元代の時に各種の演芸を上演した場所である）や、「勾欄」（宋・元の時に官妓が雑劇を上演したところ）などといった民間の娯楽場において繰り広げられた講唱文芸が盛んになっていった。そこでは、様々なジャンルの演芸が相互に影響し合うこととなり、人気のある故事があれば、同じ題材を雑劇・説話・院本・諸宮調などといった異なる芸術形式によって上演することも行われたのである。

中でも、「伝奇」（すなわち恋愛物語）の人気は、「霊怪」「神仙」などを題材とする作品と比べて格段に高く、数多くの作品が作られた。『酔翁談録』甲集巻一「小説開闢」には、小説演目を「霊怪」「煙粉」「伝奇」「公案」「朴刀」「桿棒」「妖術」「神仙」の八種類に分け、このうち「伝奇」は「霊怪」「煙粉」の後に並べられているが、作品数としては、「伝奇」に収録するものが最も多く、しかもそれらはすべて恋愛物語となっている。また、同じく宋・皇都風月主人の『緑窓新話』でも、「伝奇」類に収録する「張公子遇崔鶯鶯」などの話本の数は、その他の七種類の総数をはるかに上回っている。

さらに、その当時の講唱文芸の世界では、「伝奇」がよく歌われたという。すなわち、宋・周密の『武林旧事』は、南宋末杭州の芸人の中で、

諸宮調傳奇、有高郎婦・黄淑卿・王雙蓮・袁太道。

諸宮調伝奇、高郎婦・黄淑卿・王双蓮・袁太道有り。(19)

のように「諸宮調伝奇」の演唱者として、高郎婦など四人の名を記し、一方、『金史』には、「伝奇小説」の説唱者として「張仲軻」という芸人の名を挙げている。

張仲軻、幼名牛兒、市井無頼、説傳奇小説、雜以俳優詼諧語爲業。

張仲軻、幼名牛児、市井無頼、伝奇小説を説し、雑《ま》じうるに俳優詼諧の語を以てして業と為す。(20)

こういった記載から、宋・金代において、芸人たちが「伝奇」の故事を諸宮調・説話などの講唱芸能作品として盛んに語っていた様子をうかがい知ることができる。

ところで、諸宮調というジャンルは、宋・金・元代の間に盛行した講唱文芸の一種であり、同じ宮調、すなわち同一音階の調子に属する歌曲を二つ以上組み合わせて一套とし、そうした套を何十となく積み重ねつつ、首尾一貫した物語を語ってゆく長編の語り物である。諸宮調の「かつ語りかつ歌う」というスタイルは、鼓子詞などの体裁と同じだが、曲調の豊富さとスケールの雄大さにおいては、当時の他の講唱文芸のジャンルをはるかにしのぎ、より戯曲の構造に近づいたものであると言える。この諸宮調が北宋の芸人孔三伝によって創始され、かつて広く流行したことは、宋人筆記の随所に記録されている。『東京夢華録』は、当時の汴京の瓦肆で上演された演目の一つを叙して、

崇・觀以來、在京瓦肆伎藝……孔三傳『耍秀才諸宮調』。

崇・観以来、在京の瓦肆伎芸…孔三伝の『耍秀才諸宮調』(21)。

という。また、南宋の杭州で、『都城紀勝』には、

諸宮調本京師孔三傳編撰、傳奇・靈怪、入曲説唱。

諸宮調は本京師の孔三伝の編撰にして、伝奇・霊怪を曲に入れて説唱す。[22]

とあり、『夢粱録』は、

説唱諸宮調、昨汴京有孔三傳編成傳奇・靈怪、入曲説唱。

諸宮調を説唱するは、昨に汴京に孔三伝有り、伝奇・霊怪を編成し、曲に入れて説唱す。[23]

と記する。さらに北方の金でもこの演芸が行われたことは、元の陶宗儀『輟耕録』に、

唐有傳奇、宋有戲曲・唱渾・詞説、金有院本・雜劇・諸宮調。

唐に伝奇有り、宋に戯曲・唱渾・詞説有り、金に院本・雑劇・諸宮調有り。[24]

とあることによって知られる。しかし、諸宮調の作品そのものは現在ほとんど残されておらず、現存するのは、董解元の『西廂記諸宮調』(以下、『董西廂』と略称)全本のほか、一九〇八年にロシアのカズロフ探険隊が、甘粛省の黒水城遺跡で発見した金代無名氏の『劉知遠諸宮調』と、明の『雍熙楽府』などに見られる元代王伯成の『天宝遺事諸宮

調』の残本のみである。このうち、『董西廂』は、西廂故事文学史を考える上でも、また「伝奇」という名称の変遷を探る上でも、格好の貴重な資料である。この点について、以下具体的に分析してみたい。

まず、形式から見てみると、『董西廂』は、十四の宮調、一九三の套数を用い、琵琶と箏で伴奏しながら、首尾一貫した西廂故事という長編の物語を語り、かつ歌ってゆく作品である。諸宮調以前の講唱文芸である「大曲」「鼓子詞」および「唱賺」などは、そこで用いる宮調の数を一つに限定しており、二つ以上の宮調を用いて自由自在に一つの故事を講唱する形を取ったのは諸宮調が初めてであった。このことは、明清伝奇がその一齣中に、一つの宮調に限定しない体裁を取るのと類似する。

「曲調」について見れば、諸宮調のそれは唐宋大曲・唐宋詞調・流行歌曲および作者創作の四種類から構成される。『董西廂』の場合は、【伊州滾】【迎仙客】【柘枝令】【大聖楽】などの曲が唐宋大曲からの引用である。唐宋詞調としては【酔落魄】【満江紅】【虞美人】【水竜吟】などがよく見られる。また【降黄竜】【整乾坤】【喬捉蛇】【柳青娘】など、当時流行した歌曲も使われている。それ以外に出所不明の曲名も多く使用されるが、これは董解元が自ら創作したものと考えられる。元末鍾嗣成の『録鬼簿』の冒頭に、

董解元、金章宗時人。以其創始、故列諸首。

董解元、金の章宗の時の人。其の創始せるを以て、故に諸を首に列す。(25)

と記録されるほか、明・朱権の『太和正音譜』「古今群英楽府格勢」の筆頭にも、

董解元、仕於金、始製北曲。

董解元、金に仕へて、始めて北曲を製す。[26]

という記述がある。すなわち董解元は北曲の創始者に位置付けられる人物と言えるのである。

一方、董解元は、『伝奇』の内容を大幅に拡張し、込み入った筋と豊富な人物像を描いて、長編の諸宮調作品を創り出した。『董西廂』冒頭の【風吹荷葉】【尾】および【太平賺】といった曲からは、その当時の恋愛物語の流行した情況などをうかがうことができる。

【風吹荷葉】……話兒不提朴刀桿棒、長槍大馬。

…朴刀桿棒・長槍大馬の故事を提起しない。

【尾】 曲兒甜、腔兒雅、裁剪就雪月風花、唱一本兒倚翠偸期話。

曲は甘く、調子は雅やか、雪月風花の色恋ばなしを剪り取って、一つの恋愛物語を唱おう。

【太平賺】……俺平生情性好疎狂、疎狂的情性難拘束。一回家想麼、詩魔多愛選多情曲。

…俺は生来気性がとても粗暴で、粗暴な気性を押え難い。一たび創作にふければ、詩魔が多情の曲を作りたがる。[27]

ここでは、「朴刀桿棒、長槍大馬」といった立ち回りを主とする物語と比べて、「倚翠偸期の話」や「多情の曲」(すなわち恋愛物語)のほうが人気が高いと歌う。また、同じく巻一の曲に、

【柘枝令】也不是崔韜逢雌虎、也不是鄭子遇妖狐、也不是井底引銀瓶、也不是雙女奪夫。也不是離魂倩女、也不是謁漿崔護、也不是雙漸豫章城、也不是柳毅傳書。

崔韜逢雌虎にもあらず、鄭子遇妖狐にもあらず、井底引銀瓶にもあらず、双女奪夫にもあらず。離魂倩女にもあらず、謁漿崔護にもあらず、双漸豫章城にもあらず、柳毅伝書にもあらず。

と歌われる『崔韜逢雌虎』『鄭子遇妖狐』『井底引銀瓶』『双女奪夫』『離魂倩女』『謁漿崔護』『双漸豫章城』『柳毅伝書』という八つの諸宮調作品名がすべて恋愛物語であることにも注目すべきであろう。当時いかに恋愛物語の人気が高かったかが分かる。そしてその中でも、特に人気を博したのは、やはり西廂故事であった。

ところで、民間に流行した講唱文芸作品は、庶民階層の思想意識の影響を直接受けて創作されたと考えられる。一方、西廂故事の悲劇的結末が中国通俗文学の通念として許容されにくいことについては、すでに魯迅が次のように述べている。

這因爲中國人的心理、是很喜歡團圓的、所以必至如此。

これは中国人の国民心理が非常に団円《ハッピーエンド》を好むために、必ずこのようになってしまうのである。(28)

西廂故事は典型的な才子佳人式の物語であり、男女主人公とも才と貌を兼ね備え、詩の贈答によって心を通わせるという庶民階層に最も好まれる種類のラブストーリーである。従って、この故事を好む人々にとっては、鶯鶯と張生というこの理想のカップルの悲劇的な別れが非常に残念であった。つまり本来知識人のために書かれた『伝奇』では、宋代以後の庶民の共感を呼び起こすことは不可能だったのである。董解元は、その当時聴衆もしくは観客の嗜好の影響を受け、しかも様々なジャンルの先行作品（例えば、鼓子詞『商調蝶恋花』、戯文『張珙西廂記』、話本『張公子遇崔鶯鶯』など）を踏まえた上で、西廂故事の悲劇的結末を大団円式へと改変し、最も人々を満足させる作品を創り出したのである。西廂故事を扱った多くの作品に見られる、いわゆる「西廂式」という大団円パターンは、実は『董西廂』において初めて成立したと言える。この作品のみが完全な形で現在に伝わるのは、恐らく以上に述べたことに起因すると考えられる。また、中国戯曲史上最も著名な作品である王実甫の『西廂記』雑劇が、『董西廂』から誕生したことは言うまでもないが、その文学的価値において『董西廂』はかえって高いと評価される。例えば、

西廂記雖出唐人鶯鶯傳、實本金董解元。董曲今尚行世、精工巧麗、備極才情。而字字本色、言言古意、當是古今傳奇鼻祖。金人一代文獻盡此矣。

西廂記は唐人の鶯鶯伝に出づと雖も、実は金の董解元に本づく。董曲は今尚ほ世に行はれ、精工巧麗、備さに才情を極む。而も字字本色、言言古意、当に是れ古今伝奇の鼻祖なるべし。金人一代の文献此に尽きたり。[29]

と述べるとおり、『董西廂』はまさに「承前啓後」の役割を果たした「古今伝奇」の代表的作品なのである。ちなみに、王国維は『曲録』の中に、

『西廂』一本、金董解元撰。『西廂記』一本、元王實甫撰、關漢卿續。『天寳遺事』一本、元王伯成撰。

『西廂』一本、金の董解元撰す。『西廂記』一本、元の王実甫撰し、関漢卿続く。『天宝遺事』一本、元の王伯成

撰す。[30]

と記し、この『董西廂』を伝奇作品の一部として、『西廂記』雑劇などの前に置いている。このことからも、『董西廂』が、『西廂記』文学の変遷、および歴代の「伝奇」作品の中において極めて重要な位置を占めることが分かるであろう。

（三）『西廂記』雑劇

凡一代有一代之文學、楚之騷、漢之賦、六代之駢語、唐之詩、宋之詞、元之曲、皆所謂一代之文學、而後世莫能繼焉者也。

凡そ一代に一代の文学有り、楚の騒・漢の賦・六代の駢語・唐の詩・宋の詞・元の曲、皆所謂一代の文学なり、而も後世能く焉《こ》れを継ぐ者なし。[31]

というように、元の時代における文学史上最も重要な文学ジャンルは戯曲であり、すなわち雑劇である。その元代において雑劇を「伝奇」と呼んだことは、元人の著作から分かる。例えば『録鬼簿』には四五〇余りの雑劇の名前が記録されているが、みなすべて「伝奇」と称し、そこに「雑劇」の二文字は全く見当たらない。関漢卿・王実甫などの著名な元雑劇作者の名前とその作品は、「前輩已死名公才人、有所編伝奇行於世者」の題目の下に示される。また、周徳清の『中原音韻』や楊維禎の『元宮詞』の中でも、同じように『剮王莽伝奇』『周公攝政伝奇』などというように雑劇作品を「伝奇」と呼んでいるのである。[32]

ところで、ここで問題となるのは、『録鬼簿』などの中に見られた「伝奇」と呼ばれる雑劇作品が、すべて恋愛物語を描いたものとは限らないことである。前述のように、宋代講唱文学においては、「伝奇」とは、元稹の同名小説をはじめとする男女の恋愛物語を題材にしたものを指した。その当時、語り物であろうと、諸宮調であろうと、恋愛物語を扱った作品であればすべて「伝奇」と称したが、その他の「神仙」「霊怪」などを題材とする作品はその中に含まれなかったのである。しかしその後、恋愛物語の人気の高まりとともに、「伝奇」作品が数多く作られたことによって、その他の題材を扱った作品を圧倒するに至った。その結果、「伝奇」という言葉が次第に講唱文芸全体を指す名称に変化すると同時に、その題材も恋愛物語から拡大し、ついに「神怪」「劍俠」「倫理」「公案」などの物語を含むことになったと思われる。

こういった傾向は特に元代に入って以後に顕著である。元代の作品と言われる戯文『宦門子弟錯立身』[33]には、

【那吒令】這一本傳奇、是『周孛太尉』。這一本傳奇、是『崔護覓水』。這一本傳奇、是『秋胡戲妻』。這一本是『關大王獨赴單刀會』。這一本是『馬踐楊妃』。
這の一本の伝奇は、『周孛太尉』なり。這の一本の伝奇は、『崔護覓水』なり。這の一本の伝奇は、『秋胡戯妻』なり。這の一本は『関大王独赴単刀会』なり。這の一本は『馬践楊妃』なり。[34]

というように、五つの戯文作品が歌われるが、そのうち『周孛太尉』と『関大王独赴単刀会』は恋愛物語ではないにもかかわらず、「伝奇」と称されている。その後、「伝奇」は雑劇を指す言葉に変化したが、その時にはもはや扱う題材を恋愛物語に限定する意識は全くなくなっていたのである。

本来、「伝奇」という言葉は、宋代の説話人の意識の中でも、狭義と広義の二つの意味があったようである。「伝奇」

すなわち恋愛物語という狭い意味に対して、広義の「伝奇」は、すべての種類の小説故事を指した。例えば、『酔翁談録』には、「鶯鶯伝」などの十八種の男女の情愛・悲恋を題材にした小説を「伝奇」と指したが、一方、その編末の詩に、

小説紛紛皆有之、須憑實學是根基。開天闢地通經史、博古明今歷傳奇。

小説紛紛として皆これ有り、須く実学に憑るべくして是れ根基なり。開天闢地より経史に通じ、博古明今にして伝奇を歴す。[35]

とあって、ここに言う「伝奇」とは「経史」の対として用いられており、古今すべての物語を包括すると思われる。

そもそも内容がどうであろうと、「奇」を伝えればすべて「伝奇」なのであるから、「伝奇」という言葉はあらゆる種類の故事を包括することができるわけである。このような「伝奇」という言葉が本来持っている意味の幅広さは、ついには宋代以来の、語り物の題材を分類した名称として限定した用法を次第に変化させていくことになった。すなわち「伝奇」は、題材類別（恋愛をテーマにしたもの）の名称から文学体裁（諸宮調・南戯・雑劇など）の呼称へと移行していったのである。

元代における「伝奇」、すなわち元雑劇の中に、唐代伝奇小説に基づいて改編したものは四十余作を確認することができるが[36]、男女の恋愛を題材したものがその多くを占めている。中でも代表的な作品と言えば、やはり恋愛物語を描いた名作――王実甫の『西廂記』（以下、『王西廂』と略す）が挙げられるであろう。しかし、この『王西廂』は、「古今伝奇の鼻祖」と評される『董西廂』がなければ到底成立しえなかったと言える。なぜならば、その故事の内容と表

現形式の両面において、『王西廂』は多く『董西廂』を踏襲すると考えられるからである。

具体的に比較してみると、前述のとおり、『董西廂』は、十四の宮調、一九三の套数を用いて、首尾一貫した西廂故事という長編の物語を語り、かつ歌ってゆく作品である。『王西廂』の場合は、五本二十一折で構成されるが、一折一套を原則とするから、【仙呂調】(五套)、【商調】(一套)、【双調】(三套)、【中呂調】(四套)、【正宮】(二套)、【越調】(六套)など六つの宮調、二十一の套数を用い、西廂故事を演じることになる。しかも、この六つの宮調はすべて『董西廂』の十四の宮調の中に含まれていたものである。また、『董西廂』は、全編を通じてただ一人が語りながら歌っていたものであり、これを演じた講唱者には男も女もいたと考えられる。こういった特徴は、元の雑劇の一人独唱および旦本・末本の区別を有する体制と完全に一致する。『王西廂』の五本二十一折の中で、第一本「張君瑞鬧道場雑劇」は末(張生)の主唱であり、第二本「崔鶯鶯夜聴琴雑劇」と第三本「張君瑞害相思雑劇」は旦の独唱である。ただし、第四本「草橋店夢鶯鶯雑劇」と第五本「張君瑞慶団円雑劇」は一人独唱のスタイルを採らず、複数の角色が歌うという元雑劇としては例外的な形式を採っている。これは西廂故事の豊富な内容を表現する必要から変化したものと考えられよう。さらに、曲調についても、『董西廂』に使われる【尾】を除いた一三九種の曲調のうち、実に四十九種が北曲(元の雑劇)へ受け継がれるが、そのうち十三種が『王西廂』に受け継がれている。

ところが、『王西廂』と『董西廂』との間に、若干の重要な相違が存在することは、見逃されるべきではない。まず、『董西廂』は最も戯曲の形に近づいたものではあったが、あくまで講唱文芸の一作品にすぎなかった。これに対して、『王西廂』は第一人称で西廂故事を演じてゆく、いわゆる代言体の戯曲作品なのである。そして内容面から見ても、『王西廂』は大団円の結末を受け継いだものの、さらに男女の恋愛・婚姻の自由を提唱し、「願普天下有情的都成了眷屬」という反封建の理想を打ち出した。また、何といっても、その文采の優秀さと描写の巧みさによって、『王西廂』は『董

西廂』を凌駕する。『少室山房筆叢』に、

今王實甫『西廂記』爲傳奇冠。

今王実甫の『西廂記』は伝奇の冠たり。[37]

と評されるように、『王西廂』は、元稹の『伝奇』に始まる西廂故事文学の一つの集大成と言え、また中国戯曲史上初の才子佳人型長編戯曲として、後世の戯曲、特に明清伝奇へ直接的な影響を及ぼすのである。

（四）『南西廂記』

明代に至って南曲が発達して以後、戯曲の中でも長編のものを「伝奇」と称して、雑劇と区別するようになった。しかし、なぜ南曲中の長編作品のみを「伝奇」と呼び、北雑劇についてはその呼称を用いないのであろうか。実は、それこそ『王西廂』の影響を受けた結果だと思われるのである。

明の徐子室・鈕少雅の『九宮正始』[38]や王驥徳の『曲律』[39]では、『王西廂』は「荊劉拜殺」の「四大南戯」および『琵琶記』『牡丹亭』などの南曲の代表作品と並んで「伝奇」と呼ばれている。一般に宋元南戯は明清伝奇の前身であると言われるが、明清伝奇の成立においては、『王西廂』の影響も見落とせないのである。

まず、形式から見ると、『王西廂』が元雑劇の代表作品と言いながらも、実際には、元雑劇の特徴である「一本四折」「一人独唱」などの体裁とあまり一致していないことは周知のとおりである。その五本二十一折の長編体制と、主役である末（張生）と旦（鶯鶯）が交互に演唱し合い、脇役の紅娘・惠明も合間に歌うなどという形式になっていることは、『王西廂』の成立後七百余年にわたる謎となっている。また、明・臧晋叔の編輯した『元曲選』をはじめとして、いかなる元雑劇の叢書あるいは選集にも、『王西廂』は収められなかった。このことは、決して臧晋叔らが『王西廂』の価値と影響を無視していたことを示すものではなく、やはりその体裁が他の雑劇と大いに異なるためであったと思われる。しかし、『王西廂』のこれらの特徴は、まさに明清伝奇の形式とよく似ている。「伝奇」と呼ばれる南曲作品はみな三十齣ないし五十齣に至る長編であり、かつ登場人物がみな、あるいは対唱し、あるいは合唱し、元雑劇の「一人独唱」の単調な形式を破っているのである。

一方、内容の面から見ても、『王西廂』は、最初の才子佳人戯曲として、明代伝奇中の生・旦戯へ直接に甚大な影響を与えたと考えられる。「伝奇十部九相思」と言われた明代伝奇は、才子佳人型の配偶姻縁や夫婦の悲歓離合が主流であった。万暦年間以後、伝奇は最盛期を迎え、多数の優れた作品が作り出されたが、それらの作品のほとんどは才子佳人の恋愛物語であり、才子が幾多の曲折を経つつ、最終的に必ず科挙合格による出世と、佳人との大団円を得るというパターンとなっていたのである。

ところで、明・毛晋の編輯した『六十種曲』は南曲の全集である。その中に収められる作品は、『王西廂』と崔時佩・李日華の『南西廂記』を含めて、すべて長編作品であり、しかもそこには才子佳人型の故事を題材とするものが多く見られ、なおかつ題名はすべて『〇〇記』となっている。このことは、明の祁彪佳が、『王西廂』などの北曲を、『〇〇記』という題名であることから、南曲と区別なく扱っていることに通じる。[40]また、史上最大規模と言われる戯曲総集『古本戯曲叢刊』では、『新刊奇妙全相註釋西廂記』(弘治本)、『元本題評音釋西廂記』(劉竜田本)、『張深之先生正北西廂秘本』の三種類の明刊本『王西廂』は九七種の南戯・伝奇とともにその『初集』に収められ、『第四集』(元雑劇)の中には収められていない。こういったことからも、主編者である鄭振鐸が『六十種曲』の編集方針を完全に受け継

いでいたことをうかがうことができるのである。従って、王季烈の『螾廬曲談』に、

王實甫『西廂』、才華富贍、北曲巨製、其疊四本以爲一部、已開傳奇先聲、且其詞藻、亦都有近於南詞之處。
王実甫の『西廂』は、才華富贍にして、北曲の巨製なり。其れ四本を畳ねて以て一部と為すは、已に伝奇の先声を開き、且つ其の詞藻も、亦た都て南詞に近きの処有り。(41)

と指摘するように、『王西廂』の形式および内容が明代伝奇全体に大きな影響を及ぼしたことは疑いないであろう。

明代においては、西廂故事の流行と印刷業の発展に伴い、『王西廂』は様々な形で刊行されたが、特に南曲伝奇の勃興に応じて、南曲の形式に基づいて改編したものが多く作られた。『王西廂』に関しては明代だけでも六十余種の版本が上梓されているが、これらは、あくまで北曲の雑劇であり、南曲の戯文とは異なる。そこで、西廂故事を南曲の演出に適応させるために、曲牌まで作り変えた崔時佩・李日華及び陸采の『南西廂記』が作られた。さらに、『王西廂』の模擬作あるいは『王西廂』の影響を受けて作られた南曲作品が大量に出現することになった。こういった状況から見ると、『王西廂』は、明代の西廂故事の流行だけではなく、南曲伝奇の発展においても、甚大な影響を与えたと言えよう。

四　まとめ

「伝奇」とは、元来文字どおり「奇を伝える」、つまりこの世の中で怪異なことを語り伝えるという意味だったが、

時代の推移とともに、その内包するものが次第に変化していった。以上述べて来たとおり、「伝奇」という言葉は唐・元稹の同名小説に始まり、その「奇」とは、人間世界の奇遇・奇縁、特に男女の情愛と恋の曲折を指した。「伝奇」と同時期に作られた詩「琵琶歌」[42]の中で、元稹が「奇事」「奇処」「奇絶」「賞奇」「芸奇」といった言葉と「人間」「塵事」とをともに使っていることも注目に値する。すなわち、「伝奇」は本来怪異を記すというのがそのいわれであったが、元稹・白居易が活躍した中唐に入ると、伝奇小説の最盛期を迎えると同時に、次第に超自然的要素を含まない人間世界の現実物語を指す言葉に変化し、とりわけ人間の愛情世界をつづることが大きな特色となっていったのである[43]。

宋・金代に至ると、鶯鶯の物語「伝奇」は、文人小説から民間文芸の世界へと進出することになる。最初「伝奇」は、語り物「説話」のうち、元稹の小説をはじめとする男女の情愛をテーマにした物語を指したが、その後、それらの恋愛物語の人気が特に高まり、数多くの作品が作られたことによって、その他の「神仙」「霊怪」などを扱った作品を圧倒し、結果として、語り物であろうと、諸宮調であろうと、恋愛物語を扱った作品であればすべて「伝奇」と呼ぶに至ったのである。そしてちょうどその頃、「古今伝奇の鼻祖」としての『董西廂』が登場し、「伝奇」という概念の変化と西廂故事の演変に多大な影響を及ぼした。元代に入ると、『王西廂』の誕生に伴い、「伝奇」は元雑劇を指すと同時に、その題材も恋愛物語に限定されなくなってきた。明の時代、長編の南曲を「伝奇」と呼ぶようになったことにもまた、『王西廂』の流行が色濃く影を落していると思われる。胡応麟が、

傳奇之名、不知起自何代、……或以中事績相類、後人取爲戯劇張本、因展轉爲此稱不可知？
伝奇の名は、何れの代より起るかを知らず、…或いは中の事蹟相類するを以て、後人取りて戯劇の張本と為し、因っ

て展転して此の称を為すや知るべからず[44]。

と指摘するように、「伝奇」の示すジャンルが次々に変化した背景には、その内容が深く関係している。「伝奇」と呼ばれる作品について、

傳奇之作、大都演述故事、取材於才子佳人。
伝奇の作は、大都故事を演述して、才子佳人に取材す[45]。

と述べるように、「伝奇」とは結局大部分が才子佳人の恋愛物語であった。そして今「伝奇」という言葉の変遷を詳細に検討する時、その根底には、終始一貫して歴代の西廂故事を題材とした作品の流行があったと見て取れるのである。

以上、「伝奇」という言葉の変遷と西廂故事の流伝とのつながりを検証してきたが、これによって、恋愛物語が歴代の人々にとっていかに魅力的なものであったかが、一つの例証を通して実証されたと思われる。愛情は人間の美しい感情であり、また人が生きる際の巨大な原動力でもある。愛情というテーマは文学において、普遍的かつ恒久的なテーマである。才子佳人故事の生命力はまさしく愛情という美しい感情をテーマとした点に存し、それによって人々を魅了してきた。西廂故事の流伝の歩みは、まさに中国愛情文学の発展過程そのものとも言えよう。元稹の小説『伝奇』は才子佳人小説の祖型を成す作品である。『董西廂』は、西廂故事の悲劇的結末を大団円へと改変し、これによって、最も庶民の嗜好と合致する作品として、長い間流行することとなった。そして『王西廂』は、中国文学の中で最

も典型的な愛情劇として、後世の文学、特に愛情を題材にした作品へ多大な影響を及ぼすに至ったのである。

また、「伝奇」という言葉の変遷と西廂故事の流伝からは、中国俗文学発展史の一つの典型的な軌跡をうかがうことができる。俗文学作品の場合、聴衆もしくは観客を楽しませる娯楽性・通俗性・好奇性を追求することは当然のことであった。特に宋代以後、俗文学が次第に盛んになるにつれて、西廂故事のあり方と「伝奇」という呼称の示す内容もまた、ともに庶民の嗜好によって変化していく。しかし、それらは、その形式（鼓子詞・諸宮調・話本・戯曲）およびプロットを時代に応じて変化させながらも、その主題は常に一貫して、才子佳人の愛情であった。そのゆえんは、まさしく愛情というテーマが、いつの世も変わらぬ普遍的な主題であるからに他ならないのである。

そこで最後に、以上の観点を踏まえ、次の表をまとめてみた。「伝奇」の指すジャンルの変化は、この表にまとめたように、まさに西廂故事の流伝とともに進んできたと考えることができるであろう。


西廂故事の流伝と「伝奇」名称の変遷との関係表

「伝奇」名称の変遷	唐代小説	宋代話本	宋金諸宮調	宋元南戯	元代雑劇	明代長編戯曲
	←	←	←	←	←	←
西廂故事の流伝	『伝奇』（『鶯鶯伝』）	『張公子遇崔鶯鶯』 『宿香亭張浩偶鶯鶯』 『鶯鶯伝』（佚）	『董西廂』	『張珙西廂記』（佚） 『崔鶯鶯西廂記』（佚）	『王西廂』 『鶯鶯牡丹記』（佚）	『南西廂』 『続西廂昇仙記』 『錦西廂』（佚）

注

（1）王国維『宋元戯曲考』（『海寧王静安先生遺書』第十五冊、商務印書館、一九四〇年版）十六「餘論」

（2）『辞海』（上海辞書出版社、一九七九年版）二二四頁、『漢語大詞典』（漢語大詞典出版社、一九九三年）第一巻、一六一九頁および『大漢和辞典』（大修館書店、一九五五年）巻一、一〇一九頁などの辞典の「伝奇」についての解説は、王国維の説とほぼ同様である。また呉新雷は「論宋元南戯与明清伝奇的界説」（『中国戯曲史論』、江蘇教育出版社、一九九六年、三十二頁）中で「伝奇四変」説に基づいて「伝奇七変」説を提起した。

（3）例えば、「裴鉶『傳奇』三卷。」（『新唐書』巻五十九・『宋史』巻二六〇）、「范文正公爲『岳陽樓記』、用對語説時景、世以爲奇。尹師魯讀之、曰：「『傳奇』體爾！」『傳奇』、唐裴鉶所著小説也。」（宋・陳師道『後山詩話』）、「唐所謂「傳奇」、自是小説書名、裴鉶所撰。」（明・胡応麟『少室山房筆叢』巻四十一「莊嶽委談」）、「『傳奇』者、裴鉶著小説、多奇異而可傳示、故號「傳奇」。」（清・梁紹壬『両般秋雨盦随筆』）などの記録がある。

（4）周楞伽『裴鉶伝奇』の二頁に、「是宋代因裴鉶『傳奇』的流行、才把它概括了一切唐人小説、給唐人所創的這一文學様式定下傳奇的名稱、似乎較爲可信。」とある。

（5）卞孝萱「『鶯鶯伝』的原標題及写作年代」（『揚州師院学報』、一九七八年第三期）と同『元稹年譜』（斉魯書社、一九八〇年）および周紹良「『伝奇』箋証稿」（『中国古典文学研究論叢』所収、吉林人民出版社、一九八〇年）

（6）「辨『伝奇』鶯鶯事」・「微之年譜」および『元微之崔鶯鶯商調蝶恋花詞』は、趙令時が書いた故事と詩話の専集である『侯鯖録』に収められている。『侯鯖録』は『稗海』第八函、『知不足斉叢書』第二十二集、『四庫全書』子部小説家類、『叢書集成初編』文学類、『筆記小説大観』第六輯に収録されている。なお、本書で用いたテキストは、『叢書集成初編』文学類を底本とし、『唐宋史料筆記叢刊』（孔凡礼点校、中華書局、二〇〇二年）を参校した。

（7）竜楡生編『東坡楽府箋』（商務印書館、一九三六年）巻三「定風波・重陽括杜牧之詩」傅幹注

（8）同注（7）巻三「浣溪紗・詠橘」傅幹注

(9) 陶宗儀『南村輟耕録』(『元明資料筆記叢刊』、中華書局、一九五九年) 巻十四「婦女曰娘」一七五頁。
(10) 同注(9) 巻十七「崔麗人」二一三頁。
(11) 元好問『遺山楽府』(『彊村叢書』第八冊、台北広文書局、一九七〇年) 巻中「江海引序」
(12) 王夢鷗『唐代小説研究』(芸文印書舘、一九七三年) 第二冊十一頁「陳翰異聞集校補釈」
(13) 呉梅『顧曲麈談』(商務印書館、一九一六年) 第二章「製曲」
(14) 王国維『戯曲考源』(『海寧王静安先生遺書』第十五冊、商務印書館、一九四〇年版) 七頁。
(15) 漄園耐得翁『都城紀勝』(古典文学出版社、一九五六年)「瓦舎衆伎」
(16) 呉自牧『夢粱録』(古典文学出版社、一九五六年) 巻二十「小説講経史」
(17) 羅燁『酔翁談録』(古典文学出版社、一九五七年) 甲集巻一「小説開闢」
(18) 胡応麟『少室山房筆叢』(中華書局、一九五八年) 巻二十九「九流諸論」
(19) 周密『武林旧事』(古典文学出版社、一九五六年) 巻六「諸色伎芸人」
(20)『金史』巻一二九「佞幸伝」
(21) 孟元老『東京夢華録』(上海古典文学出版社、一九五六年) 巻五「京瓦伎芸」
(22) 同注(15)
(23) 同注(16) 巻二十「妓楽」
(24) 同注(9) 巻二十五「院本名目」
(25) 鍾嗣成『録鬼簿』(『校訂録鬼簿三種』、中州古籍出版社、一九九一年) 巻上「前輩已死名公、有樂府行於世者」、五十七頁。
(26) 朱権『太和正音譜』(『中国古典戯曲論著集成』第三集所収、中国戯劇出版社、一九五九年) 巻上、二十頁。
(27) 凌景埏校注『董解元西廂記』(人民文学出版社、一九六二年) 巻一。
(28) 魯迅『中国小説的歴史変遷』(人民文学出版社、一九七三年) 第三講「唐之伝奇文」
(29) 同注(18) 巻四十一「荘嶽委談」

(30) 王国維『曲録』(『海寧王静安先生遺書』第十六冊、商務印書館、一九四〇年版)巻四「伝奇部」、一頁。
(31) 同注(1)「自序」、一頁。
(32) 周徳清『中原音韻』(『中国古典戯曲論著集成』第一集二一二頁)「正語作詞起例」に「齊微韻『璽』字、前輩剮王莽傳奇與支思韻通押。……前輩周公攝政傳奇太平令云:『口來豁開兩腮』」とある。
楊維禎『元宮詞』(『遼金元宮詞不分巻補遺一巻』所収、北京古籍出版社、一九八八年)に「『尸諫靈公』演傳奇、一朝傳到九重知。奉宣齊與中書省、諸路都教唱此詞。」とある。
(33) 朱恒夫の「戯文『宦門子弟錯立身』成立於元代」(『文学遺産』、一九八六年第四期)によれば、この作品は元代に作られたものである。
(34) 銭南揚校注『宦門子弟錯立身』(『永楽大典戯文三種』所収、中華書局、一九七九年)第五出。
(35) 同注(17)
(36) 程国賦「唐伝奇与元雑劇相関作品的比較研究」(『学術研究』、一九九七年第二期)および同『唐代小説嬗変研究』(広東人民出版社、一九九七年)
(37) 同注(18)巻四十一「莊嶽委談」
(38) 徐子室・鈕少雅『九宮正始』(『善本戯曲叢刊』第三輯所収、王秋桂輯、台湾学生書局、一九八四年)に、「詞曲始於大元、茲選倶集天曆至正間諸名人所著傳奇數套。……『西廂記』、元傳奇。『蔡伯喈』、元傳奇。『殺狗記』、元傳奇。『拜月亭』、元傳奇。『劉智遠』、元傳奇。『王十朋』、元傳奇……。」とある。
(39) 王驥徳『曲律』(『中国古典戯曲論著集成』第四集一五九頁)巻四「雜論第三十九上」に、「嘗戯以傳奇配部色、則『西廂』如正旦、聲色倶絶、不可思議。『琵琶』如正生、或峨冠博帶、或敝巾敗衫、倶嘖嘖動人。『拜月』如小丑、……『還魂』二夢如新出小旦、……『荊釵』、『破窯』等如淨。」とある。
(40) 祁彪佳『遠山堂曲品』(『中国古典戯曲論著集成』第六集七頁)「曲品凡例」に「品中皆南詞、而『西廂』『西遊』『凌雲』三北曲何以入品?蓋以全記故也。全記皆入品、無論南北也。」とある。

(41) 王季烈『螾廬曲談』(上海商務印書館、一九二八年)「論作曲」
(42)『全唐詩』巻四二二。また、『元稹集』(冀勤點校、中華書局、一九八二年) 巻二十六。
(43) 近藤春雄『唐代小説の研究』(笠間書院、一九七八年) 四十三頁、戸倉英美「伝奇小説とは何か」(『しにか』一九九七年十月號、大修館書店)
(44) 同注 (18) 巻四十一「莊嶽委談」
(45) 明・伝真社『修文記・跋』(蔡毅編著『中国古典戲曲序跋彙編』所収、斉魯書社、一九八九年) 一二二一頁。

第二章　西廂故事と講唱文芸

——宋・趙令畤『商調蝶恋花』をめぐって——

一　はじめに

崔鶯鶯と張生の恋愛を題材とする西廂故事は、唐代伝奇小説『鶯鶯伝』から元代雑劇『西廂記』に至るおよそ五百年の間、調笑転踏・鼓子詞・諸宮調・話本小説、あるいは戯曲などに仕組まれて、まさしく中国俗文学史の一端を支え続けてきたと言える。

ところで、この唐『鶯鶯伝』から元『西廂記』までの文学史を考える時、その中間に当たる宋代は、中国俗文学の発展の重要な時期でもある。ただ残念なことは、現存する作品が少なく、しかも関連資料が乏しいこともあって、従来あまり研究されていないように思われる。

本章では、北宋文壇の盟主である蘇軾と宋代西廂故事のつながりについて考察し、蘇軾の門下生である秦観、毛滂などの西廂故事に取材した作品、特に趙令畤の『商調蝶恋花』をめぐって、蘇軾と彼ら文人たちとの交遊関係を見ることによって、蘇軾が宋代における西廂故事の流伝の中にどのような役割を果たしたか、また『商調蝶恋花』という作品が西廂故事の演変の中にどのような地位を占めるかについて検討してみたい。

二　宋代西廂故事の流伝と蘇軾

まず、西廂故事の成立および宋代における西廂故事の流伝と蘇軾の役割を概観しておきたい。

崔鶯鶯と張生の恋愛を題材とする西廂故事は、周知のように、唐代の著名な詩人元稹（字は微之、七七九―八三一）

の伝奇小説『鶯鶯伝』に源を発する。その故事の梗概は次のとおりである。

唐の貞元年間（七八五—八三四）、遊学の旅に出た張生という書生は、蒲州（今の山西省永済市）東の名刹普救寺に泊まったが、たまたま彼の伯母に当たる崔家の未亡人も、子女とともに夫の遺骸を守ってこの寺に寄寓していた。そこで兵乱に巻き込まれ、崔家にも危難が及んだが、幸い張生の尽力によって彼らは助けられた。その恩に報いようと思った未亡人は、宴会を設けて張生を招くが、紹介された娘、鶯鶯を目にして、張生はすっかり心を奪われてしまう。その後、鶯鶯の小間使い紅娘に頼んで意を伝え、二人は詩の贈答によってようやく心が通じて、いわゆる西廂（西側の廂《ひさし》にある部屋）の交わりが始まるが、やがて張生は試験のために長安に赴き、落第したので、そのまま都にとどまることになる。その間に手紙のやり取りがあり、悲嘆に暮れる鶯鶯は変わらぬ深情を伝えたが、やがて張生は鶯鶯との関係を断ってしまう。その後結婚した張生が出張の折、これもすでに嫁した鶯鶯に面会を求めるが、彼女は姿を見せない。代わりに届いた手紙には、「還《また》舊《きゅう》時《じ》の意《い》を将《もっ》て、憐《れん》取《しゅ》せよ眼前の人」と書いてあった。

作者自身の恋愛体験と言われるこの小説は、才子佳人小説の誕生を告げる重要な作品として、中国文学史に多大な影響を及ぼした。その理由は、何といっても後に千古の名劇『西廂記』の源になったからである。宋代にあってこの『鶯鶯伝』は、北宋初の太平興国二年（九七七）、太宗の勅命によって、李昉などが編んだ小説集『太平広記』巻四八八「雑伝記」中に収められていた。『太平広記』は、三四四種類の書籍から引用した、漢から五代に至る野史・伝奇小説の一大集成である。同書は太平興国三年八月に奉呈され、三年後に刻版されたが、その必要性について異論が出たため刊行されず、刻版が太清楼にしまい込まれたまま、館閣文人など少数の人々しか見ることができなかった。明の談愷が写本を入手して、嘉靖四十五年（一五六六）に校刻出版したのが、最初の刊本である。

蘇軾（字は子瞻、号は東坡居士、一〇三六—一一〇一）は北宋文壇の盟主として、卓絶な文学創作の成就をもって、宋代における文学の各種ジャンルに対して多大な貢献をした人物である。彼はまた西廂故事の流伝と発展についても重要な役割を果たしたと考えられる。というのは、先の太清楼に蔵された『太平広記』を実見したと思われることや、実際に彼自身の詩・詞の中に西廂故事に直接言及した作品が散見されるからである。さらに興味深いのは、現存する宋代の西廂故事に取材した作品がすべて彼の門下生、あるいは彼と密接な関係にある文人たちが作ったものに限られるということである。以下の詞句が『鶯鶯伝』によって作ったと見られる蘇軾の作品である。

南歌子(1)

美人依約在西廂　　美人依約として西廂に在り

雨中花慢(2)

待月西廂　　月を待つ西廂

定風波(3)

爲郎憔悴却羞郎　　郎の為に憔悴して却って郎を羞づ

張子野年八十五、尚聞買妾、述古令作詩(4)

詩人老去鶯鶯在　　詩人老い去りて鶯鶯在り
公子歸来燕燕忙　　公子帰り来りて燕燕忙し

「南歌子」詞中の「美人依約在西廂」と「雨中花慢」詞中の「待月西廂」とは、直接に「西廂」という主人公の男女の出会いの場所を設定し、「定風波」詞中の「爲郎憔悴却羞郎」という詞句が『鶯鶯伝』からそのまま襲用したものので、またこの「詩人老去鶯鶯在、公子歸来燕燕忙」について、宋人王楙の『野客叢書』は、

張子野晩年多愛姫、東坡有詩曰：「詩人老去鶯鶯在、公子歸來燕燕忙。」正均用當家故事也。案唐張君瑞、遇崔氏女於蒲、崔小名鶯鶯、元稹與李紳語其事、作「鶯鶯歌」。

張子野晩年に愛姫多し、東坡詩有りて曰く、「詩人老い去りて鶯鶯在り、公子帰り来りて燕燕忙し」とは正に均しく当家の故事を用ふるなり。案ずるに唐の張君瑞、崔氏女と蒲に於いて遇ふ、崔は小名鶯鶯、元稹と李紳とその事を語り、「鶯鶯歌」を作る。(5)

と述べている。

以上のように、蘇軾は小説集『太平広記』に収められる『鶯鶯伝』を実見し、その影響を受け、格別の関心をもって自己の詩詞中に引用していたようである。さて、当時文壇の領袖の地位にあった蘇軾は、その門下に、全国的に幅広い後輩の文人芸術家を結集させていた。胡応麟の『詩藪』において、

黄魯直、秦少游、陳無己、晁無咎、張文潜、唐子西、李芳叔、趙徳麟、……皆従東坡遊者。

黄魯直、秦少游、陳無己、晁無咎、張文潜、唐子西、李芳叔、趙徳麟…皆東坡に従ひて遊ぶ者なり。(6)

とある。この中に「従東坡遊者」二十三人を挙げて、また「與子瞻善者」十八人の名前を並べている。いわゆる「蘇門の四学士(7)」「蘇門の六君子(8)」がその中から形成されたのである。北宋の時代、才子佳人式の男女の愛情を反映した西廂故事は、当時の知識人たちの理想像に合致し、大いに興味をひく対象であったと思われる。特に蘇軾はその当時に大きな影響力を持って文人集団を形成したが、その文人たちは交遊によって、屡々この故事を話題とし、また筆端に付している。以下には、蘇軾の門下生とされる秦観、毛滂、特に趙令時の西廂故事に取材した作品をめぐって具体的に述べてみようと思う。

宋代において現存する西廂故事に取材した作品といえば、まず秦観と毛滂の「調笑転踏」である。宋代の著名な詞人秦観（字は少游、一〇四九—一一〇一）は、熙寧十年（一〇七七）徐州で蘇軾に文才を認められ、さらに元祐初年、賢良方正を以て朝廷に出仕し、官は太学博士、国史院編修官に至る、いわゆる「蘇門の四学士」の中心人物である。特に蘇軾は「秦少游真賛(9)」という賛辞を残している。秦観の詞は「婉約」（婉曲で含みがある）の典型と言われるが、古代の美人を詠じる「調笑転踏」もこういった婉約の美しさを表現した作品である。秦観の「調笑転踏」は全部で十首、それぞれ王昭君・楽昌公主・崔徽・無雙・灼灼・盼盼・鶯鶯・採蓮・煙中怨・離魂記と題するが、そのうち第七首「鶯鶯」は西廂故事の女主人公崔鶯鶯を詠じるものである。

崔家有女名鶯鶯　　崔家に女あり　名は鶯鶯

未識春光先有情　　未だ春光を識らざるに　先ず情あり
河橋兵亂依蕭寺　　河橋の兵乱に蕭寺に依り
紅愁緑慘見張生　　紅愁緑惨にして　張生を見る
張生一見春情重　　張生一たび見て　春情重し
明月拂牆花樹動　　明月　牆を払ひて　花樹を動かす
夜半紅娘擁抱來　　夜半　紅娘に擁抱され来たり
脈脈驚魂若春夢　　脈脈として　魂驚かして春の夢の若し

春夢　神仙洞　　春の夢か　神仙の洞か
冉冉拂牆花樹動　　冉冉として　牆を払ひて　花樹を動かす
西廂待月知誰共　　西廂に月を待つ　知らん　誰と共にかせん
更覺玉人情重　　更に玉人の情重きことを覚ゆ
紅娘深夜行雲送　　紅娘　深夜に行雲を送りて
困嚲釵横金鳳　　困嚲て　釵に金鳳横たう[10]

また「調笑転踏」は、同じく蘇軾の門下生である毛滂（字は沢民、号は東堂、一〇五五―一一二〇）にも作品がある。毛滂は、元祐四年（一〇八九）に蘇軾が杭州の守となった時の法曹で、その詩才を深く重んじられ、後、朝廷に薦められて秀州の知となった人物である。『蘇軾詩集』（一九八二年、中華書局）巻三十一に「次韻毛滂法曹感雨」という詩が見られる。毛滂の「調笑転踏」には、それぞれ崔徽・秦娘・盼盼・美人賦・灼灼・鶯鶯・苕子・張好好が詠じられている。その第六首「鶯鶯」は次のとおりである。

春風戸外花蕭蕭　　春風　戸外にふき　花　蕭蕭たり
緑窗繡屏阿母嬌　　緑窓　繡屏　阿母　嬌し
白玉郎君恃恩力　　白玉の郎君　恩力を恃んで
樽前心醉雙翠翹　　樽前　心に酔ふ　双の翠翹
西廂月冷濛花霧　　西廂　月冷やかに　花霧濛たり
落霞零亂牆東樹　　落霞　零乱す　牆東の樹
此夜靈犀已暗通　　此の夜　霊犀　已に暗に通りて
玉環寄恨人何處　　玉環　恨みを寄す　人　何れの処ぞと

何處　長安路　　何れの処　長安の路
不記牆東花拂樹　　記《おぼ》えず　牆東に花樹を払ふを
瑶琴理罷霓裳譜　　瑶琴　理め罷む　霓裳の譜
依舊月窗風戸　　依旧なり　月窓　風戸
薄情年少如飛絮　　薄情の年少　飛絮の如し
夢逐玉環西去　　夢　玉環を逐ひて　西に去る(11)

この秦観と毛滂の作品は「転踏」という形式を採用したものである。「転踏」とは宋代の歌舞曲であり、七言律詩一首と「調笑令」詞一首とを組み合わせて、古代の美人の故事を詠じる楽曲である。詩の最後の二字と詞の最初の二字を聯繋させ、また「調笑令」という詞牌を用いることから、「調笑転踏」と称されるものである。普通八つの故事を一套とする。ところで、秦観と毛滂が作った「調笑転踏」の内容は小説『鶯鶯伝』の範囲を超えるものではない。しかも「転踏」というジャンルの制限によって、作者は七律詩と小令詞のみで故事を詠じなければならず、『鶯鶯伝』中の一つのプロットを詠じるのが精いっぱいであったのであろう。西廂故事全体を叙述することは到底不可能だったのである。

とはいえ、社会の発展および文人価値観の変化に伴い、「調笑転踏」は、その主題において『鶯鶯伝』に比べて明確な進歩を示している。『鶯鶯伝』中の「時人多く張生に許して善く過ちを補う者と為す」という言葉に対する毛滂の反発などは、その一例である。すなわち「調笑転踏」中で「薄情の年少飛絮の如し」と張生を批判し、その裏切り行為に対して不満と否定の気持ちを表明しているのである。

宋代においては、物質生産の発展と商品経済の繁栄および市民階層の形成につれて、社会発展の需要に応じる一つの新しい文化――市民文化が形成され始める。なかでも「瓦子」(「瓦肆」或「瓦舍」とも称される)や、「勾欄」などといった庶民の娯楽の場において繰り広げられた娯楽文化が当時の都市で盛んになっていった。『東京夢華録』によると、汴京(今の河南省開封市)の東角楼街辺りだけでも、

街南桑家瓦子、近北則中瓦・次里瓦。其中大小勾欄五十餘座。内中瓦子・蓮花棚・牡丹棚・里瓦子・夜叉棚・象棚最大、可容數千人。

街の南に桑家瓦子、北に近ければ則ち中瓦・次里瓦。其の中に大小の勾欄五十余座。内の中瓦子・蓮花棚・牡丹棚・里瓦子・夜叉棚・象棚最も大きく、数千人を容るべし。[12]

などがあったという。こういった当時の盛り場を中心とした文化は、南宋に至ってさらに繁栄し、『夢粱録』の中には臨安（今の浙江杭州市）の盛況も記されている。[13] こうした規模の大きな娯楽文化の中心地において、通俗文学（特に講唱文学）は大いに発展していった。そこでは、様々なジャンルの文学が相互に影響し合うこととなり、人気のある故事があれば、同じ題材を雑劇・説話・院本・諸宮調などといった異なる芸術形式によって上演することも行われたのである。

こうした社会風気と文化条件を背景として、西廂故事は広く伝播していったと考えられる。蘇軾は文人集団を形成したが、その文人たちの多くは、娼妓ともよく詩のやり取りなどをしており、また「瓦子」「勾欄」にもたびたび顔を出すなど、庶民階層と深いつながりを持っていた。西廂故事も、かかる情況の下に広く民間に受け入れられていったのである。北宋の羅燁『酔翁談録』巻一「舌耕叙引、小説開辟」には、当時『鶯鶯伝』が卓文君・李亜仙・恵娘魄偶・王魁負心・唐輔采蓮などの故事と並んで、説話人によってよく上演された伝奇小説であったと記されている。また南宋の周密の『武林旧事』巻十の中に「鶯鶯六幺」という官本雑劇の題目が見えるのも、こうした情況を説明するものと思われる。ただ残念なことに、これらの作品は現存していないのである。

以上のように、西廂故事は文人士大夫たちのサロンでの話題となり、彼らの創作の題材となったにとどまらず、都市文明の発展と市民文化の勃興に伴い、通俗文学の描く対象として民間に上演され、そして広く受け入れられることになった。では、西廂故事の当時の民間における流伝の具体的な情況を知ることは、全く望むべくもないのであろうか。そこで、この欠落を補うものとして、本章が以下に取り上げる趙令時の『商調蝶恋花』の存在は、極めて重要な意義を持つものとなる。この『商調蝶恋花』について、王国維は『戯曲考源』において、

傳者惟趙徳麟之『商調蝶戀花』、述『會眞記』事凡十闕、並置原文於曲前、又以一闕起一闕結之、視後世戯曲之格律幾於具體而微。

伝ふる者は惟趙徳麟の『商調蝶恋花』、『会真記』の事凡そ十闕を述べ、並びに原文を曲前に置き、又一闕を以て起こし、一闕を以て結ぶ。後世戯曲の格律に視ぶれば具体にして微なるに幾し。[14]

と評している。また、久保得二も『支那戯曲研究』に、

趙徳麟の此作は、『會眞記』より『西廂記』に至る變遷の過程に當れる一目標となり、西廂研究者の是非とも一顧せねばならぬところの者である。[15]

と述べている。北宋の文人趙令時が民間講唱文芸の鼓子詞というジャンルを採用し、小説『鶯鶯伝』の基本的なプロットをもとに創作した『商調蝶恋花』は、後世の戯曲へ深刻な影響を及ぼしたのである。

しかし、『商調蝶恋花』とその作者趙令時については、まだその研究は十分にはなされていないように思われる。『商調蝶恋花』については、中国ではまだ注釈文がなく、日本でも翻訳文がない。また管見に入った限り、この作品に関する専論も見当たらない。『西廂記』に関する専著あるいは中国戯劇史中ではしばしばこの作品について触れている

けれども、具体的にはまだ深く分析されていないのが実情と言えよう。このような状況を招いている大きな理由には、直接的な関連資料が極めて少ないということが考えられる。従って、『商調蝶恋花』そのものを深く理解するためには、関連資料を可能な限り広く集めることがまず必要であろう。そこで以下では、趙令時本人の伝記、および彼と蘇軾との関係について考察することにより、『商調蝶恋花』成立の背景から検討してみたいと思う。

三　趙令時と『商調蝶恋花』

才人の多出する北宋の文壇においては、趙令時はさほど有名な文人とは言えない。また彼の伝記資料も次のようにいずれも断片的なものである。『宋史』には、

令時字徳麟、燕懿王玄孫也、蚤以才敏聞。元祐六年、簽書潁州公事。時蘇軾爲守、愛其才、因薦於朝。
令時、字は徳麟、燕懿王の玄孫なり、蚤《つと》に才敏を以て聞こゆ。元祐六年（一〇九一）、簽書潁州公事となる。時に蘇軾守たり、其の才を愛で、因って朝に薦む。[16]

と記録されている。また、『宋史新編』巻六十一、『宋詩紀事』巻八十五、『宋元学案補遺』、『元祐党籍碑姓名考』、『四庫提要辨証』などの書籍中にも趙令時に関する資料が見られるが、内容はいずれも『宋史』の記述範囲を超えるものではない。

現在、生没年および彼の著作に関しての考証である『全宋詞』の付伝によると、趙令時は、字は徳麟、皇祐三年

（一〇五一）宋太祖趙匡胤の次男徳昭の玄孫として生まれ、紹興四年（一一三四）八十三歳で亡くなったとされる。彼はその才能を蘇軾に認められ、少なからず官職を歴任したことがあるが、巡り合わせが悪く、結局中央官界での栄達は実現せず、晩年零落し、その死に当たっては葬礼もかなわぬ極貧の状態であったということである。[17] 趙令時の生涯の事跡については、史籍中にあまり記載されていなかったが、他の宋人の専集および筆記中に、そのいくつかが散見される。例えば、范祖禹『范太史集』（『四庫全書』集部別集類所収）巻五十五「手記」、『張耒集』（中華書局、一九九〇年）巻五十四、周必大『文忠集』（『四庫全書』集部別集類所収）巻十六「跋趙徳麟書」、朱熹『朱文公文集』巻八十一「跋東坡與趙徳麟字説帳」および徐度『却掃編』（『叢書集成初編』文学類所収）巻下などの中に、趙令時の文才、官吏としての能力および人格について、これを高く評価する文章が見られる。中でも、「蘇門の四学士」の一人である張耒の「書趙令時字説後」によると、蘇軾が紹聖（一〇九四―一〇九七）初年に恵州・澹州へ左遷された時、趙令時は危険を恐れず、蘇軾の「遺墨餘稿」を珍藏した。こうしたことに対して、張耒は彼をあつく尊敬し、また賞賛もしたのであった。[18]

趙令時は官途において不遇のままであったが、宗室出身の文人として、彼独自の経歴と優れた文才を持ち、後世に少数ながらも優秀な文学作品を残している。現存する彼の作品は、『侯鯖録』八巻のほか、宋人曾慥編『楽府雅詞』中の詞十二首、また趙萬里『校輯宋金元人詞』中の詞三十六首、そして『全宋詞』と『宋詩紀事』中の詞三十七首、詩五首、および断句二首を見ることができる。このように、宗室出身の文人趙令時の生涯の事蹟については、史籍に記載される資料が乏しいにもかかわらず、同時代および後世の文人学者の著作中に記録され、しばしば高い評価が見られるのである。

趙令時の経歴において最も注目される点は、彼と大文豪蘇軾との密接な関係である。このことは、彼の文学創作にも大きな影響を与えたと思われる。先にも述べたとおり、蘇軾は西廂故事の伝播において、重要な役割を果たす存在である。具体的には、当時西廂故事を題材として創作された「調笑転踏」と鼓子詞の作者が、いずれも彼の門下の文人である。また年齢の面においても、蘇軾は秦観の十二歳年長、毛滂の十九歳年長、趙令時の十五歳年長であり、官人としての身分からも、蘇軾はすでに彼らに十分な影響を及ぼしたと考えるべきである。

趙令時と蘇軾との密接な交流は元祐六年から元祐七年の間に行われる。元祐六年（一〇九一）七月、五十六歳の蘇軾は竜図閣学士をもって潁州（今の安徽省阜陽市）の知となり、その時趙令時は承議郎をもって潁州の簽官となった。二年前蘇軾は杭州の知となった時、趙令時が彼の属官として勤めたことがあり、再度いっしょに仕事をしようとしたのである。蘇軾の趙令時の才能に対する賞愛は深く、彼の字を景貺から徳麟に改めさせ、自ら「趙徳麟の字の説」という一文を書き、この中に彼を次のように評価する。

得其爲人、博學而文、篤行而剛、信於爲道、而敏於爲政。予以爲有杞梓之用、瑚璉之貴、將必顯聞於天下、非特佳公子而已。

其の人と為りを得れば、博学にして文あり、篤行にして剛、道を為して信、政を為して敏、予おもへらく杞梓の用、瑚璉の貴有り。将に必ず天下に顕聞するべく、特に佳公子なるのみに非ず[19]。

すなわち趙令時が無智無能の皇族公子でなく、人柄、才智ともに優れた文人才子であることを蘇軾は認めているのである。さらに、蘇軾は自らの地位とその影響力とによって、前後二度にわたって朝廷に彼を推薦しようとしている。元祐七年（一〇九二）五月、蘇軾は竜図閣学士知潁州の身分で「宗室令時を薦むるの状」（『蘇軾文集』巻三十四）という上奏書を奉った。その後、兵部尚書においても、また「再び趙令時を薦むるの状」（『蘇軾文集』巻三十七）を上奏した。

この二編の奏疏の中、蘇軾は西周から唐代に至るまで、歴代皇室の才士が国家の繁栄に貢献したという事例を陳述し、しかも宋代の状況を結び付けて述べ、朝廷の「国を理め、民を治むるは宗子に及ばず」という古い規則を廃止し、趙令時のような宗室中の人材も登用させるべきだと提案した。結局、蘇軾のこの推薦は通らず、趙令時の中央官界での栄達は実現しなかった。これを裏付ける資料は現在のところ見当たらないが、あるいはこのことによる挫折が、趙令時をしていよいよ『商調蝶恋花』の創作に向かわせた一因となったのではないかと考えられる。

一方、文学創作の方面での蘇軾の影響も当然大きかったはずである。というのは、文人士大夫の間における交遊酬唱は、唐代において、『鶯鶯伝』と「鶯鶯歌」など伝奇小説と詩との密接な関係からうかがわれたが、宋代においてもこの風習は引き続がれていた。従来より、歐陽脩、蘇軾らが文壇の盟主として、その当時の文学の発展に大きな役割を果たしたことは周知の事実である。当時、潁州には、趙令時、潁州州学教授陳師道、および歐陽脩の二人の息子歐陽叔弼、歐陽季默らが在住していた。潁州の周囲は、山林名勝などが少なく、蘇軾は専らこれらの人々とともに酒を飲んだり、詩を作ったりして余暇を過ごすのが常であった。蘇軾の生涯において地方官として潁州に勤めた時間は非常に短かったが、残された作品数はかえって非常に多かった理由の一つはここにある。次の詩題は、この約半年の間に、蘇軾が趙令時に与えた贈答詩の一覧である。

「復次放魚韻、答趙承議、陳教授」
「復次韻謝趙景貺、陳履常見和、兼簡歐陽叔弼兄弟」
「次韻趙景貺督兩歐陽詩、破陳酒戒」
「景貺、履常屢有詩、督叔弼、季默唱和、已許諾矣、復以此句挑之」

「和趙景貺栽檜」

「與趙、陳同過歐陽叔弼新治小齋、戲作」

「新渡寺席上、次趙景貺、陳履常韻、送歐陽叔弼」

「次韻趙景貺春思、且懷呉越山水」

「蠟梅一首贈趙景貺」

「趙景貺以詩求東齋榜銘、昨日聞都下寄酒來、戲和其韻、求分一壺作潤筆也」

「洞庭春色並引」

「次韻趙徳麟雪中惜梅且餉柑酒三首」

「趙徳麟餞湖上、舟中對月」

「和趙徳麟送陳傳道」

「軾在潁州、與趙徳麟同治西湖、未成、改揚州。三月十六日、湖成、徳麟有詩見懷、次其韻」

「次韻徳麟西湖新成見懐絶句」

「再次韻徳麟新開西湖」

「沐浴啓神聖僧舍、與趙徳麟邂逅」


（詳しくは『蘇軾詩集』巻三十四―三十六参照）

ところで、趙令時の詩は『宋詩紀事』中にわずかに五首しか残されておらず、蘇軾の詩に唱和した趙令時の作品は見られない。しかしながら、趙令時の『侯鯖録』には、当時彼と蘇軾が詩のやり取りをしていたことをうかがわせる多くの記事を見いだすことができる。また、蘇軾と趙令畤の密接な間柄については、宋人周南『山房集』巻八などの間接的資料も存在し[20]、よって、蘇軾と趙令畤の潁州における親密な交遊があったことは、十分に確かめられるのである。

宗室出身の一人の官僚として、趙令畤は、あまり伝記資料が残されていないが、北宋文壇の一人の文人として、彼は蘇軾との親密な交遊酬唱があった。このことは、彼の文学創作の上でも、大きな影響を与えたに違いない。『商調蝶恋花』の成立時期については、久保得二によって「元祐の後、靖康の前[21]」（すなわち一〇九五―一一二五の間）と推測されているが、趙令畤の『侯鯖録』と蘇軾詩文作品および宋人筆記などを全面的に考察すると、元祐年間に蘇軾らと交遊関係にあった以後、この作品を作ったと思われる。さらに、趙令畤は晩年に京官になったという経歴を関連づけて見ると、蘇軾の影響を受けた後、彼は『鶯鶯伝』に対して強烈な興味を抱き、そのうえ、京城の「瓦子」「勾欄」で当時上演されていた講唱文学作品を参考としながら、『商調蝶恋花』を創作し、西廂故事を広く民間に流伝させるという所期の願望を果たしたと推測される。従って、『商調蝶恋花』は作者の比較的晩年の、しかも都汴京での作品ではないかと考えられるのである。

四　『商調蝶恋花』の特徴

趙令畤の『商調蝶恋花』は、『侯鯖録』巻五に収められている。『商調蝶恋花』を作る前に、彼は『鶯鶯伝』および元稹本人について深く考証し、「辨伝奇鶯鶯事」と「微之年譜」を書いている。この二編の中で、彼は『鶯鶯伝』の主人公張生がすなわち元稹（字は微之）本人であるととらえ、作品の正式名称も張生、崔鶯鶯ではなく、「元微之崔鶯鶯商調蝶恋花詞」としている。
第一章に述べたように、趙令畤は当時民間に流行していたのが『鶯鶯伝』の大略であって、その西廂故事内容の全部ではなかったことを指摘し、その原因を、楽曲がついてなかったことに求めている。一方、『鶯鶯伝』の内容そのものについても、彼は不満があった。彼は原作の基本プロットを保存しながらも、原作の「煩褻」のところ、すなわち張生の「忍情の辯」、

張曰、大凡天之所命尤物也、不妖其身、必妖於人。使崔氏子遇合富貴、乘嬌寵、不爲雲爲雨、則爲蛟爲螭、吾不知其變化矣。昔殷之辛、周之幽、據萬乘之國、其勢甚厚。然而一女子敗之、潰其衆、屠其身、至今爲天下戮笑、予之徳不足以勝妖孽、是用忍情。

張曰く、大凡天の尤物に命ずる所や、其の身に妖せざれば、必ず人に妖す。崔氏の子をして富貴に遇合し、嬌寵を乗らしめば、雲と雨と為らずんば、則ち蛟と螭と為り、吾其の変化する所を知らざるなり。昔、殷の辛、周の幽、萬乘の国に據り、其の勢甚だ厚し。然れども一女子之を敗り、其の衆を潰し、其の身を屠り、今に至るまで天下の戮笑と為る。予の徳以て妖孽に勝つに足らず、是を用て情を忍ぶ。

という部分、および元稹の「飾非の辞」、

時人多許張爲善補過者。

時人多く張生に許して善く過ちを補ふ者と為す。

という結末の部分をすっかり削り去り、一方で自分の感想をも織り込みながら、「蝶恋花詞」十二首を作った。かくして、西廂故事は、はじめて楽曲に支えられることとなり、また故事全体が一つの作品に収められたわけである。その結果、すべての人々が共感する形式を整え、民間に広く流布するに至ったと考えられよう。

趙令時の『商調蝶恋花』は十二節から構成され、それぞれの節は語りと歌の二つの部分に分かれる。まず散文部分である語りを見ると、冒頭の第一節と結末の第十二節を除いた、第二節から第十一節は、すべて原作『鶯鶯伝』を簡潔に述べたものである。一方、韻文部分である歌は、すなわち作者が自分で作った「蝶恋花詞」十二首であり、すべて語りの後の、最初の一首は「歌伴を奉労す、先づ格律を定め、後に蕪詞を聴け」、以後の十一首は「歌伴を奉労す、再び前声を和する」という言葉を受けてそれぞれ歌われている。

ところが、『商調蝶恋花』を含む鼓子詞という形式は宋代民間に流行した講唱文学の一形式である。これは、まず散文で内容を概述し、続いて韻文で物語を歌って、語りと歌（すなわち散文と韻文）を交互に組み合わせて観客に語りかけ、太鼓やその他の管絃楽器の伴奏とともに韻文の詞曲を歌ってゆくものであった。鼓子詞においては、歌の韻文部分が作品の主体である。『商調蝶恋花』の韻文部分は趙令時が作った十二首「蝶恋花詞」になっているので、これを中心に深く具体的に分析することが必要だと考えられる。十二首「蝶恋花詞」は次のとおりである（番号と書き下し文は筆者が加えたものである）。

（一）

麗質仙娥生月殿　麗質の仙娥　月殿に生まるるも

謫向人間　人間に謫せられて

未免凡情亂　　未だ凡情に乱さるるを免かれず
宋玉牆東流美盼　　宋玉　墻東に美盼を流し
亂花深處曾相見　　乱花深き処　曾て相見ゆ

密意濃歡方有便　　密意濃歓　方に便あるも
不奈浮名　　浮名を奈《いかん》ともせず
旋遣輕分散　　旋遣せられて軽がろしく分散し
最恨多才情太淺　　最も恨む　多才にして　情太《はなは》だ浅く
等閒不念離人怨　　等閑に離人の怨むを念はざるを

（二）

錦額重簾深幾許　　錦額　重簾　深きこと幾許ぞ
繡履彎彎　　繡履　彎彎として
未省離朱戸　　未だ省《かつ》て朱戸を離れず
強出嬌羞都不語　　強ひて嬌羞を出だすも　都《すべ》て語らず
絳綃頻掩酥胸素　　絳綃もて頻りに掩《おお》ふ　酥胸の素《しろ》きを
黛淺愁深妝淡注　　黛浅く　愁深く　妝淡く注ぎ

怨絶情凝　　怨絶へ　情凝りて
不肯聊回顧　　聊かも回顧するを肯ぜず
媚臉未匀新涙汚　　媚臉　未だ匀《ととの》はず　新涙の汚
梅英猶帶春朝露　　梅英　猶ほ帯ぶ　春朝の露

（三）

懊惱嬌癡情未慣　　懊悩せる嬌痴　情未だ慣れざるに
不道看看　　道《はか》らずも看る看る
役得人腸斷　　人をして腸断役得《せ》しむ
萬語千言都不管　　万語千言　都《すべ》て管まざるに
蘭房跬歩如天遠　　蘭房の跬歩　天の如く遠し

廢寢忘餐思想遍　　寝を廃し餐を忘れて　思想遍《あまね》く
賴有青鸞　　頼《さいわ》ひに青鸞有り
不比憑魚鴈　　魚雁に憑るに比せざる
密寫香牋論繾綣　　密かに香牋に写きて繾綣を論ずれば
春詞一紙芳心亂　　春詞の一紙　芳心乱れる

（四）

庭院黄昏春雨霽　庭院の黄昏　春雨霽《は》れ
一縷深心　一縷の深心
百種成牽繫　百種に牽繫を成す
青翼驀然來報喜　青翼　驀然として来たり喜を報じ
花牋微諭相容意　花牋　微《かす》かに相ひ容るの意を諭《さと》る

待月西廂人不寐　月を西廂に待ちて　人　寐《い》ねず
簾影揺光　簾影の揺光
朱戸猶慵閉　朱戸　猶ほ慵く閉づ
花動拂牆紅蕚墜　花動き墻を払ひて　紅蕚墜《お》ち
分明疑是情人至　分明に疑ふらくは　是れ情人の至るならん

（五）

屈指幽期惟恐誤　幽期を屈指して　惟だ誤《あやま》つを恐れる
恰到春宵　恰《あたか》に春宵に到れば
明月當三五　明月　三五に当つ
紅影壓牆花密處　紅影　墻に圧す　花密なる処

花陰便是桃源路　　花陰　便《すなわ》ち是れ桃源の路
不謂蘭誠金石固　　謂《おも》はず　蘭誠の金石の固きを
歛袂怡聲　　歛袂の怡声
恣把多情數　　恣に多情を数《せ》む
惆悵空回誰共語　　惆悵として空しく回りて　誰か共に語らん
只應化作朝雲去　　只だ応《まさ》に化して朝雲と作《な》りて去るべし

（六）
數夕孤眠如度歲　　数夕の孤眠　歳を度《わた》るが如し
將謂今生　　将に今生を謂へば
會合終無計　　会合　終に計無し
正是斷腸凝望際　　正に是れ断腸　凝望の際
雲心捧得嫦娥至　　雲心　嫦娥に捧げ得て至る

玉因花柔羞抆淚　　玉因の花柔　羞じて涙を抆《ぬぐ》ひ
端麗妖嬈　　端麗なる妖嬈
不與前時比　　前時に比せず

人去月斜疑夢寐　　人去り　月斜にして夢寐に疑ふも
衣香猶在妝留臂　　衣香猶ほ在りて　妝　臂に留む

（七）

一夢行雲還暫阻　　一たび行雲を夢みて　還た暫く阻まれ
盡把深誠　　尽く深誠を把りて
綴作新詩句　　綴りて新詩句を作る
幸有青鸞堪密付　　幸ひに青鸞の密付に堪ふる有り
良宵從此無虛度　　良宵　此れ従《よ》り虚しく度《わた》る無し
兩意相歡朝又暮　　両意　相歓《よろこ》ぶ　朝又た暮
爭奈郎鞭　　争奈《いかん》せん　郎鞭
暫指長安路　　暫く　長安の路を指す
最是動人愁怨處　　最も是れ　動人愁怨の処
離情盈抱終無語　　離情　盈抱して　終ひに語る無し

（八）

碧沼鴛鴦交頸舞　　碧沼の鴛鴦　頸を交へて舞ひ

正恁雙棲
又遣分飛去
灑翰贈言終不許
援琴訴盡奴心素

正に双棲に恁りて
又遣はし分かれて飛び去る
翰《ふで》を灑《ふる》って贈言するも　終ひに許さず
琴を援《と》りて訴《うった》へ尽くす　奴の心素

曲未成聲先怨慕
忍淚凝情
強作霓裳序
彈到離愁悽咽處
絃腸俱斷梨花雨

曲　未だ声を成さざるに先づ怨慕し
涙を忍び　情を凝《こ》らす
強ひて霓裳の序を作《な》す
離愁悽咽の処に弾き到れば
絃腸　俱に断つ　梨花の雨

（九）

別後相思心目亂
不謂芳音
忽寄南來雁
卻寫花牋和淚卷
細書方寸教伊看

別後の相思　心目乱れ
芳音を謂《おも》はず
忽《たちま》ち南来の雁に寄す
却って花牋に写して　涙と和に巻き
細かに方寸を書きて　伊《かれ》に看せ教む

獨寐良宵無計遣
夢裏依稀
暫若尋常見
幽會未終魂已斷
半衾如煖人猶遠

（十）
尺素重重封錦字
未盡幽閨
別後心中事
珮玉綵絲文竹器
願君一見知深意
環玉長圓絲萬繫
竹上孄斑
盡是相思淚
物會見郎人永棄
心馳魂去人千里

獨寐の良宵　遣《はら》すに計無く
夢裏　依稀として
暫く尋常に見ゆるが若し
幽会　未だ終らざるに　魂　已に断たれ
半衾煖むる如きも　人猶ほ遠し

尺素　重重として　錦字を封ずるも
未だ尽くさず　幽閨の
別後の心中の事
珮玉綵絲たり　文竹の器
願はくは　君一たび見て深意を知らん
環玉は長円にして　絲は万繫
竹上の孄斑は
尽く是れ相思の涙なり
物会ひ　郎見ゆるも　人永へに棄てられ
心馳せ　魂去る人千里

（十一）

夢覺高唐雲雨散
十二巫峯
隔斷相思眼
不爲旁人移步懶
爲郎憔悴羞郎見

夢は高唐に覚めて　雲雨散じ
十二の巫峯
隔断す　相思の眼
旁人の為ならずに　歩を移して懶く
郎の為に憔悴して　郎に見《あ》ふを羞ず

青翼不來孤鳳怨
路失桃源
再會終無便
舊恨新愁那計遣
情深何似情俱淺

青翼来たらず　孤鳳怨み
路は桃源に失はれて
再会　終ひに便無し
旧恨新愁　那ぞ遣はすを計らん
情深くして　何ぞ情の倶《とも》に浅きに似ん

（十二）

鏡破人離何處問
路隔銀河
歲會知猶近
只道新來銷瘦損

鏡破れ　人離れて　何《いず》れの処に問はん
路は銀河に隔たるも
歳会　猶ほ近きを知る
只だ道ふ　新来銷痩して損ふと

玉容不見空傳信　　玉容　見えず　空しく信を伝ふ

棄擲前歡倶未忍　　前歓を棄擲して　倶に未だ忍ばず

豈料盟言　　豈に料《はか》らんや　盟言

狂頓無憑準　　狂頓《には》かに憑準無きとは

地久天長終有盡　　地久しく　天長きも　終ひに尽くること有り

綿綿不似無窮恨　　綿綿たること似ず　無窮の恨みに

このうち、第一首は、作者独自の創作部分である「前言」の直後に詠じられるものである。「前言」の中で、『鶯鶯伝』の流伝情況と『商調蝶恋花』創作の目的および過程が述べられる。そこで、第一首はこれに対応して、西廂故事の大意を概括し、また自分の感想を付け加えている。仙女のような美しい鶯鶯は書生張生と出会い、二人はお互いに一目ぼれをしたものの、張生はたとえ「密意濃歓」の関係を続けながらも、「浮名」の誘惑に耐えられず、一方的に鶯鶯を遺棄した。このような張生の態度に対して、作者は「最も恨む多才にして情太だ浅く、等閑に離人の怨を念はざるを」と言って、その薄情を批判するのである。

『商調蝶恋花』の第二節から第十一節までの散文部分は前述のとおり『鶯鶯伝』に基づいて改編されたものである。散文部分に対応する十首の「蝶恋花詞」はそれぞれ散文の故事と呼応し、人物と物語を抒情的に詠じている。

まず、第二首詞では「嬌羞」「怨絶」の氣質と「愁深」「情凝」の性格を持つ崔鶯鶯が描かれる。これは、散文中に登場した彼女のイメージとも一致している。鶯鶯は「深沈矜持、善良鍾情」の特徴を備えると同時に、「孤僻怯弱」

の一面も有していた。まさにこの性格の二重性が、「媚臉未だ匀はず新涙の汚」という情況を生み出し、彼女は、最後に捨てられる運命に直面する時になっても、ただ我慢するしかないことになるのである。

第三、四首は張生の形象を描写した詞である。鶯鶯と出会ってから、張生はすっかり心を奪われ、「寝を廃し餐を忘れて思想遍く」、「一縷の深心百種に牽繫を成す」という具合いである。また「春詞の一紙」を書き、鶯鶯から返事である「明月三五夜」という詩をもらった時には、彼は狂わんばかりに喜ぶ。「花動き墻を払ひて紅萼墜ち、分明に疑ふらくは是れ情人の至るならん」という言葉は、彼のこのような気持ちを描写しているのである。以上のような生き生きとした、多少誇張された描写は、張生の愛情の激しい気持ちを表現すると同時に、反面、彼の軽率さと薄情さという性格をも際立たせている。従って、西廂で出会った時、鶯鶯に「恣に多情を数む」と非難された後、張生の気持ちは希望と喜びから一気に絶望と苦しみへと変わってしまうのである。

第五首詞では、感情と風景との対比によって、張生のこうした激しい感情の変化が描き出される。「恰に春宵に到れば、明月三五に当つ」という美しい景色であるのに、張生は「惆悵として空しく回りて誰か共に語らん、只だ応に化して朝雲と作りて去るべし」と気持ちを落ち込ませているのである。しかし、張生が「正に是れ断腸凝望の際」にある時に、意外にも「雲心嫦娥に捧げ得て至る」。かくして、張生と鶯鶯、この才子佳人のカップルはようやく楽しい西廂の交わりをなすことになる。第六首の詞はこの美しい夢のような西廂の会を詠んだものである。

第七首詞からは、楽しみ極まりて哀情多しというように、崔・張の恋愛物語の悲劇性の発展過程が一歩一歩示されてゆく。「両意相歓ぶ朝又た暮」の中にひたるこのカップルは、張生が功名に駆り立てられることによって、別れの時を迎えることになる。第七、八首詞はこの「離愁悽咽の処」という別離の場面を言葉を尽くして描き出す。「離情盈抱して終ひに語る無し」「紘腸倶に断つ梨花の雨」という言葉が重ねられてゆく。

第九首は「別後の相思心目乱れ」という二人の思いを述べた詞である。張生は「忽ち南来の雁に寄す」とはいうものの、心中では鶯鶯を見捨てていた。一方、鶯鶯は変わらぬ愛情を抱きながらも、「幽会未だ終らざるに魂已に断たれ」という結末を迎える。作者は遺棄された鶯鶯の悲劇的な運命に大いに同情し、第十・十一首詞中に鶯鶯の憔悴と絶望の様子を述べ表し、そして「情深くして何ぞ情の倶に浅きに似ん」という不満の声を上げるのである。

以上の十首「蝶恋花詞」は崔鶯鶯と張生の恋愛を題材とする西廂故事を完全に演出するものである。ここまで書き終わったところで、趙令時は自分の気持ちをまだ十分に言い尽していないとして、また「後記」という散文を加えて書いた。その中で趙令時は、「崔の始め相得て終りに相失ふに至る、豈に已むを得ざるかな」という見解を示し、鶯鶯が無辜の被害者であるとする。そして全編の最後にさらに「尾声」（すなわち第十二首詞）を詠じている。趙令時は捨てられた鶯鶯に心からの同情を寄せると同時に、張生の薄情さと残酷さを厳しく非難するのである。

以上述べてきたことによりかんがみるに、『商調蝶恋花』に次の特徴を見いだすことができよう。

（一）『鶯鶯伝』に比べて、作者の観点が鮮明であり、故事の内容が充実している。趙令時は『鶯鶯伝』の内容を概括する時に、原作中の張生の「忍情の辯」と元稹の「補過の辞」という「煩褻」な文字を削り去り、また「遺棄」を「善補過」と見なし、「薄情」を「忍情」と言いなす元稹の立場をきっぱり捨て去ったのである。また、一方で崔・張二人の「始め相得て終りに相失ふに至る」という悲劇の結末に対して、これを深く惜しむ気持ちを打ち出している。ここには、『商調蝶恋花』の主題の時代性と進歩性がはっきりと示されていると言えよう。そして秦観と毛滂の「調笑転踏」など類似作品と比較すれば、さらに内容の充実と叙述の完備という点において、作品としての著しい進歩と完成の跡がうかがわれるのである。

（二）形式が整い、その表現も実に優れていて、生き生きとした描写が展開されている。全編が鼓子詞という形式を用いて、説と唱、散文と韵文相交差して形成される。昔の人が聴けば、「一詠三嘆」の感を起こさせ、今の人が読めば、「余味無窮」の情を残す。宋代は、詞の繁栄時期と言われ、また宗室文人である作者は優れた文学素養を持っており、作品中にはすばらしい詞句が散見される。例えば、第五首の「惆悵空回誰共語、只應化作朝雲去」、第六首の「人去月斜疑夢寐、衣香猶在妝留臂」および第九首「幽會未終魂已斷、半衾如煖人猶遠」という詞句は作者自身の感情が実に巧みに表現されていると言えよう。また、特に鶯鶯のイメージについて詠じた「黛淺愁深妝淡注、怨絶情凝、不肯聊回顧」や「彈到離愁悽咽處、絃腸俱斷梨花雨」といった句は、最もその対象を生き生きと描き出した部分であり、読者を強く感動させるのである。

趙令畤は元稹の『鶯鶯伝』に基づきながら「鼓子詞」というジャンルを採用し、独自の見解によって『商調蝶恋花』という宋代の優れた講唱文学の作品を作り出した。この作品は、その当時にあった西廂故事というものを士大夫階級にとどまらず、庶民娯楽の場所にまで上演に供することを可能にした。しかも、その形式と内容の特徴および成功度から見ると、この作品が西廂故事の演変の中において重要な役割を果たし、特に『董西廂』『王西廂』および後世の戯曲への道を開いたということが言える。従って、

金元人製曲、往往用宋人詞句。關漢卿・王實甫『西廂記』出於趙德麟『商調蝶戀花』、其尤著者。

金元人曲を製るに、往往宋人の詞句を用う。関漢卿・王実甫『西廂記』の趙徳麟『商調蝶恋花』より出づるは、其の尤も著るる者なり。(22)

徳麟此詞、毛西河詞話已視爲戲曲之祖。

徳麟の此の詞は、毛西河詞話に已に戯曲の祖と視為す。[23]

などと論じられるほど、重要視されている。

五　まとめ

本章においては、趙令時『商調蝶恋花』および秦観、毛滂「調笑転踏」という作品をめぐって、宋代における西廂故事の流伝と蘇軾の役割について考察してきた。これを要するに、蘇軾は北宋文壇の盟主として、彼の卓絶した文学創作の才能をもって、宋代における文学の各種ジャンルに対して多大な貢献をしたが、西廂故事の流伝と発展についても、重要な役割を果たしたと見られる。これは、宋代文人間の師承交遊関係について、一つの興味ある新しい研究課題ではないかと思われる。従来より、歐陽脩、蘇軾らは文壇の盟主として、文人学士と結びつき、多くの門生後輩を抜擢し、当時の文学の発展に大きな役割を果たしてきたことは周知の事実となっている。しかし、西廂故事の流伝と発展についても、まさに同様の事実が検証されたのである。

また、以上の考察により、伝奇小説から講唱文学、そして戯曲芸術という流れを見ると、北宋趙令時の『商調蝶恋花』は、まさに前を受けて後を開き、特に『董西廂』『王西廂』および後世の戯曲に大きな影響を及ぼした作品であったことが分かる。従って、元雑劇『西廂記』そのものの研究以外にも、西廂故事の流伝と発展およびこういった作品について、検討すべき課題が少なくないのである。[24]

注

（1）南歌子

笑怕薔薇罥、行憂寶瑟僵。美人依約在西廂。祇恐暗中迷路、認餘香。
午夜風翻幔、三更月到牀。簟紋如水玉肌涼。何物與儂歸去、有殘妝。

　竜楡生編『東坡楽府箋』（商務印書館、一九三六年）巻三

（2）雨中花慢

邃院重簾何処、惹得多情、愁對風光。睡起酒闌花謝、蝶亂蜂忙。
今夜何人、吹笙北嶺、待月西廂。空悵望處、一株紅杏、斜倚低牆。
羞顔易變、傍人先覺、到處被著猜防。誰信道、些兒恩愛、無限淒涼。
好事若無間阻、幽歡卻是尋常。一般滋味、就中香美、除是偸嘗。

　同注（1）

（3）定風波

莫怪鴛鴦綉帯長、腰輕不勝舞衣裳。薄倖只貪游冶去。
何処、垂楊系馬恣輕狂。花謝絮飛春又盡。堪恨、斷弦塵管伴啼妝。
不信歸來但自看。怕見、爲郎憔悴却羞郎。

　同注（1）

（4）張子野年八十五、尚聞買妾、述古令作詩

錦里先生自笑狂、莫欺九尺鬢眉蒼。詩人老去鶯鶯在、公子歸来燕燕忙。
柱下相君猶有齒、江南刺史已無腸。平生謬作安昌客、略遣彭宣到後堂。

　『蘇軾詩集』（中華書局、一九八二年）巻十一

（5）王楙『野客叢書』（中華書局、一九八七年）巻二十九
（6）胡応麟『詩藪・雑編』（『中華書局、一九五八年）巻五
（7）『宋史・文苑伝六・黄庭堅』に、「與張耒、晁補之、秦觀倶游蘇軾門、天下稱爲四學士」とある。
（8）清・銭謙益『〈蘇門六君子文粋〉序』（『四庫全書』集部総集類）に、「六君子者、張耒文潛、秦觀少游、陳師道履常、晁補之無咎、黄庭堅魯直、李廌方叔也」とある。
（9）『蘇軾文集』（中華書局、一九八六年）巻二十一、六〇五頁。
（10）秦観「調笑転踏」（『淮海居士長短句』巻下所収、中華書局、一九五七年）
（11）毛滂「調笑転踏」（『宋名家詞』第一集『東堂詞』所収、汲古閣刊本）
（12）孟元老『東京夢華録』（古典文学出版社、一九五六年）巻二「東角楼街巷」
（13）呉自牧『夢粱録』（古典文学出版社、一九五六年）巻十九「瓦舎」
（14）王国維『戯曲考源』（『海寧王静安先生遺書』第十五冊、商務印書館、一九四〇年版）七頁。
（15）久保得二『支那戯曲研究』（弘道館、一九二八年）三十六頁。
（16）『宋史』巻二百四十四「列伝第三・宗室一」
（17）唐圭璋編『全宋詞』（中華書局、一九六五年）四九一頁。また、孔凡礼の考証によれば、趙令時の生年は、皇祐三年（一〇五一）ではなく、治平元年（一〇六四）である（『唐宋史料筆記叢刊・侯鯖録』「点校説明」、中華書局、二〇〇二年）。
（18）『張耒集』（中華書局、一九九〇年）巻五十四「書趙令時字説後」に、「蘇公既謫嶺外、其所厚善者往往得罪、徳麟亦間廢且十年、其平生與公往還之跡、宜其深微而諱之矣。而徳麟不然、寶藏其遺墨餘稿、無少棄捨、此序其甲也。予問其意、徳麟慨然曰、〝此文章之傳者也、不可使後人致恨于我。〟予曰、〝此正先生所謂〝篤行而剛、信於爲道〟者歟〟」とある。
（19）蘇軾「趙徳麟の字の説」（『蘇軾文集』巻十）三三六頁。
（20）周南『山房集』（『四庫全書』集部別集類所収）巻八に、「趙令時、宗室近属、猶子好學有詩声、著侯鯖録行於世。元祐六年簽判潁上、東坡出守、愛其公姓而有文、一見待以文士、賦詩飲酒嘗令属和、別去懐思形於篇詠、字之曰徳麟、其後張文潛書

字説、謂徳麟與韓子蒼諸人名振一時。東坡領郡時、表上其才、明年去潁、又力薦之、至器其人爲清廟之寳。東坡既謫、徳麟亦坐廢十年」とある。

（21）久保得二『支那戯曲研究』（弘道館、一九二八年）六十五頁。

（22）唐圭璋編『詞話叢編』（中華書局、一九八六年）四四一九頁。

（23）同注（14）十三頁。

（24）本章の基となった「宋代西廂故事と蘇軾――趙令畤「商調蝶恋花」をめぐって――」（九州大学中国文学会『中国文学論集』第二十四号、一九九五年十二月）発表後、諸田龍美が「『元微之崔鶯鶯商調蝶恋花詞』訳注（上）（下）」（『愛媛大学法文学部論集・人文学科編』第十七・十八号、二〇〇四年九月・二〇〇五年二月）、「北宋『蝶恋花詞』の主題と風流」（『東方学』第百十輯、二〇〇五年七月）で、「商調蝶恋花」に訳注を施し、作品の主題および北宋と中唐の「風流の美意識」について詳論している。

第三章　西廂故事の戯曲化

——金・董解元『西廂記諸宮調』を中心として——

一　はじめに

金・董解元『西廂記諸宮調』は、唐・元稹『鶯鶯伝』に始まる所謂『西廂記』文学史の中でも、極めて重要な作品として位置付けられる。特にその「諸宮調」というジャンルを考えた場合、この作品が次の元代の雑劇『西廂記』に直接強い影響を及ぼしたことは明らかであり、西廂故事戯曲化の流れを考える上では、これについての十分な考察が必要である。しかし、これまでの研究史の中で、この『西廂記諸宮調』については、人物像・語彙・文法および版本などをめぐってはしばしば検討されてきたが、(1) 一方でその形式や内容および北宋以来の西廂故事に関する他の通俗文学とのかかわりなど、まだ多くの問題が解明されないままであるように思われる。

本章では、『西廂記諸宮調』と同じく西廂故事を題材にした宋・趙令畤の鼓子詞『商調蝶恋花』や、元・王実甫の雑劇『西廂記』との比較研究を通して、特に諸宮調の実体、また『西廂記諸宮調』が講唱文学から戯曲芸術への転化に果たした役割について、当時の資料を可能な限り発掘することによって検討してみたい。

二　董解元とその時代

まず、『西廂記諸宮調』（以下、『董西廂』と略称）の作者、およびその創作の時代背景を確認しておきたい。

『董西廂』の作者董解元については、元末鍾嗣成の『録鬼簿』の冒頭に、

董解元、金章宗時人。以其創始、故列諸首。
董解元、金の章宗（一一九〇―一二〇八年）の時の人。其の創始せるを以て、故に諸首に列す[2]。

と記録される以外、確かなことはほとんど分からない。元の陶宗儀『輟耕録』は、

金章宗時董解元所編『西廂記』、世代未遠、尚罕有人能解之者、況今雜劇中曲詞之冗乎。
金の章宗の時、董解元の編ずる所の『西廂記』、世代未だ遠からざるも、尚ほ人の能く之を解する者有るは罕なり、況や今の雑劇中の曲詞の冗なるをや[3]。

と叙し、また清の毛奇齡『西河詞話』は、

至金章宗朝、董解元不知何人、實作『西廂搊彈詞』、則有白有曲、專以一人搊彈、並念唱之。
金の章宗の朝に至りて、董解元は何人たるかを知らず、実に『西廂搊弾詞』を作り、則ち白有り曲有り、専ら一人を以て搊弾し、並びに之を念唱す[4]。

と記録する。こういった記事からみても、結局「董解元は何人たるかを知らず」ということに尽きるが、『董西廂』巻一冒頭の【醉落魄纏令】【整金冠】【太平賺】などの曲から、作者自身の生涯をうかがうことができる。

【酔落魄纏令】……○秦樓謝館鴛鴦幄、風流稍是有聲價。教惺惺浪兒毎都伏咱。不曾胡來、俏倬是生涯。
…○妓楼には鴛鴦のとばり、風流にかけては評判もあるもの。色男どもをみなひれ伏させてくれよう。かりそめのわざにはあらず、色の道こそわがたつき。

【整金冠】携一壷兒酒、戴一枝兒花。醉時歌、狂時舞、醒時罷。毎日價疎散不曾着家。放二四不拘束、儘人團剥。
酒を一本手にして、花を一枝かざす。酔えば歌い、狂えば舞い、醒めればやめる。毎日気ままに、家に帰ることもなし。したい放題捉われることとてなく、言いたい奴には言わせておくまでのこと。

【太平賺】……○俺平生情性好疎狂、疎狂的情性難拘束。一回家想麼、詩魔多愛選多情曲。比前賢樂府不中聽、在諸宮調裏却着數。一箇箇旖旎風流濟楚、不比其餘。
…○おれはもとより気性がとても自由で、自由な気性を抑え難い。少し考えるとなれば、詩魔が色恋の曲を作りたがることとはなりまする。先賢の立派な歌よりは聴く値打ちなきものなれど、諸宮調の中にありては指折り。歌はそれぞれに麗しくも粋に整い、他とは出来映えも段違い。

以上の曲によって、董解元はもともと下層社会と深くつながる知識人であり、長期にわたって「妓楼には鴛鴦のとばり」、「酔えば歌い、狂えば舞い」という放縦で締まりのない生活を送ったことによって、その思想意識は当時の庶民階層とますます近づいていったと思われる。その結果、当時の庶民たちにとって受け入れやすい形式――「諸宮調」を用いて、西廂故事という「色恋の曲」を創作することになったのではないだろうか。

さて、周知のとおり、金は女真族統治者が創立し、宋徽宗政和五年（一一一五）に建国してから、宋理宗端平元年（一二三四）モンゴルに滅ぼされるまで、南宋と対峙していた。この間、戦争が頻発して、生産は停滞し、人民は貧苦にあえぎ、学術の凋落は激しく、まさに中国史上でも最悪に類する時代と言われている。しかし、『董西廂』が創作された金の世宗の時代は、比較的安定した社会環境であったと言える。このことについては、『金史』の中に、

章宗在位二十年、承世宗治平日久、宇内小康。乃正禮樂、修刑法、定管制、典章文物粲然成一代治規。

章宗位に在ること二十年、世宗の治平の日久しきを承け、宇内小康たり。乃ち礼楽を正し、刑法を修め、管制を定め、典章文物粲然として、一代の治規を成す。(5)

という賛辞が見られる。また、『董西廂』巻一冒頭の、

【酔落魄纏令】吾皇徳化、喜遇太平多暇、乾戈倒載閑兵甲。這世爲人、白甚不歡洽?

当代のみかどは徳もて化したまい、めでたくも太平にして暇多き世に巡り合い、武器はしまい込まれて兵甲にも用はなし。今の世に生まれて、何で喜ばずにいられよう。

という歌も、当時の安定した状況を反映したものと言えよう。

金の世宗・章宗の時には、中国の南北双方が平和を維持し、その結果、物質生産が回復したことによって、都市が新たに繁栄することになり、通俗文学も発展した。『董西廂』が創り出されたのとほぼ同じ時期の南宋嘉泰二年、す

なわち金章宗泰和二年（一二〇二）に書かれた『野客叢書』の中には「張君瑞」[6]という名前が見られる。また宋人の筆記および戯文の中には、話本『鶯鶯伝』[7]、雑劇『鶯鶯六幺』[8]、戯文『張珙西廂記』[9]などの題目が記されている。こういった情況から、その当時、西廂故事が中国の南北各地に流伝していたと推測できる。『董西廂』はまさにこの「太平多暇」の時期に、様々なジャンルの西廂故事作品の影響を受けてできた時代の産物なのである。

三　『西廂記諸宮調』の特徴

次に、『董西廂』の内容および形式特徴を述べておこう。

全八巻から構成される『董西廂』の梗概は、巻ごとに示せば以下のとおりである。[10]

唐の貞元十七年二月、洛陽出身の張珙、字は君瑞という書生（以下、原文と同じように「張生」と呼ぶ）は、礼部尚書という高官の子であったが、いま独身の二十三歳で、貧乏書生として各地を遊学し、たまたま蒲州（今の山西省永済市）に至り、当地の名刹普救寺を見物するうち、絶世の美女である崔鶯鶯を見て一目ぼれ、思わずその住まいに侵入しようとしたところを、寺僧の法聡に止められる。鶯鶯が、物故した崔大臣の娘で、母・弟とともに父の棺を守ってこの寺に滞在中であることを法聡から聞いた張生は、自分も亡父の菩提を弔うことを口実に法事の場に姿を見せ、鶯鶯の姿を目にして狂態の限りを尽くす。法事が終わろうとしたとき、飛び込んで来た小僧が凶報を告げる。（巻一）

蒲関の守備軍五千余人が孫飛虎を頭に叛乱を起こし、普救寺に迫ってくる。法聡は三百近い寺僧を糾合して戦いを挑む。法聡は叛軍の武将を次々に破るが、矢を射かけられるに及び、形勢悪しと見て単身血路を開き落ち延びる。残された僧らが多大の損害を出しつつ寺内に引き退いたところに、孫飛虎から鶯鶯を差し出さねば寺に焼き討ちをかけるという脅しが来る。鶯鶯の婿に迎えるという約束を奥方から引き出した末に張生は、彼の旧友にあたる蒲関の司令官杜確に手紙を送って救援に来てもらう。（巻二）

一同待ち望むところに杜確の軍が到着し、叛乱軍は戦わずして投降する。張生は、約束どおり鶯鶯の婿としてくれるよう求めるが、報恩の宴会の席上で奥方は、鶯鶯姉弟に張生を兄とせよと言う。兄妹となっては結婚もかなわぬと気色ばむ張生に対する奥方の答えは、鶯鶯はすでに自分のおいの鄭恒と婚約済みだというものであった。激怒した張生は、翌日、寺を去ろうとするが、たまたま彼の荷物の中に琴があるのを目にした紅娘は、鶯鶯は音楽好きゆえ、これで気を引いてはと献策する。（巻三）

その夜張生が思いの限りを込めて琴を奏でると、門外にいる鶯鶯は深く心を動かされた。その様子を紅娘から聞いた張生は、思いを伝える詩を作り、紅娘に頼んで鶯鶯に届けさせる。その詩を読んだ鶯鶯は、散々に紅娘をしかりつけた上で返事の詩を届けさせる。ところがその内容は、張生に夜ばいをかけるよう誘うものであった。喜んだ張生が、深夜に塀を乗り越えて鶯鶯のもとを訪ねると、意外にも鶯鶯は居住まいを正して張生の不身持ちを手厳しく叱責する。張生はしおたれて帰るが、夜更けにその部屋の戸をたたく者がいた。（巻四）

戸を開けてみると鶯鶯の姿がある。張生は迎え入れて歓びを尽くすが、ふと気がつくとその姿はなく、一場の夢であった。以後張生は恋患いとなり、食べ物ものどを通らず、今にも死にそうであった。果ては、鶯鶯母子の見舞いを受けた後、絶望して首をつろうとしたとき、飛び込んできた紅娘が彼を救い、詩に託して今夜訪ねることを約した鶯鶯の手紙を渡す。張生はやにわに元気を取り戻し、ひたすら待つところに、深夜紅娘に伴われて鶯鶯が来り、二人は交わりを交わす。夜明け方帰った鶯鶯のもとに、張生は二首の詞と、三十韻に及ぶ「会真詩」を贈って再度の逢瀬を

求める。鶯鶯は詩のすばらしさに感じ入り、その夜再び張生のもとを訪ね、二人は歓びをともにする。（巻五）

以後半年近く、二人は夜ごとに逢瀬を重ねるが、急に色っぽくなった鶯鶯に不審を抱いた奥方に見破られる。奥方に責められた紅娘は、これは約を違えた奥方の責任であり、お似合いの二人を結び付けるべきだと反論した。納得した奥方は張生を呼ぶよう命じ、一文無しの張生は、法聡の蓄えを借りて持参し、鶯鶯との婚約を果たした。ただ鶯鶯の父の喪が明けぬうちは婚儀もできないので、張生は長安に科挙受験に赴くことになる。張生は奥方・鶯鶯・法聡の見送りを受けて出発し、田舎宿に泊まる。二人の怪しい美女が深夜に近寄ってきたが、それはよく見れば鶯鶯と紅娘であった。早速寝台に連れ込むところに、門外からは賊を捕らえよとの声が響き、驚き覚めればやはり一場の夢であった。翌年の春の科挙に、張生は三番で合格した。（巻六）

張生は召使に命じ、鶯鶯に吉報を伝えさせる。張生恋しさにやせ衰えた鶯鶯のもとに使者が到着し、手紙には合格のことを述べた絶句一首が記されていた。その以後春から秋まで何の便りもなく、鶯鶯は手紙を添えて、衣・琴・簪・筆を張生のもとに届けさせる。張生は長安で病床にふし、四つの物に託して恨みを述べた手紙を受け取り、号泣して鶯鶯のもとに赴くことを決意する。折しも鶯鶯のかつての婚約者鄭恒が普救寺を訪ね、張生はすでに都で大臣の婿に収まったと讒言し、奥方はこのおいの言葉を真に受けて、鶯鶯を鄭恒と結婚させることにする。ちょうどその時張生がやってくるが、すでに鄭恒との結婚が決まったと聞いて卒倒し、鄭恒の醜男ぶりに怒りをつのらせつつ、兄として鶯鶯に会うことを求める。（巻七）

法聡は自分の部屋に泊めた張生が嘆くのを見かねて、奥方と鄭恒を殺しにいこうとするが、紅娘に止められる。彼女に供をさせて忍んできた鶯鶯は、張生と嘆き合い、いっしょに死のうとするが、法聡と紅娘に引き留められる。そこで法聡は、今では太守に昇進した杜確に救いを求めることを提案し、二人は杜確のもとへと駆け落ちする。張生が杜確に助力を求めているところに、怒り狂った鄭恒が後を追って踏み込んでくるが、杜確から一喝され、恥辱の余り階段から身を投げて自害する。張生と鶯鶯の二人は晴れて結ばれ、都へ任官の旅に出立する。（巻八）

『董西廂』は、約三千字の伝奇小説『鶯鶯伝』を五万余字の諸宮調に改編し、多くのストーリーを書き換え、またプロットを添加したものである。巻二の「孫飛虎兵圍普救寺」、巻三の「老夫人頼婚」および巻六の「拷紅」などの緊迫した場面は、その例である。また、作品の人物像についても、様々な変化が目立っている。張生について、原小説の中には、彼の名・字および家柄について全く触れなかったが、『董西廂』巻一では、「唐時這箇書生、姓張名珙、字君瑞、西洛人也。従父宦遊於長安、因而家焉。父拜禮部尚書、薨」と加えている。そして、上京受験の失敗から「張珙廷試、第三人及第」（巻六）に書き換えられている。さらに、薄情な裏切者から誠実な好青年に生まれ変わった。ただ、『董西廂』の張生は、「所望不成、雖生何益、強整衣巾、以條懸棟」（巻五）と描写されたように、愛情への望みが全くかなわぬため、絶望して首をつろうとするなど、あまりにも脆弱である。『鶯鶯伝』の女主人公は、陳寅恪の考証によれば、本来は微賤な家柄であったが、[11]『董西廂』に至って、「崔相幼女」（巻一）となった。しかも、「哀愁」の気質と「温順」な性格を持つ鶯鶯は、奥方に反抗しようという一面を添えていた。例えば、張生と結婚することができなくなった時、「鶯解裙帶擲於梁」（巻八）と、スカートの帯を解いて梁《はり》に懸けようとする彼女は、死をもって奥方、鄭恒と抗争するのである。

『鶯鶯伝』から『董西廂』への最も大きな変化は、いうまでもなく作品の結末である。原小説の悲劇に終わっていた物語を、諸宮調の「君瑞鶯鶯美滿團圓」（巻八）という男女主人公が最後は結ばれるハッピーエンドとなっている。『董西廂』が原小説と比べていかに文学的に優れているかについては、すでに田中謙二や陳美林が詳しく論じているところである。[12] ここでは、この作品の形式特徴、特に諸宮調の実体について具体的に検討していきたい。

諸宮調というジャンルは、前述したように、宋・金・元代の間に盛行した講唱文学の一種である。その体裁は、同じ宮調、すなわち同一音階の調子に属する歌曲を二つ以上組み合わせて一套とし、そうした套を何十となく積み重ねつつ、その間にさらに散文の説明を挿入することによって、首尾一貫した物語を語ってゆくもので、諸宮調、つまり諸々の宮調というその名称は、この形式に由来すると考えられる。例えば、『董西廂』の巻一冒頭において【仙呂調】という宮調に属する【醉落魄纏令】【整金冠】【風吹荷葉】【尾】などの歌曲を組み合わせて一套とし、続いて【般渉調】の【哨遍】【耍孩兒】【太平賺】【柘枝令】【墻頭花】【尾】などの歌曲を組み合わせてもう一套とする、こうした套を積み重ねつつ、またせりふを挟んで、西廂故事を語ってゆくというような形式になっていた。

この諸宮調が北宋の芸人孔三伝によって創始され、かつて広く流行したことは、宋人の筆記中に記録されている。すなわち、孟元老の『東京夢華録』に、当時の都汴京の瓦肆の演技を叙し、

崇・観以来、在京瓦肆伎藝……孔三傳『耍秀才諸宮調』。

崇寧・大観（一一〇二―一一一〇）以来、在京の瓦肆伎芸には、…孔三伝の『耍秀才諸宮調』あり。[13]

と言う。また、南宋に入って、諸宮調は新たな展開を遂げたようである。潅園耐得翁の『都城紀勝』に、当時の杭州の技芸を述べ、

諸宮調本京師孔三傳編撰、傳奇靈怪、入曲説唱。

諸宮調は本京師の孔三伝の編撰にして、伝奇霊怪、曲に入れて説唱す(14)。

と言い、これに基づいた呉自牧の『夢粱録』は、

説唱諸宮調、昨汴京有孔三傳、編成傳奇靈怪、入曲説唱。

諸宮調を説唱するは、昨に汴京に孔三伝あり、伝奇霊怪を編成し、曲に入れて説唱す(15)。

と記録する。周密の『武林旧事』は、同じく南宋末杭州の「諸色伎芸人」の中に、諸宮調の演唱者として「高郎婦、黄淑卿、王双蓮、袁太道」と四人の名前を記し、「官本雑劇段数」の中に『諸宮調覇王』『諸宮調卦冊児』という二つの作品の題名を載せている。また北方の金でもこの演芸が行われたことは、明の陶宗儀『輟耕録』に、

唐有傳奇、宋有戯曲・唱諢・詞説、金有院本・雜劇・諸宮調。

唐に伝奇有り、宋に戯曲・唱諢・詞説有り、金に院本・雑劇・諸宮調有り(16)。

とあることによって知られる。あのような隆盛を誇った諸宮調は、次の元代になっても、芸人によって演じられていたようである。鍾嗣成『録鬼簿』の「胡正臣」に、

正臣、杭州人。與志甫、存甫及諸公交遊。『董解元西廂記』、自「吾皇徳化」至於終篇、悉能歌之。

正臣、杭州の人。志甫・存甫および諸公と交遊す。『董解元西廂記』の「吾皇徳化」より終篇に至るまで、悉く能くこれを歌う[17]。

というのは、すでにそれが珍しい例であることを物語るであろう。「吾皇徳化」は、『董西廂』冒頭の歌詞である。そもそも、諸宮調は北方で創始されたものであるが、宋朝の南遷に伴い、南方にも流行することになった。このため、以後南、北諸宮調と分かれることになったのである。伴奏楽器について見ると、南諸宮調は主に笛であり、北諸宮調のほうは琵琶と箏あるいは胡琴であった。『董西廂』は北諸宮調であり、上演の時に、琵琶と箏を伴奏しながら歌曲を歌うことから、『西廂記搊弾詞』あるいは『弦索西廂』とも称される。

それでは、『董西廂』の宮調・曲牌および套数の仕組みを簡単に分析してみたい。

『董西廂』では十四の宮調、約一三〇種の曲牌が用いられ、全体として一九三の套数が使われている。まず「宮調」については、全編十四宮調のうち、【仙呂調】【般渉調】【雙調】【中呂調】【大石調】【正宮調】【越調】【黄鍾宮】【道宮調】【小石調】【南呂調】など十一の宮調が、宋の教坊楽曲「十八調」[18]からの引用であり、【高平調】と【羽調】も「十八調」中の【正平調】と【黄鍾羽】に酷似している。ただし【商調】だけが例外で、こちらは詞の宮調を用いている。

次に「曲牌」について見るならば、諸宮調の曲牌は唐宋大曲・唐宋詞牌・民間の流行楽曲および作者自分の創作の四種類から仕組まれている。『董西廂』の場合は、【伊州滾】【迎仙客】【柘枝令】【大聖樂】【墻頭花】【洞仙歌】等の曲が唐宋大曲からの引用である。唐宋詞牌に起源を発するものの【酔落魄】【満江紅】【虞美人】【水龍吟】【點絳脣】【粉蝶兒】などがよく見られる。そして【降黄龍】【整乾坤】【喬捉蛇】【柳青娘】等の当時流行していた楽曲も使われている。それ以外に出所不明の曲名が多く使われているが、これは董解元が自ら創作したものと考えられる。

最後に「套数」については、その仕組み方式をおおむね三種類に分けることができる。

第一は、一曲の前段・後段（あるいは、二つの同じ単曲と言う）のみで一套を形成しているもの。例えば（前・後段の分は、「○」を以て示し、前・後両段が格式を同じくする場合にも、「○」の後に「後半同」の語を付してこれを明示する。「○」のないものは、単曲であることを意味する）、

【仙呂調】【酔落魄】四、六。七、四、五。　○七、七。七、四、五。

【般渉調】【夜遊宮】六、六、七、三、五。　○後半同。

諸宮調が用いる楽曲は基本的には前段と後段の二段構成になっているので、『董西廂』ではこのパターンがわりに多く、全一九三套のうち、五十一套数がこの形に属する。これは、『董西廂』の伝統文学の側面、特に宋詞から受けた影響を現しているとも言える。

第二は、一曲（前・後二段あるいは二段以上構成になる曲）と一尾の套数で、ある楽曲の後段に【尾】を付けるパターンである。例えば、

【黄鍾調】【侍香金童】四、五、七、七。四、四。　○後半同。

【尾】七、七、三、七。

【大石調】【伊州衮】三、五、五。四、六。四、六、三。四、七。　○三、三、三、三、四。四、六。四、六、三。四、七。

【尾】七、七、三、七。

このパターンは、諸宮調の最も基本的な套数であり、『董西廂』には九十六套あり、約半数を占めている。

第三は、同一の宮調に属する二曲以上の曲牌が組み合わされた後、【尾】が最後に置かれるパターンである。例えば、

【仙呂調】【酔落魄纏令】四、六、七。四、五。　○七、七。七。四、五。

【整金冠】四、四。三、三、三。三、五。三、四。

【風吹荷叶】六、六、七。四、四、四。

【尾】三、三、七、七。

【中呂調】【香風合纏令】五、四、五。五、五。五、七。六、三。○七、七。五、五、五。七、六。三。

【墻頭花】四、五、七。七、七。○第二段同。○五、五。五、七。七、七。

【尾】三、三、七。


このパターンは、『董西廂』では四十六套が使われている。その中に、二曲一尾が十一套、三曲一尾が二十二套、四曲一尾が五套、五曲一尾が四套、六曲一尾が二套、それに八曲一尾と十五曲一尾が一套ずつある。こうした複数曲一尾というスタイルの起源が、北宋時代の「唱賺」にあると考えられる。『都城紀勝』に、

唱賺在京師日、有纏令、纏達。有引子、尾聲爲「纏令」。引子後只以兩腔互迎、循環間用者、爲「纏達」。

唱賺は、京師（開封）に在りし日、纏令、纏達あり。引子、尾声を有するを「纏令」と為し、引子の後に只だ両腔の互迎するを以て循環間用するものを「纏達」と為す。(19)

という記述があって、ここにいう「纏令」が、『董西廂』の複数曲一尾の套数に屢々用いられているからである。

ところで、北宋以来の諸宮調作品については、宋人の筆記中に『耍秀才諸宮調』『諸宮調覇王』『諸宮調卦册兒』などという題名が見られるほか、『董西廂』巻一に、

【柘枝令】也不是崔韜逢雌虎、也不是鄭子遇妖狐、也不是井底引銀瓶、也不是雙女奪夫。〇也不是離魂倩女、也不是謁漿崔護、也不是雙漸豫章城、也不是柳毅傳書。

崔韜の雌虎に逢いしことにもあらず、鄭子の妖狐に遇いしことにもあらず、井戸の底より銀のつぼを引き上げることにもあらず、二人の女が夫を奪い合うことにもあらず。〇倩女の魂あこがれ出しことにもあらず、飲物求めし崔護のことにもあらず、双漸の豫章城まで追いかけいきしことにもあらず、柳毅の文使いせしことにもあらず。

と記されている。以上の曲から、その当時『董西廂』とともに存在した次の諸宮調の名目を推測することができる。『崔韜逢雌虎諸宮調』『鄭子遇妖狐諸宮調』『井底引銀瓶諸宮調』『双女奪夫諸宮調』『離魂倩女諸宮調』『謁漿崔護諸宮調』『双漸豫章城諸宮調』『柳毅伝書諸宮調』。

また、元の石君宝の『諸宮調風月紫雲庭』[20]に見える諸宮調の演唱者韓楚蘭（正旦）の唱から、以下の諸宮調の題名をうかがうことができる。

『三国志諸宮調』『五代史諸宮調』『双漸趕蘇卿諸宮調』『七国志諸宮調』。

そのほか、『張協状元戯文』[21]の引子より、『張協状元戯文』は『張協状元諸宮調』を改編したものだと考えられる。これらのことから、当時「諸宮調」ジャンルの作品が多く創作され、流行していたことが分かる。しかし、宋・金・元代の間に盛行したそれらの作品そのものは現在ほとんど残されておらず、現存するのは、『董西廂』全本のほか、金代無名氏の『劉知遠諸宮調』および元代王伯成の『天宝遺事諸宮調』の残本のみである。こうして見れば、『董西廂』は、当時の講唱文学研究の上でも、また西廂故事の演変を探る上でも、格好の貴重な資料と言うことができよう。

ところで、講唱文学というのは、韻文と散文二種類の文体を交えるという中国独特の特徴を持つ叙述作品である。

このような形式は、唐代にその起源を持ち、唐代俗講中の「講経文」「縁起」および多数の「変文」は、すべてこの散文と韻文を交互に織り交ぜた形式である。例えば、敦煌から出土した巻子中の「孟姜女変文」や「漢将王陵変」[22]などは、散文と韻文、すなわち説と唱を組み合わせた構成になっていた。そして宋代に入って講唱文学はより盛んになり、「陶真」「涯詞」「唱賺」「鼓子詞」「諸宮調」などといった多くの表現形式が出現することになるのである。しかし前掲の宋代における西廂故事に取材した作品はほとんど伝わっておらず、現在見られるのは、ただ秦観と毛滂の歌舞曲「調笑転踏・鶯鶯」および趙令時の鼓子詞『商調蝶恋花』だけである。そこで、このうち同じく西廂故事を題材にし、かつ講唱文学作品に属する『商調蝶恋花』(鼓子詞)と『董西廂』(諸宮調)について具体的に比較していきたい。

四　戯曲化の過程

(一)鼓子詞から諸宮調へ

趙令時の『商調蝶恋花』は、前述したように、鼓子詞というジャンルで西廂故事を詠じた講唱文芸作品である。宋代においては、商品経済の繁栄、都市文明の発展と市民文化の勃興に伴い、通俗文学(特に講唱文学)は大いに発展していった。その中で、『商調蝶恋花』鼓子詞は、文人士大夫の開く宴会にとどまらず、市民娯楽の場である「瓦肆」「勾欄」でも上演されたのである。

崔鶯鶯と張生の恋愛を題材とする西廂故事は、唐の元稹が書いた伝奇小説『鶯鶯伝』に源を発する。そのため、趙令時は、『商調蝶恋花』を作る前に、『鶯鶯伝』および元稹本人について深く考証し、「微之年譜」を書いている。彼は『鶯鶯伝』の主人公張生がすなわち元稹（字は微之）本人であると捉え、作品の正式名称も張生、崔鶯鶯ではなく、『元微之崔鶯鶯商調蝶恋花詞』としている。

また、趙令時は民間に流行したのが『鶯鶯伝』の大略であって、その西廂故事の内容の全部ではなかったことを指摘し、その原因を、楽曲が付いてなかったことに求めている。そこで、彼は新しい作品を創作しようと考え、次のように述べる。

今於暇日、詳観其文、略其煩褻、分之爲十章。毎章之下、属之以詞。……又別爲一曲、載之傳前、先序全篇之意。調曰商調、曲名蝶戀花。句句言情、篇篇見意。

今暇日に、其の文を詳観して、其の煩褻を略し、之を分ちて十章と為す。毎章の下、之に属するに詞を以てす。…また別に一曲を為し、之を伝前に載せ、先ず全篇の意を序す。調は商調と曰ひ、曲名は蝶恋花なり。句句情を言ひ、篇篇意を見はす。

かくして、西廂故事は、はじめて楽曲に支えられることとなり、また故事全体が一つの作品に収められることになった。その結果、すべての人々が共感する形式を整え、民間に広く流布するに至ったと考えられる。趙令時が民間講唱文学中の鼓子詞というジャンルを採用し、小説『鶯鶯伝』の基本的なプロットを基に創作した『商調蝶恋花』は、宋代講唱文学の佳作として、後世の戯曲や、また特に『董西廂』へ多大な影響を及ぼしたのである。

それでは、『董西廂』と『商調蝶恋花』の形式を具体的に比較してみることにしよう。まず、鼓子詞と諸宮調は同じ講唱文学に含まれるジャンルであると言える。「商調蝶恋花」は十二節から構成され、それぞれの節の中に語りと唱の二つの部分がある。散文部分である語りを見ると、冒頭の第一節と結末の第十二節を除いた、第二節から第十一節は、すべて原作『鶯鶯伝』に基づいて簡潔に述べたものである。そして、韻文部分である歌は、すなわち作者が自分で作った「蝶恋花詞」十二首であり、すべて語りの後に歌われている。また【商調】という悲しみ痛む宮調を用いて、太鼓と管弦楽器で伴奏しながら、西廂故事の悲劇的な雰囲気を表している。

一方『董西廂』は、散文部分を見てみると、『商調蝶恋花』と同じく文言で西廂故事を語ってゆくものである。そして、作品の主体である歌の韻文部分は、『商調蝶恋花』と比べて格段に複雑であり、内容も豊富であると言えよう。すなわち【仙呂調】（五十四套）、【般渉調】（十四套）、【高平調】（八套）、【商調】（四套）、【雙調】（十九套）、【中呂調】（二十五套）、【大石調】（二十七套）、【正宮】（【正宮調】）（九套）、【越調】（七套）【黄鍾宮】（【黄鍾調】）（十五套）、【道宮】（二套）、【小石調】（一套）、【南呂宮】（【南呂調】）（五套）、【羽調】（一套）など十四の宮調、一九三の套数を用い、琵琶と箏で伴奏しながら、西廂故事の込み入った筋と豊富な人物像を表現している。

また、王灼の『碧鶏漫志』巻二に、北宋の歌曲の状況を記して、

長短句中、作滑稽無頼語、起於至和。嘉祐之前、猶未盛也。熙豊、元祐間、……澤州孔三傳者、首創諸宮調古傳、士大夫皆能誦之。

長短句の中、滑稽無頼の語を作すは、至和に起こる。嘉祐の前、猶ほ未だ盛ならざるなり。熙豊・元祐の間（一〇六八—一〇九三年）、…沢州の孔三伝なる者、はじめて諸宮調古伝を創り、士大夫皆能くこれを誦す。[23]

と言う。これによれば、諸宮調というジャンルは最初に詞（「長短句」）の形をもって創作され、各宮調の詞曲と当時

流行の新曲を積み重ね、またその中にせりふを挟んで物語を歌ってゆくものであった。諸宮調の楽曲は、詞牌の多くと同様に、基本的には前段と後段合わせて一曲となっている。これは詞のそれと全く同じである。詞は曲ごとに上・下闋《けつ》に分かれるが、諸宮調の曲も上・下闋に分かれるものが最も多い。具体的に比較してみると、『商調蝶恋花』の第一曲に、

麗質仙娥生月殿　　麗質の仙娥　月殿に生まるるも
謫向人間　　人間に謫せられて
未免凡情亂　　未だ凡情に乱さるるを免かれず
宋玉牆東流美盼　　宋玉　牆東に美盼を流し
亂花深處曾相見　　乱花深き処　曾て相見ゆ
○密意濃歡方有便　　密意濃歓　方に便あるも
不奈浮名　　浮名を奈《いかん》ともせず
旋遣輕分散　　旋遣せられて軽がろしく分散し
最恨多才情太淺　　最も恨む　多才にして　情　太だ浅く
等閑不念離人怨　　等閑に離人の怨を念《おも》はざるを

とある。後の十一曲もすべて同じように上・下闋に分けている。一方、『董西廂』のほうは、巻一の宮調、曲牌およ

び句格を例として挙げれば、次のとおりである。


【仙呂調】【酔落魄纏令】〔引辞〕四、六、七。四、五。　○七、七。七。四、五。

【整金冠】四、四。三、三、三。三、五。三、四。

【風吹荷葉】六、六。七。四、四、四。

【尾】三、三、七、七。


【般渉調】【哨遍】〔斷送引辭〕四、四、五。七、六。三、四、四、五。六、四、四。七、七。四、四、四。　○四、七。七、六。
三、四、四、五。六、四、四。七、七、七。
【耍孩兒】七、六。七、六。七、七。三、四、四。　○後半同。

【太平賺】四、七。三、七。三、七、七。三、六、四。　○六、七。三、七。三、七。七、三。六、四。

【柘枝令】七、六、七、四。　○後半同。

【墻頭花】四、五、七。七、七。○第二段同。○五、五。五、七。七、七。

【尾】三、三、七、七。


【仙呂調】【賞花時】七、六。四、四。七、六。四、四。　○後半同。

【尾】三、三、七、七。


【仙呂調】【賞花時】七、七、五。四五。　○後半同。

【尾】七、七。四、七。


【仙呂調】【酔落魄】四、六。七、四、五。　○七、七。七、四、五。

【黄鍾調】【侍香金童】四、五、七、七。四、四。 ○後半同。
【尾】七、七、七。
【高平調】【木蘭花】三、三、四、四、七、四、四。 ○後半同。
【仙呂調】【醉落魄】四、六、七、四、五。 ○七。七。七、四、五。
【尾】三、三、七、七。
【商調】【玉抱肚】四、四、五、四、四。三、五、七。三、三、三、四。七。四、七。 ○七、七。四、四、四。七、七。三、三、三、四。
七、四、五。
【尾】七、七、三、七。
【雙調】【文如錦】三、七。四、四。三、三、四、四、四、四。四、四、四。三、四、四。 ○七、四、四、四、四。三、三、四。
四、四、四、四、四。三、四、四。
【尾】七、七、七。
【仙呂調】【點絳脣纏】四、七。四、五。 ○四、五。三、四、五。
【風吹荷葉】六、六、七。四、四、四。
【醉奚婆】四、五。四、五。
【尾】三、三、七、七。
【中呂調】【香風合纏令】五、四、五。五、五。五、七。六、三。 ○七、七。五、五、五。七、六、三。
【墻頭花】四、五、七。七、七。 ○第二段同。 ○五、五。五、七。七、七。
【尾】三、三、七。

【大石調】【伊州袞】三、五、五、四。六。四、六。三、四、七。　〇三、三、三、三、四。四、六。四、六、三。四、七。

【尾】七、七、七。

【仙呂調】【惜黄花】四、四、四、四。五、五、七。　〇後半同。

【尾】三、三。七、七。

【大石調】【驀山溪】四、五。五、六。四、五、三、三、五。　〇後半同。

【仙呂調】【戀香衾】七、六。四、四。七、六。四、四。　〇後半同。

【尾】三、三、七、七。

【般渉調】【夜游宮】六、六、七、三、五。〇後半同。

【大石調】【呉音子】六、五、四、七、四、四。四、四。　〇三、三、三。四、七。四、四。四、四。

【中呂調】【碧牡丹】五、七。四、六。四、五。三、三、三。　〇後半同。

【尾】七、七、七。

【中呂調】【鶻打兔】四、三、三。四、四。三、三。三、三。四、四、四。　〇後半同。

【尾】七、七、七

【仙呂調】【整花冠】七、六。五、五。七、七。五、五。　〇後半同。

【尾】七、七、七。

【仙呂調】【繡帶兒】三、三、四、五。四、六、五。四、五。四、七。七、四、四。　〇七、七、四、四。四、六。五、四、五。四、七。七、四、四。

【尾】七、七、七。

【仙呂調】【賞花時】七、七、五。四、五。　○後半同。
【尾】七、七。
【小石調】【梅梢月】四、三、六。四、四、六。七、七。三、四、四。　○五、三、六。四、四、六。七、七、三、六。
【大石調】【玉翼蝉】三、三、五、四、四、六。三、三、三。五、四、五、六。　○四、六。四、四。四、七。四、四。六、四、六、三。
【雙調】【豆葉黄】四、四、四、四。七、四、四、四。　○後半同。
【撹箏琶】三、五、四。四、五。四、七、四。　○四、四、二、二。七、七、四、四、五。四、七、四。
【慶宣和】七、四。七、二、二。　○後半同
【尾】七、七、七。
【正宮】【虞美人纏】七、五。七、四、五。　○後半同。
【應天長】七、四、五。五、七、七、六。　○後半同。
【萬金臺】七、七、六、七。七、六。六、七。
【尾】七、七、七。
【正宮調】【應天長】七、四、五。五、七、七、六。　○後半同。
【尾】七、七、七。
【般渉調】【墻頭花】四、五。七。七、七。　○第二段同。　○五、五。五、七。七、七。
【尾】三三七七。
【中呂調】【牧羊關】七、六。四、四。五、五。五、五。　○後半同。
【尾】七、四、四、七。

【中呂調】【碧牡丹】五、六、四、六。四、五。三、三、三。○後半同。

【尾】七、七、七。

【越調】【上平西纏令】三、三、三、七。四、七、七、四。○三、三、三、三。七。四、七。七、四。

【鬬鵪鶉】四、四。四、四、四、四。三、三、四、四。○後半同。

【青山口】七、五、七、六。五、五。五、四。四、四、五、四、四、四。五、五、四、四、四。

【雪裏梅】六、五、四、四、四。○五、六、四、四、四。○六、五。四、四、四。

【尾】七、七、四、四。四、四。三、七。

【大石調】【呉音子】六、五。四、七、四、四、二、二。○三、三、三。四、七、四、四、四、二、二。

【尾】七、七、七。

【般渉調】【哨遍纏令】四、四、五。七、六。三、四、四、五。七、六。七、七、四、四、四。○四、七。五、六、三、四。四、五。
六、四。四、七。七、七。
【急曲子】七、七。七、七。七、六。

【尾】三、三、七、七。

【商調】【定風波】五、四、四、五。七、三。四、四、五。○後半同。

【尾】七、七、七。


というように、全三十五套数、五十二楽曲のうち、前・後両段に分けて歌う曲が四十一に上っている。

そして、『董西廂』に見える十四の宮調のうち、ただ【商調】については先に挙げた宋の教坊楽曲「十八調」とは全く関係がなく、内容的にも『商調蝶恋花』の雰囲気とよく似ているので、この宮調の部分は『商調蝶恋花』の影響を受けて、創作されたものと考えられる。

以上の類似点から、この二つの作品が同じ流れをくむ密接な関係を持つことは明らかであろう。諸宮調におけるかつ語りかつ歌うという点は、鼓子詞の体裁と同じだが、曲調の豊富さとスケールの雄大さにおいては、鼓子詞をしのぎ、より戯曲の構造に近づいたものであると言える。つまり、『商調蝶恋花』は初めて西廂故事を楽曲にのせ、民間に広く伝播させた作品であり、趙令畤は詞曲を用いて故事の内容を詠じ、表現形式上の戯曲成分を増加させたのである。そして董解元がこれに基づいて、より戯曲に近づいた形で西廂故事を叙した『董西廂』を作り出すに至ったと言えよう。

一方、『董西廂』と『商調蝶恋花』の内容を見ると、『鶯鶯伝』中の張生の「忍情の辯」と元稹の「補過の辞」とが宣揚する「男尊女卑」と「婦人禍水」などの立ち遅れた観点に対して、趙令畤は「煩褻」と批判していることが目につく。彼はこの観点にかかわる結尾の部分を捨て去ったと同時に、張生の薄情さと残酷さを厳しく非難して、遺棄された鶯鶯に深い同情を寄せた。その上、趙令畤は鶯鶯と張生二人の別離の結末に対して、「始相得而終至相失」、「若夫聚散離合、亦人之常情、古今所同惜也」という見解を示し、そして、『鶯鶯伝』の「離而不和」という悲劇的な結末に遺憾と不満の気持ちを打ち出しているのである。『董西廂』は鶯鶯・張生の二人が結ばれる結末となっているが、それはまさにこのような『商調蝶恋花』の性格に影響を受けた結果であろう。

ところで、民間に流行した講唱文学作品は、庶民階層の思想意識の影響を直接受けて創作されたと考えられる。そして西廂故事の悲劇的結末が、中国通俗文学の通念として許されにくいことについては、魯迅が次のように述べている。

這因爲中國人的心理、是很喜歡團圓的、所以必至如此。

これは中国人の国民心理が非常に団円《ハッピーエンド》を好むために、必ずこのようになってしまうのである。(24)

しかも、西廂故事は典型的な才子佳人式の物語であり、男女主人公とも才と貌を兼ね備え、詩のやり取りによって心が通じてきたという庶民階層に最も好まれる種類のラブストーリーである。従って、この物語を好む人々にとって、鶯鶯と張生というこの理想のカップルが悲劇的な別れを迎えることは非常に残念なことであった。つまり本来知識人のために書かれた『鶯鶯伝』では、宋代以後の庶民の共感を呼び起こすことは不可能だったのである。董解元はまさに当時の庶民の要求を受け入れ、そして『商調蝶恋花』などの当時の通俗文学作品に基づいて、西廂故事の悲劇的結末を大団円式へ改変し、最も人々を満足させる作品を創り出したのである。

（二）諸宮調から雑劇へ

十三世紀、元の都である大都（今の北京）を中心とした北中国で、中国最初の本格的な演劇である元雑劇が生まれた。元雑劇は元の時代における文学史上最も重要なジャンルである。そしてその中で最も優れた作品と言えば、王実甫の『西廂記』（以下、『王西廂』と略称）であろう。しかし、この『王西廂』は、『董西廂』がなければ到底成立しえなかったとも言える。なぜならば、その形式・内容・表現などあらゆる面において、『董西廂』は『王西廂』へ大きな影響を及ぼしたと考えられるからである。

元雑劇はその形式として、曲《うた》・白《せりふ》・科《しぐさ》の三要素を仕組んで成り立っている。一般的に「一本四折」（一本の脚本は折《せっ》と呼ばれる幕を四つ連ねる）で構成され、必要な時に楔子《せっし》という短い序幕あるいは補助幕を加える。同じ宮調に属する二つ以上の曲を組み合わせたまとまりを套と言うが、元雑劇では一折一套が原則である。また、全編を通して主役のみが歌うという「一人独唱」という形を採っている。『王西廂』をこれに照らしてみれば、完全にというわけではないが、おおむねこの形式を遵守していると言えよう。

毛奇齢の『西河詞話』巻二には、

宋末有安定郡王趙令時者、始作商調鼓子詞、譜西廂傳奇、則純以事實譜詞曲間、然猶無演白也。至金章宗朝、董解元不知何人、實作『西廂搊彈詞』、則有白有曲、專以一人搊彈、並念唱之。……至元人造曲、則歌舞合作一人、使句欄舞者自司歌唱、而第設笙、笛、琵琶以和其曲、毎入場、以四折爲度、謂至「雜劇」。

宋末に安定郡王趙令時なる者有り、始めて商調鼓子詞を作り、西廂伝奇を譜す、則ち純ら事実を以て詞曲の間に譜すも、然れども猶ほ演白無きなり。金の章宗の朝に至りて、董解元は何人たるかを知らず、実に『西廂搊弾詞』を作り、則ち白有り曲有り、専ら一人を以て搊弾し、並びに之を念唱す。…元人の曲を造るに至りて、則ち歌舞に合わせて一人と作し、句欄に舞ふ者をして自ら歌唱を司らしめ、而も第に笙・笛・琵琶を設け以て其の曲に和し、入場する毎に、四折を以て度と為し、「雑劇」に至ると謂ふ。[25]

と言う。以下には、この『董西廂』と『王西廂』両作品の形式を中心として具体的に比較し、西廂故事戯曲化の流れを検討していきたい。

まず、宮調について見れば、『董西廂』は、前述したとおり、十四の宮調、一九三の套数を用いて、首尾一貫した西廂故事という長編の物語を語り、かつ歌ってゆく作品である。「諸宮調」の創始以前の講唱文学である「大曲」「鼓子詞」および「唱賺」などは、みなそこで用いる宮調を一つに限定していた。二つ以上の宮調を用いて自由自在に一つの故事を講唱する形を採ったのは「諸宮調」が初めてだったのである。そして、元の雑劇はこの「諸宮調」の特徴をすべて受け継いだと言えよう。元雑劇などの北曲は『董西廂』より五つ少ない九つの宮調を用い、【羽調】と【小石調】【中呂調】を用いない代わりに【中呂宮】を用いる。『王西廂』の場合は、五本二十一折で構成されているが、一折一套を原則とするから、【仙呂】(五套)、【商調】(一套)、【雙調】(三套)、【中呂】(四套)、【正宮】(二套)、【越調】(六套)など六つの宮調、二十一の套数を用い、西廂故事を演じていることになる。しかも、この六つの宮調はすべて『董西廂』の十四の宮調の中に含まれているのである。

次に、上演形式について考えたい。まず「諸宮調」から見てみると、『西廂記諸宮調』には、「専ら一人を以て搊弾し、並びに之を念唱す」という特徴がある。また、「諸宮調」の講唱者については、

説唱諸宮調、昨汴京有孔三傳、編成傳奇靈怪、入曲説唱。今杭城有女流熊保保、及後輩女童皆効此、説唱亦精、於上鼓板無二也。

諸宮調を説唱するは、昨汴京に孔三伝あり、伝奇霊怪を編成し、曲に入れて説唱す。今杭城に女流熊保保および後輩の女童あり、皆此を効ひ、説唱亦た精なり、上鼓板に無二なり。(26)

と記録されている。『武林旧事』巻六「諸色伎芸人」の中には、「高郎婦、黄淑卿、王双蓮、袁太道」という当時活躍したと思われる四人の諸宮調の講唱者の名前が記されている。また、『諸宮調風月紫雲庭』の主人公韓楚蘭は諸宮調を講唱する女芸人であった。こういった記載から推すに、『董西廂』は、全編を通じてただ一人が語りながら歌って

いたもので、これを演じた講唱者には主に女がいたと考えられる。こういった特徴は、元雑劇の「一人独唱」および旦本・末本の区別を有する体裁と完全に一致している。例えば、『王西廂』の五本二十一折の中で、第一本「張君瑞閙道場雑劇」の四折は、〔末（張生）唱〕であり、第二本「崔鶯鶯夜聴琴雑劇」の第一・三・四折は、〔旦（鶯鶯）唱〕であり、第二本「崔鶯鶯夜聴琴雑劇」の第二折と第三本「張君瑞害相思雑劇」の四折は、〔紅（娘）唱〕である。ただし、第四本「草橋店夢鶯鶯雑劇」と第五本「張君瑞慶団円雑劇」は「一人独唱」のスタイルを採らず、特に第四・五本の第四折に末・旦・紅の複数の角色が歌うという元雑劇としては例外的な形式を採っている。これは西廂故事の豊富な内容を表現する必要から変わったものと見られる。しかしながら、全体として、『王西廂』は元雑劇の規則を基本的に守り、『董西廂』とよく似た形式、すなわち「一人独唱」「旦・末区別」「一本四折」のスタイルをふまえて創作されたものと言える。

また、「曲」そのものについて見れば、『董西廂』と『王西廂』とには密接なつながりがある。『録鬼簿』では、先述のように、董解元の名前の注に、「其の創始せるを以て、故に諸首に列す」と言う。また、『太和正音譜』の中にも、

董解元、仕於金、始製北曲。

董解元、金に仕へ、始めて北曲を製す。[27]

という記述がある。すなわち董解元は北曲の創始者に位置付けられる人物と言えるのである。一方、彼の作品である『董西廂』に使われる一三九種の曲牌のうち、実に四十九種が北曲（元雑劇）へ受け継がれている。彼の作品が北曲にいかに大きな影響を及ぼしたかが分かるであろう。次に挙げる『王西廂』雑劇中の曲調名目はすべて『董西廂』の中

に含まれたものである。

【賞花時】【點絳脣】【勝葫芦】【天下樂】（以上【仙呂】）。

【粉蝶兒】【迎仙客】【石榴花】【脱布衫】（以上【中呂】）。

【鬪鵪鶉】（以上【越調】）。

【攪箏琶】【月上海棠】【慶宣和】（以上【雙調】）。

【耍孩兒】（以上【正宮】）。

これを北曲の中に採用された唐宋詞調の少なさと比較すれば、諸宮調と元雜劇、あるいは『董西廂』と『王西廂』とが非常に密接な関係にあったことは明らかである。従って、吉川幸次郎が、

雑劇以前の演芸で、最も雑劇と似た体裁を今日に伝えるのは、「諸宮調」という語り物である。(28)

と述べたことが、具体的に証明できたと言える。

ところが、『董西廂』と『王西廂』とはこのように密接な関係を持ってはいるものの、相違点も多い。形式から見ると、一番大きな相違点は、この二つの作品がそれぞれ講唱文学と戯曲に区別されるように、「諸宮調」は第三人称で物語を述べていく、すなわち叙述文体であり、「元雜劇」は第一人称で故事を演じてゆく、いわゆる代言文体であるという点である。これについて以下で具体的に見てみたい。

まず、「専ら一人を以て搊弾し、並びに之を念唱す」という特徴を持ち、一人で西廂故事を語りかつ歌ってゆく『董西廂』に対して、『王西廂』雑劇は、「一人独唱」と言っても、「旦」「末」「外」などの役があり、それぞれ崔鶯鶯、張生、老夫人に扮し、舞台で西廂故事を演じてゆくものである。

次に、宮調・套数および曲牌について見れば、『董西廂』は、十四宮調、一九三套数で、『王西廂』の場合は、六宮調、二十一套数である。この両作品の套数の多寡からも分かるように、『董西廂』の一套は非常に短く、一曲（前・後両段で構成される）あるいは一曲の後に【尾】を加えるパターンが最も多く、全一九三套のうち、一四五套を占めている。そのほか、二曲一【尾】が十一套、三曲一【尾】が二套、四曲一【尾】が五套、五曲一【尾】が四套、六曲一【尾】が二套、それに八曲一【尾】と十五曲一【尾】が一套ずつある。これに対して、『王西廂』の套はみな長い。全二十一套の使用状況を数字で示せば以下のとおりである。

第一本第一折【仙呂】十三曲。　第二折【中呂】十九曲。
　第三折【越調】十五曲。　第四折【雙調】十三曲。
第二本第一折【仙呂】十三曲。　楔子【正宮】十一曲。　第二折【中呂】十六曲。
　第三折【雙調】十五曲。　第四折【越調】十五曲。
第三本第一折【仙呂】十三曲。　第二折【中呂】十九曲。
　第三折【雙調】十四曲。　第四折【越調】十三曲。
第四本第一折【仙呂】十七曲。　第二折【越調】【中呂】十四曲。
　第三折【正宮】十九曲。　第四折【雙調】十七曲。

第五本第一折【商調】十二曲。　第二折【中呂】十九曲。
第三折【越調】十二曲。　第四折【雙調】二十一曲。

と言う。数字の上では一套十曲以上のものが標準ということになるが、これらの套数は『董西廂』に一套ずつしかない八曲一【尾】や十五曲一【尾】につながるものである。

また、散文部分について考察すると、『董西廂』は、せりふも登場人物の動作なども、すべて講唱者一人で語るものとして記している。これに対して、『王西廂』のほうは、せりふとしぐさを明確に区別している。これは崔鶯鶯・張生・紅娘・老夫人などに扮する役が、実際にその人物として故事を語りかつ演じている形式になっているからである。

このように、『董西廂』は「叙述体」であり、『王西廂』は「代言体」なのであって、この点で両者の性質は、根本的に異なっている。従って、明の胡応麟は、

西廂記雖出唐人鶯鶯傳、實本金董解元。董曲今尚行世、精工巧麗、備極才情。而字字本色、言言古意、當是古今傳奇鼻祖。金人一代文獻盡此矣。然其曲乃優人弦索彈唱者、非搬演雜劇也。

西廂記は唐人の鶯鶯伝に出づと雖も、実は金の董解元に本づく。董曲、今尚ほ世に行はれ、精工巧麗、備さに才情を極む。而も字字本色、言言古意、当に是れ古今伝奇の鼻祖なるべし。金人一代の文献、此に尽く。然るにその曲は乃ち優人の弦索弾唱せる者にして、雑劇を搬演に非ざるなり。(29)

と述べている。すなわち、『董西廂』という作品は最も戯曲の形に近づいたものではあったが、あくまでも西廂故事を演じる戯曲作品ではない、一つ講唱文学の作品に過ぎなかったと言える。とはいえ、「古今伝奇の鼻祖なるべし、金人一代の文献、此に尽く」と評されるこの作品は、形式・内容・表現などあらゆる面で、それ以前の鼓子詞『商調蝶恋花』などの芸能作品が雑劇『王西廂』へと発展してゆく過度的な性格を持っていると言えるであろう。ただしこのことは、決して『董西廂』の価値が『王西廂』に劣ることを意味するものではない。『董西廂』はそれ自身の価値によって、中国文学史上、特に西廂故事戯曲化の流れの中で、極めて重要な位置にある作品であることは疑いない。

五　まとめ

本章においては、金の『董西廂』を中心として、西廂故事の戯曲化について考察してきた。これを要するに、趙令畤の『商調蝶恋花』鼓子詞から『王西廂』雑劇への西廂故事の戯曲化の流れの中において、『董西廂』は、まさに前を受けて後を開くという役割を果たす作品であった。すなわち、董解元は『商調蝶恋花』の形式――「鼓子詞」および内容の影響を受けた上で、宋・金の間に流行した「諸宮調」というジャンルを採用し、また原作に対する彼独自の見解を展開しつつ、『董西廂』という最も優れた講唱文学の作品を作り出した。そしてこの作品が形式においては戯曲の構造に近づいたことによって、後世の戯曲、特に元雑劇『王西廂』へ直接影響を及ぼすに至ったのである。この作品は、斯様な特質を有するために、例えば、鄭振鐸が、

如果没有宋・金的諸宮調、世間便也不會出現着元雜劇的一種特殊的文體的。

もし宋・金の諸宮調がなかったならば、世に元雑劇という特殊な文体が出現することもなかっただろう。[30]と論じたほど重要視されてきた。この論断をさらに具体的に言うならば、もし講唱文学作品としての『董西廂』がなければ、戯曲作品としての『王西廂』が誕生することもなかったと言えるのである。

注

（1）本書巻末付録三「『西廂記』研究論著目録」

（2）鍾嗣成『録鬼簿』（『校訂録鬼簿三種』、中州古籍出版社、一九九一年）巻上「前輩已死名公、有樂府行於世者」、五十七頁。

（3）陶宗儀『南村輟耕録』（『元明史料筆記』所収、中華書局、一九五九年）巻第二十七「雑劇曲名」

（4）毛奇齢『西河詞話』（『詞話叢編』所収、中華書局、一九八六年）巻二「詞曲転変」

（5）元・脱脱等『金史』巻九「章宗本紀」

（6）王楙『野客叢書』（中華書局、一九八七年）巻二十九「用張家故事」

（7）羅燁『酔翁談録』（東京文求堂、一九四〇年）甲集巻一「小説開辟」

（8）周密『武林旧事』（上海古典文学出版社、一九五六年）巻十「官本雑劇段数」

（9）『宦門子弟錯立身』（銭南揚校注『永楽大典戯文三種』所収、中華書局、一九七九年）第五出。

（10）本書で用いたテキストは、凌景埏校注『董解元西廂記』（人民文学出版社、一九六二年）である。なお、梗概は金文京ほか『「董解元西廂記諸宮調」研究』（汲古書院、一九九八年）を参考とした。

（11）『元白詩箋証稿』（上海古籍出版社、一九七八年）附「読鶯鶯伝」、一〇六頁。

（12）田中謙二「文学としての董西廂（上・下）」（『中国文学報』一・二、一九五四年・一九五五年）、陳美林「試論董解元西廂記

的芸術個性」（『文学評論叢刊』三十一輯、一九八九年）

(13) 孟元老『東京夢華録』（上海古典文学出版社、一九五六年）巻第五「京瓦伎芸」

(14) 灌園耐得翁『都城紀勝』（上海古典文学出版社、一九五六年）「瓦舎衆伎」

(15) 呉自牧『夢粱録』（上海古典文学出版社、一九五六年）巻二十「妓楽」

(16) 同注（3）巻第二十五「院本名目」

(17) 同注（2）巻下「已死才人不相知者」

(18)『宋史』巻一四二楽十七「教坊」に、「所奏凡十八調、四十大曲：一曰正宮調、其曲三、曰梁州・瀛府・齊天樂。二曰中呂宮、其曲二、曰萬年歡・劍器。三曰道調宮、其曲三、曰梁州・薄媚・大聖樂。四曰南呂宮、其曲二、曰瀛府・薄媚。五曰仙呂宮、其曲三、曰梁州・保金枝・延壽樂。六曰黄鍾宮、其曲三、曰梁州・中和樂・劍器。七曰越調、其曲二、曰伊州・石州。八曰大石調、其曲二、曰清平樂・大明樂。九曰雙調、其曲三、曰降聖樂・新水調・採蓮。十曰小石調、其曲二、曰胡渭州・嘉慶樂。十一曰歇指調、其曲三、曰伊州・君臣相遇樂・慶雲樂。十二曰林鍾商、其曲三、曰賀皇恩・泛清波・胡渭州。十三中呂調、其曲二、曰綠腰・道人歡。十四曰南呂調、其曲二、曰綠腰・罷金鉦。十五曰仙呂調、其曲二、曰綠腰・綵雲歸。十六曰黄鍾羽、其曲一、曰千春樂。十七曰般涉調、其曲二、曰長壽仙・滿宮春。十八曰正平調、無大曲、小曲無定數」とある。

(19) 同注（14）

(20) 石君宝『諸宮調風月紫雲庭』（隋樹森輯『元曲選外編』所収、中華書局、一九五九年）「楔子」に、「【混江龍】……我唱的是三國志先饒十大曲、俺娘便五代史續添八陽經。【醉中天】我唱道那雙漸臨川令、他便腦袋不嫌聽……【幺篇】……我唱的那七國里龐涓也没這短命、則是個八怪洞裏愛錢精」とある。

(21)『張協状元』（銭南揚校注『永楽大典戯文三種』所収、中華書局、一九七九年）第一出に、「【満庭芳】……状元張叶傳、前回曾演、汝輩搬成。這番書会、要奪魁名。占断東甌盛事、諸宮調唱出来因。厮羅響、賢門雅静、仔細説教聽」とある。

(22) 王重民ほか輯『敦煌変文集』（人民文学出版社、一九五七年）巻一。

(23) 宋・王灼『碧鶏漫志』（『中国古典戯曲論著集成』第一集所収、中国戯劇出版社、一九五九年）巻第二、一一五頁。

（24）魯迅『中国小説的歴史変遷』（人民文学出版社、一九七三年）第三講「唐之伝奇文」

（25）同注（4）

（26）同注（15）

（27）明・朱権『太和正音譜』（『中国古典戯曲論著集成』第三集所収、中国戯劇出版社、一九五九年）巻上「古今英賢楽府格勢」、二十頁。

（28）吉川幸次郎『元雑劇研究・序説』（『吉川幸次郎全集』巻十四所収、筑摩書房、一九六八年）、三十一頁。

（29）胡応麟『少室山房筆叢』（中華書局、一九五八年）巻四十一「荘嶽委談」

（30）鄭振鐸『中国俗文学史』（商務印書館、一九三八年）第八章「鼓子詞与諸宮調」

第四章　『西廂記』の流伝

——明代伝奇から民歌俗曲へ——

一　はじめに

崔鶯鶯と張生の恋愛を題材とする西廂故事は、文人の案頭文学（小説『鶯鶯伝』）として生まれた後、民間の講唱文芸（鼓子詞『商調蝶恋花』、諸宮調『董解元西廂記』など）となり、そして戯曲の舞台においても上演され（雑劇『西廂記』、伝奇『南西廂記』など）、常に「雅」「俗」の間に歩を進め、文人士大夫の筆端にとどまらず、民間の講唱文芸においても格好の題材として歌い継がれてきたのである。

ここで取り上げる「伝奇」とは、明清戯曲中の長編南曲を指す。明清の伝奇は、完全に文人化したものとして、すでに元来俗文学が持つ通俗自然などの特長を失って、しだいに民衆から離れつつあった。その一方、民間では通俗的な民歌俗曲のたぐいが流行していた。この民歌俗曲は、また、「時曲」「時調」「小曲」「小調」とも呼ばれる。これらの民歌俗曲は、明末の陳宏緒『寒夜録』に、

友人卓珂月曰、「我明詩讓唐、詞讓宋、曲又讓元、庶幾【呉歌】【掛枝兒】【羅江怨】【打棗竿】【銀絞絲】之類、爲我明一絶耳」。卓、名人月、杭州人。

友人卓珂月く、「我が明は、詩は唐に譲り、詞は宋に譲り、曲はまた元に譲るも、庶幾《こひねがはくは》【呉歌】【掛枝児】【羅江怨】【打棗竿】【銀絞絲】の類は、我が明の一絶たるのみ」と。卓、名は人月、杭州の人なり。[1]

と見られるように、明清時代において最も流行した、時代を代表する文学ジャンルであり、唐詩・宋詞・元曲と同じ

ように、重要視すべきものであると言える。

本章では、従来あまり扱われなかった、西廂故事を題材とする明清の民歌俗曲を取り上げ、それらと西廂故事に取材した伝奇との比較研究を通して、明清時代における『西廂記』が文人の曲から民間の歌へとどのように変化したのかについて、各受容層の嗜好や社会背景などの観点から明らかにしたい。

二　明清伝奇において

まず、明清時代における伝奇の発展状況、および西廂故事を題材とする伝奇作品について概観しておきたい。

中国古典戯曲は、宋元時代に盛んに発展した後、明代から文人劇を代表とする伝奇の時代に入った。清代の中頃に至るまで、中国の士大夫は終始一貫して伝奇創作の主役となっている。元末明初、江南文人の一人であった高則誠の『琵琶記』をはじめ、『荊釵記』『劉智遠白兎記』『拜月亭幽閨記』『殺狗記』のいわゆる「四大南戯」が出るに及んで、南戯から伝奇へ急激な発展を見る。明の嘉靖以後、大勢の文人が参与することによって、「曲山詞海[2]」の盛況を現出し、さらに清の康熙年間には洪昇（一六四五―一七〇四）と孔尚任（一六四八―一七一八）のいわゆる「南洪北孔」が『長生殿』『桃花扇』という古典戯曲の双璧を創り出した。この前後約四・五百年の間に、伝奇は、宋元南戯から進化し、体裁完備、格律謹厳たる「雅戯」となったのである。

明清時代の長編戯曲作品を「伝奇」と呼ぶのは、明の呂天成に始まる。彼は万暦三十八年（一六一〇）に著した戯曲論著『曲品』の中に、

……倣鍾嶸『詩品』、庾肩吾『詩品』、謝赫『畫品』例、各著論評、析爲上・下二巻、上巻品作舊傳奇者及作新傳奇者、下巻品各傳奇。

…鍾嶸『詩品』、庾肩吾『詩品』、謝赫『画品』の例に倣ひ、各の論評を著し、析ちて上・下二巻となし、上巻に旧伝奇を作る者及び新伝奇を作る者を品し、下巻に各伝奇を品す。(3)

金・元創名雜劇、國初演作傳奇。雜劇北音、傳奇南調。

金・元に創め雑劇と名付け、国初演じて伝奇となす。雑劇は北音なり、伝奇は南調なり。(4)

と述べるように、その当時の戯曲作者および作品をそれぞれ「伝奇を作る者」「伝奇」と呼び、その中で北曲雑劇と異なる一九二種の戯曲作品をすべて「伝奇」と称した。それ以後、明清の戯曲家はみな明代以来の長編戯曲を「伝奇」と呼ぶようになった。明の祁彪佳『遠山堂曲品』の中には、四六六種の伝奇作品が見られ、高奕の『新伝奇品』中は、二〇九種の伝奇作品を記載し、そして清の姚燮『今楽考証』には、一〇二三種の伝奇名目を収めている。

一方、南曲伝奇が益々繁盛し、北曲雑劇が日に日に衰微してゆく明清時代に至っても、北曲雑劇の代表作としての王実甫『西廂記』(以下『王西廂』と略称)は、かえって案頭から戯台に至るまで多大な影響力を及ぼしつつ、様々な形で広範に流行している。まず、『王西廂』の刊行状況から見てみると、中国古典戯曲作品の中では、『王西廂』の刊本が最も多く見られる。今日知るところによれば、明代においては六十余種の刊本が上梓され、さらに清代の刊本も七十種余りに上っている。(5) その中には、南曲伝奇の勃興に応じて、伝奇の形式に基づいて刊刻した作品が少なくない。徐士範・熊竜峰・劉竜田などの刊本がその典型である。

また、西廂故事を南曲舞台に上演させるために、曲牌まで作り変えた『南西廂記』が作られた。明・毛晋の編纂した『六十種曲』の中に、『王西廂』といっしょに収められている崔時佩・李日華の『南西廂記』（以下、『南西廂』と略称）は、南曲によって西廂故事を改編した代表的な作品である。その他の南曲改編本については、陸采『南西廂記』が見られるほか、王百戸『南西廂記』（『紅雪楼書目』による）、高宗元『新増南西廂』（『今楽考証』による）の二作品名も記録されているのである(6)。

さらに、明清時代には『王西廂』の改作本あるいは『王西廂』の影響を受けて作られた伝奇作品が大量に出現することになった。明の研雪子『翻西廂』と清の韓錫胙『砭真記』、張錦『新西廂記』などの伝奇は、形式だけではなく、内容までも新しく作り変えられている。また、明の黄粹吾『続西廂昇仙記』、周公魯『錦西廂』と清の湯世潆『東西廂』などの伝奇は、『王西廂』の大筋に基づきながらも、作者が自分なりの見解を込めて新しいプロットを加えている。以上のような現存する伝奇作品のほか、『曲海総目提要』『今楽考証』などの曲目叢書から、清の程瑞『西廂印』（『曲海総目提要』）、周聖懐『真西廂』、陳莘衡『正西廂』、楊国賓『東西廂』、薛旦『後西廂』、周坦綸『竟西廂』（『今楽考証』）など、数多くの伝奇作品の名目を見ることができるのである。

こういった状況から見ると、人口に膾炙した西廂故事を題材にした伝奇作品は、明清時代の西廂故事の流行だけではなく、明清伝奇そのものの発展においても、多大な影響を与えたと言うことができる。西廂故事のような才子佳人劇は明清伝奇に多く見られ、特に嘉靖・万暦において顕著である。この現象は、岩城秀夫がつとに指摘したように、明の作者が読書人であり、一応古典の教養を有していたことと無関係ではない。教養の乏しい人間よりは才子佳人を主人公とすることに、作者は興味と関心を抱いたのである(7)。しかしそれによって逆に、明清伝奇は、形式を庶民の文学に借りつつも、文人士大夫の文学として、戯曲を成長させていったため、歌辞ばかりでなくせりふにも典故を頻用し、美辞麗句を連ねる傾向が顕著となった。曲詞の難解さと崑山腔格律の厳密さによって、伝奇はあまりにも雕琢を施しすぎ、民間戯曲のような通俗性と適応性をしだいに失って、やがて大衆文化から離れ去ってしまうことになったのである。

三 民歌俗曲において

青木正児『支那近世戯曲史』の「自序」は、著者が一九二五年春に北京の清華園に王国維を訪ねた時の情景を記録している。

> 大正十四年春余笈を北京に負ふの初め、嘗て友を相約して西山に遊び、玉泉より旋りて頤和園に出で、清華園に先生（王国維――筆者注）を訪ふ。先生余に問うて曰く、今次の遊學専ら何を究めんと欲するかと。對て曰く、戯劇を観んと欲す。宋元の戯曲史は先生の名著有りて具さに備はれど、明以後は未だ人の動手せる無し、晩生冀はくば微力を此に致さんと。先生冷然として曰く、明以後は取るに足る無し、元曲は活文學なり、明清の曲は死文學なりと。(8)

ここに言われた「明清の曲」とは、明清の戯曲を指すと思われる。明清の戯曲に対して、「死文学」という評価は、酷評であるとしても、極度に文人化した明清伝奇が、元来俗文学が持っていた強い生命力と広い民衆基盤を失ってしまったことも、否定し難い事実であろう。

しかし、戯曲とは異なる、もう一つの「明清の曲」は、当時の王国維の視野に入ってはいなかったであろう。それこそは明清の民歌俗曲である。鄭振鐸は「明代的時曲」の中で次のように述べている。

所謂時曲、指的便是民間的詩歌而言。凡非出於文人學士的創作、凡「不登大雅之堂」的小調、明人皆謚之曰「時曲」。故在時曲的一個名稱之下、往往有最珍異的珠寶蘊藏在那里。

いわゆる時曲とは、すなわち民間の詩歌を指すものである。すべて文人学士から出たのではない創作や、「大雅の堂に登せざる」べき小調は、明人がみなこれを「時曲」と名付けた。だから時曲という一つの名称の下には、しばしば最も珍しい真珠や宝石のような作品が隠されていることがある。(9)

鄭振鐸のこのような好評を受ける民歌俗曲は、明の中頃から、主に都市の盛り場などで流行し始め、清代に至ってさらに発展していった。本来、民衆の祭祀また労働の場所で歌われた民歌、あるいは歌垣の歌として歌われたものは、商工業の発展や都市の繁栄と相まって都市に流入し、ほかの俗曲とともに、大流行するに至ったのである。その結果、市民階層にとどまらず、文人の耳にも入っていたと考えられる。その当時の資料から、文人たちが民歌俗曲に相当な関心を持ち、しかも高く評価していたことが分かる。例えば、明の古文辞派「前七子」の頭領であった李夢陽は、「詩集自序」の中で、

夫詩者、天地自然之音也。今途咢而巷謳、勞呻而康吟、一唱而羣和者、其眞也。斯之謂風也。孔子曰、禮失而求之野。今眞詩乃在民間、而文人學士顧往往爲韻言謂之詩。

夫れ詩は、天地自然の音なり。今途に哥《うた》ひて巷に謳《うた》ひ、労に呻じて康に吟じ、一唱すれば群和する者、其れ真なり。斯れをこれ風と謂ふなり。孔子曰く、礼失はれて之を野に求むと。今真詩乃ち民間に在るも、文人学士顧《かえ》って往往にして韻言を為りてこれを詩と謂ふ。[10]

と言う。また、「嘉靖八才子」の一人であった李開先も、

正徳初尚【山坡羊】、嘉靖初尚【鎖南枝】……語意則直出肺腑、不加雕刻、倶男女相與之情、雖君臣友朋、亦多有託此者、以其情尤足感人也。故風出謠口、眞詩只在民間。

正徳の初めに【山坡羊】を尚《たっと》び、嘉靖の初めに【鎖南枝】を尚ぶ。…語意は則ち肺腑より直ちに出で、雕刻を加へず。倶に男女相与の情にして、君臣友朋と雖も亦た此に託する者多し。其の情の尤も人を感ぜしむるに足るを以てなり。故に風は謡口より出で、真詩は只だ民間に在るのみ。[11]

と述べる。ここに、民歌と『詩経』の国風とは、実は同じ性質のものである、そして現在の真詩は民間にある、という見方が現れている。さらに、民歌俗曲を集めようとする文人も現れてきた。通俗文学の旗手とも呼ばれる馮夢竜（一五七四―一六四六）は、その一人である。[12]約四百首を集める『掛枝児』および約三九〇首を収める『山歌』などは、彼によって編纂された民歌俗曲集である。こうした文人たちの評価と収集により、また一方、折からの印刷技術の発達と相まって、明清の民歌俗曲は比較的よく保存されることとなり、その多くを幸いに現在も見ることができる。

ところで、以上に引用した言葉にも見えるように、文人たちは明清の民歌俗曲に「真」を見いだしていたと言い、

この「真」の内容は、主に男女の情ということであった。このことは、中国歴代の民歌における愛情という永遠の主題と底流でつながっていると思われる。そして、調べてみると、驚くほど数多くの西廂故事を題材とした民歌俗曲を見いだすことができるのである。以下に、時間軸に沿って具体的にたどってみたい。

（一）『新編題西廂記詠十二月賽駐雲飛』等

現存する明代の民歌俗曲の中で、最も早く刊行されたのは、成化年間（一四六五—一四八七）の『新編四季五更駐雲飛』『新編題西廂記詠十二月賽駐雲飛』『新編太平時賽駐雲飛』『新編寡婦烈女詩曲』という四種の作品集である。『新編四季五更駐雲飛』の巻末に見える「成化七年金臺魯氏新刋印行」という記載によって、これらが成化七年（一四七一）に北京で魯という人物によって刊行されたことが分かる。この四種の『新編』から、当時の流行歌曲の状況を窺い知ることができる。特に、『新編四季五更駐雲飛』と『新編題西廂記詠十二月賽駐雲飛』の中に見られる西廂故事を歌った曲は、他の小説と戯曲にそのまま踏襲されることのなかったものであり、注目すべきであろう[13]。

まず、『新編四季五更駐雲飛』について見ることにしよう。この作品集は七十七首の【駐雲飛】曲を収めている。【駐雲飛】という形式は、明の成化年間に民間で流行した曲調名である。字数句格は南曲の中呂宮に属する曲牌【駐雲飛】と同じで、その字数の定格は『九宮大成南北詞宮譜』（清・允禄等編）によれば、四、七。五、五。一、五、三。四、五、七。（全曲十句）となっている。ただ民歌俗曲の場合には、字格などをあまり厳守しない。次に挙げる西廂故事を歌った曲などはその例であり、最後の一句では、字格（七字）より各々二字と一字を増している。

【駐雲飛】待月西廂、夜靜聽琴暗斷腸。腹内添惆悵、愁鎖眉尖上。嗏、囑咐小紅娘、好商量、休負張生、匹配銷金帳、將他滅寇恩情莫要忘。
西廂で月を待ちながら、静かな夜に琴声を聴けば、人知れず腸も断たれんばかりの悲しい思い。心中に失意が増し、愁いに眉間をしかめる。ああ、小紅娘に言い付ける、「いいかい、張生に背くことなく、張生と夫婦となりたい。あの方が敵を退けてくれた恩情を私は忘れてはいけないのだから。」

この歌は「崔鶯鶯聴琴」という題で女主人公の心境を詠じるものである。ここに登場する鶯鶯は、『鶯鶯伝』『王西廂』『南西廂』中のイメージと異なって、老夫人の背信行為に対して単に不満と悲観の言葉をもらすだけではなく、自ら紅娘に頼んで、張生と結ばれる行動に踏み切っている。そこには名門の令嬢としての「孤僻怯弱」という気質は全く見られず、愛情を大胆に追求しようという姿勢が強く現れているのである。

また、『新編題西廂記詠十二月賽駐雲飛』では、収められる七十三首の【駐雲飛】曲のうち、二十五首が西廂故事を詠み込む曲である。このうち十首は、「西廂記十詠」という組曲であり、『王西廂』の作者から登場人物まで十人の人物像を描いており、その他の十五首は、役柄に分けて西廂故事を詠じるものである。ここでは、最後の三曲を挙げることとする。

【駐雲飛】〔梅唱〕我跪在前頭、都是夫人事不週。想當日強兵、聞也虧他除賊寇。嗏、何必苦追求?意相投。前夜聽琴、昨夜纔成就、既有夫人便索休。
〔梅が唱う〕私は奥方さまの前にひざまずいて言いました。「すべては奥方さまのやり方が行き届かなかったためです。あの時の反乱軍のことを思えば、張生の手紙のおかげで賊軍を退けました。ああ、奥方さまが手厳しく問いつめられるなんて。お二人は相思相愛の仲で、一昨日の夜に琴の音を聴き、昨夜やっと契りを結びました。もうこのようなのですから、奥方さまは干渉をおやめなさいませ。」

【駐雲飛】〔夫人唱〕不負前因、去喚張生配合親。你若心間順、與你求匹娉。嗏、不可失人倫。慶新婚。以女妻之、酬謝驅兵侵、我乃知恩當報恩。

〔夫人が唱う〕前の約束を果たし、張生を呼びにいって結婚させましょう。もしあなたが心底願うなら、あなたにめとらせてあげよう。ああ、人倫を失ってはいけない。新婚を祝おう。娘を張生に嫁がせ、賊軍を退けたことに報いよう。私は受けた恩には恩返しをするのだ。

【駐雲飛】〔梅唱〕今日成親、燕爾新婚不負恩。不失夫人信、纔顯文章分。嗏、才子配佳人、好名聲。俊俏風流、塞滿蒲東郡、也不辱咱家相府門。

〔梅が唱う〕今日結婚し、楽しき新婚のめでたく恩情に背かない。奥方さまが人としての信義を失うことのないようにしてこそ、はじめて崔家の威厳を見せられるというもの。ああ、才子と佳人との結び付きは、よい評判となろう。優れて風流な張生の人柄は、蒲東郡中にあまねく知れ渡り、わが相府の家柄にも恥とはなるまい。

ここでは、奥方に責められた紅娘は、約束を違えた奥方の責任、お似合いの二人を結び付けるべきだと反論、納得した奥方は張生を呼んで婚約を果たし、そして張生と鶯鶯は結ばれたというめでたい結末が歌われている。金代の『董西廂』によって悲劇的結末から大団円へと改変された西廂故事は、明代に至るまで庶民の嗜好に合わせてその内容を少しずつ変化させながら伝わっていったと思われる。『王西廂』においては、（末唱）、すなわち張生の唱によって全劇を締めくくり、『南西廂』では伝奇の共通のパターン（合唱）で幕を下ろしたが、ここでこの最後の大団円の曲が（梅）、すなわち紅娘によって歌われたことは、明代の民歌俗曲においては西廂故事の主人公が鶯鶯・張生から紅娘に移る傾向にあったことを示唆している。また、紅娘のイメージが曲全般を通じて強調されるのも、西廂故事が当時の市民階層に最も受け入れやすい形を取った結果であると考えられるのである。

（二）『雍熙楽府』

明の嘉靖年間に郭勳が編纂した『雍熙楽府』は、全二十巻である。その中には『王西廂』、鄭光祖『倩女離魂』などの元雑劇および散曲が収められるほか、多くの民歌俗曲も見られる。現在簡便な版としては、嘉靖四十五年（一五六六）の原刻本に基づき、一九三四年に上海商務印書館が出版した『四部叢刊』影印本がある。

「満庭芳・西廂十詠」と「小桃紅・西廂百詠」は、『雍熙楽府』巻十九「雑曲」に収められている。「満庭芳・西廂十詠」は【満庭芳】の曲で「張生」「鶯鶯」「紅娘」「夫人」「法聰」「杜確」「鄭恒」「孫虎」「漢卿」「実甫」という十人の人物像を詠じる歌が二組あり、合わせて二十首である。「小桃紅・西廂百詠」は百首の【小桃紅】曲によって西廂故事を詠み込んだものであり、そのプロットはほぼ『王西廂』と一致するが、そのうち四十三「夫人問生」、四十四「生答夫人」、四十五「鶯探生病」、四十六「生答鶯鶯」の諸曲は、『董西廂』巻五（八巻本による）に基づいて作ったものと思われる。ただ以下に掲げる「張生自縊」「僧勸張生」「生答法聰」の三曲は、それまでの小説・戯曲には見られなかった場面を歌っているものである。

四十「張生自縊」

志誠空抱尾生梁、好事無承望、白練套兒勒咽項。狠鶯娘、今番把俺殘生葬。算不的恁強、做這般模樣、這性命要他償！

無駄な義理立てをして誠を尽くしながら、結婚のことはかなわぬ、私はもう白絹の輪で首をきつく絞めて死んでしまおう。冷酷な鶯鶯と紅娘よ、今こそおれの余命を終わらせてくれよう。おまえたちは強くとは言えない、もったいぶった態度を見せおって、この生命の償いをあの連中にしてもらわなければならないぞ。

四十一「僧勸張生」

只因紅粉一嬌恣、把性命全輕視、一失人身萬劫至。欲何之？不知命無以爲君子。問你這懸梁鬼屍、怎做箇明經進士？可笑不尋思。

ただ女の傲慢な態度に惑わされて、自分の命を全く軽んじるなどとは、命はいったん失えば永遠に戻ってこないというのに、いったい何をしようというのか、命の貴重さを知らなければ君子とは言えまい。いったい首を吊って死んでしまった奴が、どうやって経書を極めた進士になどなれるだろうか。滑稽なほど考えなしの男め。

四十二「生答法聰」

小生一一述衷情、願啓尊師聽、他家子母忒心硬、把人坑！不合救恁全家命。雖六禮未行、諒一言已定、臨了也悔前盟。

小生は詳しく心の内を述べます、尊師よどうぞお聞きください。「あの母子は非常に無情で、人を傷つけたものです。あの一家の命を救ったのがいけなかった。六礼は行わなかったけれども、すでに一度結婚のことを決めていたのに、ついにその約束は破られてしまいました。」

張生の人物像については、田中謙二が「文学としての『董西廂』」の中で、「理性を全くおき忘れてヒステリックな、常識的にはむしろ女性的な人間に描かれている。作者はしばしば誇張のはて、彼を戯画化しさえする」と述べている。[14] ここで恋愛の挫折に遭った張生はヒステリックな性格より生まれた自暴自棄の行動に踏み出したと言えよう。この新しいシーンは非常に興味深いものである。『鶯鶯伝』『王西廂』『南西廂』の中に、「張生自殺」の場面は全く見られない。つまり、同じ人物について、文人作品と民歌俗曲とでは、その扱い方が全然異なっているのである。特に明代以降の俗文学作品においては、才子の優れた文才を客観的に賞賛すると同時に、「可笑不尋思」というように知識人の迂愚さと無能さを痛烈に風刺するのが常態である。以上の曲には当時の俗文学作品の特徴がよく現れていると言えよう。

（三）『摘錦奇音』

明・龔正我の編んだ『摘錦奇音』六巻は、『王西廂』『琵琶記』『白兎記』など三十二種伝奇の六十六単折のほか、多くの民歌を収める。明の万暦三十九年（一六一一）の敦睦堂刻本がある（原本は内閣文庫に蔵する）が、この版本は当時の通俗書の習慣として、一葉を上・下二欄に分けて、上欄には民歌・酒令・燈謎などを記し、下欄には元明伝奇の単折を載せている。その巻三の上欄に、【劈破玉】という曲調で当時の民間に流行した元明戯曲の故事を詠み込む歌、合計四十六首がある。その中に、「兵囲普救」から「月下佳期」までの西廂故事の一部を歌った十曲が見える。その

うち、最後の二首は以下のとおりである。(15)

張君瑞得病在書房裏坐、叫一聲小琴童我的哥哥。這幾日不見紅娘過、好個鶯鶯姐許我假期約、今夜裏不來、今夜裏不來。這相思害殺我、這相思害殺我。

張君瑞は病気になって書斎に座り、小琴童に「お兄ちゃん」と呼びかけた。「この数日紅娘の姿は見えないし、なんとあの鶯鶯姉さんは私との約束を破って、今夜もまた来ない、今夜もまた来ない。この思いがつらくてたまらない、この思いがつらくてたまらない。」

霎時間雨散雲收罷、崔鶯鶯起拜紅娘。張生也把紅娘拜、我被裏春光美、你窗前月色凄。紅娘子回言、紅娘子回言、乖、恭喜賀喜你、恭喜賀喜你。

やにわに雨よぎって雲収まり、崔鶯鶯は紅娘の前にひざまずいた。張生も紅娘にひざまずいて、「私は布団の中で楽しかったけど、あなたは窓の前で寂しかったろうね。」紅娘子は言い返す、紅娘子は言い返す、「ああ、おめでとうございます、おめでとうございます」と。

この二曲は鶯鶯と張生二人にとって、さらには西廂故事そのものにおいて紅娘が欠かせない存在であることを感じさせるものである。結ばれた崔・張二人が紅娘に感謝することは、当時の人々に紅娘が好評を得ていたことを暗示しており、後に「紅娘」という人名が良縁を結ばせる仲人の代名詞になったこともうなずける。

表現形式から見ると、【劈破玉】とは、明代の中頃以後に流行していた民間曲調名であり、清・李斗『揚州画舫録』

の中に、

小唱以琵琶・絃子・月琴・檀板合動而謳。最先有【銀鈕絲】【四大景】【倒板漿】【剪靛花】【吉祥草】【倒花藍】諸調。以【劈破玉】爲最佳。有於蘇州虎丘唱是調者、蘇人奇之、聽者數百人。明日來聽者益多、唱者改唱大曲、羣一噱而散。

小唱は琵琶・絃子・月琴・檀板を以て合動して謳《うた》ふ。最先に【銀鈕絲】【四大景】【倒板漿】【剪靛花】【吉祥草】【倒花藍】の諸調あり。【劈破玉】を以て最佳となす。蘇州虎丘に於いてこの調を唱ふ者あり、蘇人之を奇とし、聴く者数百人なり。明日来て聴く者は益々多し、唱ふ者は改めて大曲を唱ひ、群一噱して散る(16)。

と記録されているように、「大曲」（南調崑曲）と比べて、【劈破玉】を代表とする「小唱」（民間俗曲）のほうが人気を呼んでいたらしい。一般的に、【劈破玉】の句格字数は九句五十一字となし、最後の二句を繰り返す。この二曲が定格を厳守していないのは、やはり口語的な言葉で物語を自由自在に歌うためであろう。同じ場面を伝奇と比べてみると、両者は大きく異なっている。『南西廂』第二十七齣「月下佳期」では、【供養引】【臨鏡序】【前腔】【羅香令】【前腔】【十二紅】【節節高】【前腔】【尾聲】の九曲にわたって自然の風景や、人物の心理さらに歓びの逢瀬に至るまで艶辞麗句を連ねて描かれている。特に紅娘が比喩・典故を交えて崔・張の交わりを詠じる【十二紅】に、

小姐小姐多豐采、君瑞君瑞濟川才。一雙才貌世無賽。堪愛、他每兩意和諧。花心輕摘、柳腰款擺。露滴枝頭牡丹開、香姿蝶蜂採。一個斜欹雲鬢、也不管墮卻寶釵。一個掀翻錦被、也不管凍卻瘦骸。好似襄王神女會陽臺。一個

半推半就、一個又驚又愛。一個嬌羞満面、一個春意満懐。今宵勾卻相思債。……

お嬢さまは立派な風采があり、君瑞さまは優れた才能を持っている。この一対の才子佳人はこの世に比類ないカップルである。愛し合って、彼らお二人はなんと相思相愛なのであろう。花蕊を軽くなで、柳腰をゆっくり動かす。露が枝の先に滴り、牡丹が開き、芳しい姿には蝶と蜂がとまる。かたやふさふさした美しい髪を傾け、立派な簪が落ちても構わない。かたや錦の掛け布団をひっくり返し、やせた体がかじかんでも構わない。襄王と神女とが陽台で出会ったように、かたやその気があるようなないようなふりをし、かたや驚くとともにうれしがる。かたや恥じらいの気持ちが顔に満ち、かたや春情が胸にあふれる。今夜今までの満たされなかった思いを解消する。

……

と歌われているように、その表現の高尚さがあまりにも歌い手の小間使という身分にそぐわないとさえ思わせるのである。

（四）『霓裳続譜』

清代はさまざまな形式の民歌俗曲が中国各地で流行し、それらが書物として大量に出版され普及した講唱文学の全盛期である。明代後期以後、主に都市の盛り場などで流行し、明末に馮夢竜によって『山歌』『掛枝児』にまとめられた俗曲が、清代になってさらに規模を拡大して発展した。『霓裳続譜』と『白雪遺音』は、その代表的な選集である。

清の顔自徳・王廷紹が編集し、乾隆六十年（一七九五）に刊刻された『霓裳続譜』は、清代における最も代表的な民歌俗曲集である。この書は当時民間に口承で伝わっていた約三十種類の曲調、合わせて六二二首の歌曲を集めており、「衢巷之語、市井之謡、靡不畢具」（王廷紹「序」）というように、その内容は極めて豊富である。ここでは、『明清民歌時調集』（上海古籍出版社、一九八七年）所収の『霓裳続譜』を用いる。

『霓裳続譜』の本文八巻のうち、最初の三巻はすべて【西調】であり、合わせて二一四曲を収める。この中の大部分は閨怨思婦の曲で、その他に伝奇小説を詠む歌などが含まれる。後の五巻は、【寄生草】【岔曲】【跌落金錢】【黄鸝調】【劈破玉】【馬頭調】【秧歌】【蓮花落】【銀絞絲】【打棗竿】などの各種「雜曲」であり、そのうち、西廂故事を詠じる曲は以下のとおりである。

巻二【西調】「雲斂晴空」「碧雲天」「乍相逢」「西風起梧葉紛飛」「殘春風雨過黄昏」「老夫人鎮日間」「玉宇無塵」「碧雲西風」「憶長亭」「張君瑞收拾琴劍書箱」「合歡未已」「相國行祠」「半萬賊兵」。

巻四【寄生草】「紅娘哭的心酸慟」、【北寄生草】「崔鶯鶯倒在牙床上」、【平岔】「半萬賊兵無人退」、【黄鸝調】「隔窗兒咳嗽了一聲」。

巻五【黄鸝調】「暗中偷覷」二曲、【寄生草】「因爲隔窗吟詩」。

巻六【平岔】「星稀月朗」、【北河調】「赴考的君瑞鶯鶯送」。

巻七【慢岔】「小紅娘進綉房」、【打棗竿】「兵馬圍了普救寺」、【平岔】「鶯鶯沈吟」「老夫人糊塗」「鶯鶯腮含着笑」、【寄生草】「碧雲天黄花地」、【南寄生草】「終日懨懨身有恙」。

巻八【寄生草】「鶯鶯紅娘」。

この中で、巻七の「兵馬囲了普救寺」は、明の万暦から清代にかけて全国で流行していた【打棗竿】によって、「老夫人招婿退兵」という場面を歌っている。

【打棗竿】兵馬圍了普救寺、要搶鶯鶯做妻房。慧明和尚没有安邦計、老夫人唬的他就没了主意。高叫衆僧你們聽知：退兵者、情願招他爲門婿！退兵者、情願招他爲門婿！

部隊が普救寺を取り囲み、鶯鶯を奪い結婚させようとする。慧明和尚は敵を撃退する方法がなく、老夫人は脅かされてどうにもしようがない。僧らに高らかに呼ばわるには、「みな聞いてくだされ、敵を退けんとする者は、娘の婿に迎えましょうぞ。みな聞いてくだされ、敵を退けんとする者は、娘の婿に迎えましょうぞ」と。

この【打棗竿】という曲調が流行した状況について、明の沈徳符は、

又有【打棗竿】【掛枝兒】二曲。其腔調約略相似、則不問南北、不問男女、不問老幼良賤、人人習之、亦人人喜聽之、以至刋布成帙、舉世傳誦、沁入心腑。

又【打棗竿】【掛枝児】の二曲有り。其の腔調約略相似たり。則ち南北を問はず、男女を問はず、老幼良賎を問はず、人々これを習ひ、亦た人々これを喜び聴き、以て刋布成帙し、世を挙げて伝誦し、心腑に沁み入れるに至る[17]。

と言う。また、袁宏道も、

其萬一傳者、或今閭閻婦人孺子所唱【劈破玉】【打草竿】之類。猶是無聞無識、眞人所作所、故多眞聲。
其の万一伝はる者は、或は今の閭閻の婦人孺子の唱ふ所の【劈破玉】【打草竿】類ならん。猶ほ是れ無聞無識の真人の作る所にして、故に真声多し。(18)

と述べている。これらの記述から、西廂故事が老若男女を問わず好んで歌われたメロディーに乗って流伝した状況を想像することができる。

巻七の中には、このほかいくつか「秧歌」が収められる。秧歌は今日の北方でも流行している歌曲であり、民間の娯楽として、人々に喜ばれるジャンルである。その中で、「正月裏梅花香」という歌は、一年十二ヶ月の花を取り上げながら、十二種の恋愛物語を詠み込んだものである。その第一句は、

正月裏梅花香、張生斟酒跪紅娘。央煩姐姐傳書信、快請鶯鶯會西廂。
正月に梅の花が芳しい、張生は跪いて紅娘にお酒を注ぐ。「姉さん、どうか手紙を伝え、早く鶯鶯と西廂に会わせておくれ」。

と歌う。正月に登場する以上、西廂故事が歴代の恋愛物語の中でも最も人気が高いといっても過言ではないであろう。

こうして、『霓裳続譜』中のこれらの戯曲に基づいて改編され、あるいは新たに創作された民歌俗曲から、清の乾隆年代において西廂故事が民間に流行した情況をうかがうことができるのである。

（五）『白雪遺音』等

『白雪遺音』は、清の嘉慶・道光の間に流行した民歌俗曲集である。編集者である華廣生は嘉慶九年（一八〇四）から俗曲を集めはじめ、道光八年（一八二八）に刊行するに至るまでその編集に二十余年を費した。彼は済南に住んでいたため、山東を中心として流行した歌、特に【馬頭調】を最も多く収集した。全四巻の八四六曲のうち、巻一と巻二だけで、約四百首の【馬頭調】を収めている。現在では、『明清民歌時調集』に収められ、容易に見ることができる。

【馬頭調】とは、港町（碼頭）の調子という意味で、すなわち商業が繁栄した地区、商人が往来したところで流行した曲である。とりわけ、妓館における宴席で歌われたものとして、「私情」（すなわち男女の情）の歌がその多くを占めるが、その他にもいろいろな題材が取り込まれている。例えば、「西遊記」「古人名」のような小説戯曲中の故事や人物、「済南八景」「西湖十景」のような自然風景、また「詩経注」「四書注」のような経典を宣伝する歌等々、幅広く集めている。そのうち、約四十首の曲が、戯曲故事を詠んでいるが、巻一・巻二の中に、次のような西廂故事を題材とする曲が見られる。

　巻一【馬頭調】「西廂」、「兵困普救」二首、「拷紅」二首、「佳期」、「餞別」二首、「寄柬」、「紅日歸宮」、「凄涼兩字」、【嶺兒調】「草橋驚夢」、「貪淫飛虎」。

　巻二【馬頭調】「寄柬」二首、「聽琴」、「拷紅」、「辯正」。

ここでは、巻一の「寄柬」を見ることにしよう。

張生扶着紅娘背、推入羅幃。未曽説話、笑臉相陪。魄散魂飛。好姐姐、趁此無人求一回。同歡一回。那紅娘、搖頭賣俏連聲啐。假皺蛾眉。一轉腰兒、用手去推。不要累墜。罵秀才、要求雲雨須下跪。不算難爲。叫秀才、要求雲雨須下跪。兩不吃虧。

張生は紅娘の背中を支え、とばりの中に押し倒す。話もせずに、笑顔で迎える。肝がつぶれるほどびっくりした。いい姉さんよ、今ここに人がいないうちに、一度遊んでくれませんか。一度じゃれる。紅娘は、頭を振りながら続けざまにののしって、思わせぶりをする。美しい眉をわざとしかめる。腰を回して、手で抵抗する。面倒をするな。秀才を責める、求愛するならば、ひざまずかなければならぬと。いじめとは言えない。秀才を呼ぶ、求愛するならば、ひざまずかなければならぬと。お互いに損をしない。

【馬頭調】の基本句格字数は、七。四、四。三、七。三、七。四、四。三、七。三、七。と六十三字、七段落に分かれて、段落後ごとに「把」、すなわち小文字の部分（一般には四、五字）を加えることになっている。この曲の張生と紅娘の男女関係を暗示する場面は、まさに繁栄する都市文化において、「私情」の俗曲が流行したことを背景とした産物である。特に温柔郷たる妓館という特殊な場で、淫乱の情態に落ちるといった歌は、受容層である客商の好みに最も合致するものであったため、西廂故事を詠じる曲もまたある程度そういった方向に向かっていったのは当然と考えられる。

また、巻三に見える「談古」という曲も興味深い。

鶯鶯小姐問紅娘：你可曉得越國西施歸何處？出塞昭君獻那邦？貂嬋女、貴妃娘、有一個帶髮修行的陳妙常。千嬌百媚孟姜女、花魁女子配秦郎。梁山伯、祝九娘、三載攻書共學堂、到後可得兩成雙？紅娘聽、喜洋洋、低語鶯聲稟姑娘：那越國西施獻呉國、出塞昭君獻番邦。貂嬋後來歸呂布、楊貴妃宮内伴唐王。

陳妙常配了潘必正、花魁獨占賣油郎。苦只苦、千嬌百美孟姜女、他千里寒衣送夫郎。梁山伯、祝九娘、他二人三載攻書共學堂、到後來不得成夫婦、變一對花蝴蝶兒在世上。

鶯鶯お嬢さんは紅娘に尋ねる、あなたは次のことを知っているかしら。越国の西施はどこへ行ったのか、出塞の昭君はどこの国に贈られたのか。貂嬋女、貴妃娘、髪をそらずに修行する陳妙常。なまめかしく美しい孟姜女、花魁が秦郎と結ばれたこと。梁山伯と祝九娘は、三年間学堂でいっしょに勉強したけれど、最後に夫婦になったのかしら。

紅娘は聞いて喜びに満ち、低い声で鶯鶯お嬢さんにお答えする。あの越国の西施は呉国に献ぜられ、出塞の昭君は匈奴に献ぜられる。貂嬋は最後に呂布に嫁し、楊貴妃は宮廷で唐明皇にお伴する。陳妙常は潘必正と夫婦になり、花魁は売油郎を独占する。ただつらいのは、なまめかしく美しい孟姜女、彼女ははるばる遠くへ夫に冬着を送る。梁山伯と祝九娘、彼ら二人は三年間学堂でいっしょに勉強したけれど、最後に夫婦になることはできず、ひとつがいの蝶に変化してこの世にいる。

ここで詠じられるのはすべて小説戯曲中の故事、あるいは民間伝説中の人物である。それが鶯鶯と紅娘の二人の問答によって、聴衆へ語られていた。民歌俗曲の受容層は教養の乏しい庶民階層、特に都会の市民であった。従って、そこに伝統文化の知識を盛り込めば、聴衆は楽しめると同時にいろいろな文化知識を得ることができたのである。そのために、鄭振鐸は『白雪遺音』に対して次のような高い評価を与えている。

在現在看來、此書的價値實較所有無病而吟的古典派無生命的詩集、詞集高貴的多多。

今から見ると、この本はすべての訳もなくセンチメンタルな古典派の生命力のない詩集・詞集と比べて、その価値はずっと高かった[19]。

清代における西廂故事を詠んだ曲は、まだ他にも数多くあるが、ここにその主たる書目と曲名を列挙することとする。

『西調黃鸝調鈔』〔乾隆四十五年（一七八〇）鈔本〕
　巻下　【黃鸝調】「相國行祠」「做媒人」「喬坐衙」。
『時興呀呀喲』〔嘉慶年間（一七九六—一八二〇）鈔本〕
【呀呀喲】「俊俏張生」「鶯鶯回房」「小紅娘」「鶯鶯思情」「花葉兒叢叢」「張生病的糊塗」「小紅娘乖」「老夫人怒生嗔」。
『時調小曲叢鈔』〔嘉慶年間鈔本〕
【跌落金錢】「西廂五更」「鶯夢啼」「西廂」、【銀絞絲】「西廂佳會」、【倒搬槳】「琴探心」、【滴滴金調】「相思病」、
【姤姤笑調】「誤佳期」、【陽台夢調】「長亭泣別」、【軟玉屏調】「西廂約會」。
『雜曲二十九種』〔嘉慶年間鈔本〕
【八角鼓】「遊寺」「鶯鶯降香」「鶯鶯長亭餞行」。
『時興雜曲』〔道光年間（一八二一—一八五〇）北京鈔本〕
　巻一　【馬頭調】「草橋驚夢」「長亭餞別」。

巻二【北跌落金錢】「崔鶯鶯」、【馬頭調】「草橋驚夢」。
巻三【馬頭調】「衣錦榮歸」。
巻四【馬頭調】「寄箋」、【滿州歌】「西廂」。
『京都小曲鈔』（道光年間北京鈔本）
巻二【北跌落金錢】「紅娘寄柬」、【黄鸝調】「拷紅」。
『百萬句全』（咸豊六年（一八五六）北京鈔本）
第五册【馬頭調】「退兵」「做媒人」「喬坐衙」「送行」「長亭」「遊寺」「寄柬」「拷紅」。

一方、講唱文学全盛期の清代においては、楽曲系の民歌俗曲だけではなく、北方の鼓詞、主に満州族の旗人の間で流行した子弟書、江南地方の弾詞、広東の木魚書など詩讃系のジャンルも盛んに行われていた。これらは元明の詞話の系統を引くものであり、形式的には共通点が多いが、各地の方言に基づく独自の唱法と音楽を持ち、また題材にも各々特色がある。その中には、西廂故事を歌った作品がいくつか見られる。例えば、鼓詞の祖と見なされる宋・趙徳麟の『元微之崔鶯鶯商調蝶恋花鼓子詞』を受け継いだものとして、全十巻・二十七回から構成された『西廂記鼓詞』（嘉慶年間会文堂刻本）がある。その巻数と題目は以下のとおりである。

巻一「老夫人開春院」「崔鶯鶯燒夜香」
巻二「小紅娘傳好事」「張君瑞鬧道場」
巻三「張君瑞破賊計」「莽和尚殺人心」
巻四「小紅娘書請客」「崔鶯鶯夜聽琴」

巻五　「張君瑞寄情詩」「小紅娘遞密約」
巻六　「崔鶯鶯喬坐衙」「老夫人問醫藥」
巻七　「小紅娘成好事」「老夫人問情由」
巻八　「短長亭斟別酒」「草橋店夢鶯鶯」
巻九　「小琴童傳家報」「崔鶯鶯寄汗衫」
巻十　「鄭伯常乾捨命」「張君瑞慶團圓」

また、「子弟書」の中にも、西廂故事をテーマとした作品がいくつか残されている。その例を次に挙げる。

「拷紅」〔嘉慶年間（一七九六―一八二〇）北京刻本〕
「西廂記子弟書全本（十五回）」〔道光年間（一八二一―一八五〇）刻本〕
「紅娘寄柬」〔光緒年間（一八七五―一九〇八）北京別埜堂鈔本〕
「西廂記子弟書全本（八回）」〔北京舊鈔本〕

これらの鼓詞・子弟書などの西廂故事は庶民が最も受け入れやすい形式の作品であることから、清代の民間に広く伝わっていったのである。

四　まとめ

愛情は文学において、普遍的かつ恒久的なテーマである。文人雅士にとっても、庶民俗夫にとっても、恋愛物語が時間と場所とに関係なくいかに普遍的魅力的なものであったか、以上の考察によって、いくぶんかでも明らかになったと思われる。もちろん、文人伝奇と民間歌曲とは、作者・場所・受容層・表現手段などが異なることから、それぞれの作品中により「雅」、またはより「俗」なる傾向を有していたことは確かである。

すでに見てきたように、民歌俗曲は口承文芸として、農村から都市に至るまで、労働・祭祀の場から娯楽の場まで、民間の至るところで行われていた。その歌い手と聴衆はともに庶民、あるいは都会の妓女・商人であろう。そして、人々に最も好まれたメロディー、分かりやすい口語・方言の使用によって、西廂故事は民間で流行していったのである。他方、同じ才子佳人の恋愛を詠じたものであっても、文人の手によって作られた伝奇は、俗文学のジャンルに含まれるとはいえ、多く「雅」なる表現手段を使っていた。典故・雅句を頻用するのも、やはり古典の教養を有した受容者の趣味に合わせたためである。つまり、民歌俗曲はその出自が文人の手の届かぬ民間にあり、より俗なる性格の強いものであったが、一方、伝奇は文人の参与によって、「雅戯」となったのである。

しかし、その実、民歌俗曲は決して庶民だけのものではなかった。従来俗文学という概念については、鄭振鐸が、

何謂「俗文學」？「俗文學」就是通俗的文學、就是民間的文學、也就是大衆的文學。換一句話、所謂「俗文學」就是不登大雅之堂、不爲學士大夫所重視、而流行於民間、成爲大衆所嗜好、所喜悦的東西。

何を「俗文学」というのか。「俗文学」とは通俗文学であり、民間文学であり、大衆の文学でもある。言葉を換えて言えば、いわゆる「俗文学」とは大雅の堂に登らず、学識ある士大夫の重視しないものであるが、民間において流行し、大衆に好まれ、喜ばれるものである。(20)

と述べているが、実際には、以上に見たように、俗曲に関心を持つ文人たちも確かに数多く存在し、彼らによって、

明清の民歌俗曲は当時さらに流行し、しかも文字記録として残されることになったのである。特に、西廂故事を題材とした作品においては、それが小説・戯曲・講唱文芸などに仕組まれた背後に、文人の参与と関心が終始一貫して色濃く存在したことは、言うまでもない。

最後に、明清時代における西廂故事流行の背景と要因を付け加えておきたい。伝奇から民歌俗曲に至るまで、西廂故事が広く流行した大きな要因と言えば、やはり恋愛の自由を拘束する封建礼教への反抗を挙げねばならないであろう。『王西廂』は明の李卓吾、清の金聖歎によって、「古今の至文」「天地の妙文」との評価を与えられたが、一方では、「淫を誨《おし》える」禁書として、非難を受けていた。(21) その当時、恋愛は姦通と見なされ、鶯鶯・張生のような恋人たちは犯罪者としてとがめを受けた。しかし、それにもかかわらず、否、むしろ禁圧を受ければ受けるほど、恋愛の自由を求める欲求は、かえって熾烈であった。情のために命を懸けたという数多くの事例がこれを証明している。(22)「借男女之眞情、發名教之僞藥」（男女の真情を借りて、名教の偽薬を発《あば》く——馮夢竜「敍山歌」）といった背景のもとに、「願普天下有情的都成了眷属」（どうか天下の恋するものがみな夫婦となるように——『西廂記』第五本第四折）という反封建の理想を打ち出した西廂故事がこの時代に大流行したのは、当然の趨勢であったろう。そして、西廂故事が時代・ジャンル・階級も超えて、人口に膾炙し、雅俗ともに賞讃されたのは、何よりもやはり男女の真摯な愛情が常に人々を魅了したということにその根本的な要因があったということに帰結点を見いだすように筆者には思われるのである。

注

（1）陳宏緒『寒夜録』（『叢書集成初編・文学類』所収）巻上

(2)明代伝奇の発展の盛況について、明の沈寵綏は『度曲須知』(『中国古曲戯曲論著集成』第五集一九八頁、中国戯劇出版社、一九五九年)上巻「曲運隆衰」の中で、「……名人才子、踵『琵琶』『拜月』之武、競以傳奇鳴。曲山詞海、於今爲烈」と述べている。後人は「曲山詞海」という言葉で明清伝奇の隆盛を例える。
(3)呂天成『曲品』(『中国古典戯曲論著集成』第三集所収)「自序」、二〇七頁。
(4)同注(3)『曲品』「巻上」、二〇九頁。
(5)詳しくは、張人和『西廂記論証』(東北師範大学出版社、一九九五年)、蔣星煜『西廂記的文献学研究』(上海古籍出版社、一九九七年)
(6)田中謙二「雜劇『西廂記』の南戯化――西廂物語演変のゆくえ――」(『東方学報』第三十六冊、一九六四年十月)
(7)岩城秀夫「明代戯曲の特質」(『日本中国学会報』第十六集、一九六四年十二月、後『中国戯曲演劇研究』所収)
(8)青木正児『支那近世戯曲史』(弘文堂書房、一九三〇年)二頁。
(9)鄭振鐸『中国文学研究』(作家出版社、一九五七年)一〇一九頁「明代的時曲」
(10)李夢陽『空同集』(『四庫全書』集部別集類所収)巻五十「詩集自序」
(11)李開先『李開先集』(中華書局、一九五九年)巻六「市井艶詞序」
(12)馮夢竜および『山歌』『掛枝児』については、大木康「馮夢龍『山歌』の研究」(『東洋文化研究所紀要』第一〇五冊、一九八八年二月)、「俗曲集『掛枝兒』について」(同第一〇七冊、一九八八年八月)
(13)テキストは『西廂記説唱集』(傅惜華輯、上海出版公司、一九五五年)所収の『新編四季五更駐雲飛』と『新編題西廂記詠十二月賽駐雲飛』を用いる。
(14)田中謙二「文学としての『董西廂』(下)」(『中国文学報』第二册九十七頁、一九五四年)
(15)テキストは『善本戯曲叢刊』(王秋桂輯、台湾学生書局、一九八四年)所収の『摘錦奇音』を用いる。
(16)李斗『揚州画舫録』(『清代史料筆記叢刊』所収、中華書局、一九六〇年)巻十一「虹橋録・下」
(17)沈徳符『万暦野獲編』(『元明史料筆記叢刊』所収、中華書局、一九八〇年)巻二十五「詞曲」、六四七頁。

(18) 袁宏道『錦帆集』(東京内閣文庫蔵万暦三十一年刊本)巻二「叙小修詩」
(19) 鄭振鐸『中国文学研究』一〇三七頁「白雪遺音選序」
(20) 鄭振鐸『中国俗文学史』(商務印書館、一九三八年)第一章「何謂俗文学」
(21) 王利器輯録『元明清三代禁毀小説戯曲史料』(上海古籍出版社、一九八一年)第二編地方法令「同治七年江蘇巡撫丁日昌査禁淫詞小説」と第三編社会輿論「水滸会真当焚」
(22) 合山究「明清時代における情死とその文学」(『伊藤漱平教授退官記念中国学論集』所収、汲古書院、一九八六年三月)

第五章　『西廂記』の上演

——案頭書から台上曲へ——

一　はじめに

崔鶯鶯と張生の恋愛を題材とする元の王実甫の雑劇『西廂記』は、中国戯曲史上の傑作として、華麗な文彩と巧みな描写で読者の心を奪うと同時に、時代や地域に合わせた改作を輩出することで、実際に演じられた舞台芸術としても観客や聴衆の喝采を博した。従来、この『西廂記』の研究においては、先行作品である元稹の『鶯鶯伝』および董解元の『西廂記諸宮調』からの発展過程が注目され、とりわけ該作の文学性や作者・内容・版本などがしばしば議論されるばかりで、演劇名品としての『西廂記』を改作した脚本とその上演の実態については、あまり解明されていないように思われる。

そこで本章は、明清時代の文人が著述した随筆および小説・戯曲に見られる『西廂記』の上演記録を調査し、また上演に供された脚本を考察することによって、文人の書斎の案頭書であった『西廂記』から、俳優が舞台で上演する台上曲になった改作脚本へとどのように変遷したのかを検討しながら、当時の各受容層の嗜好や社会的背景などの観点から、その実態を明らかにしようとするものである。

中国古典戯曲は、元代に北曲雑劇の繁栄時期を迎えた後、明代から長編南曲を代表とする伝奇の時代に入り、清代に至るまで、南曲伝奇が益々隆盛し、北曲雑劇は日に日に衰微していった。しかし、それにもかかわらず、北曲雑劇の代表作としての『西廂記』は、明清時代においても、案頭書の形で一三〇余種に上る刊本が上梓されただけでなく、舞台においても盛んに上演されるなど、案頭から舞台に至るまで多大な影響力を及ぼしつつ、様々な形で広範に流行している。ただし、『西廂記』の各種版本が今なお目に触れやすいのに対して、改作された台上曲の上演の場所、演出者および受容層等については、関連資料が乏しいこともあって、現在に至ってもいまだ十分には知られていない。以下に、明清の文人随筆および小説・戯曲などに記録が残る『西廂記』の上演資料を引きながら、その実態について考察してみたい。

二　文人随筆に見える上演記録

明清時代において、文人士大夫は戯曲創作の主役となって数多くの作品を作ると同時に、彼らが書いた随筆および日記の中にも観劇事情などを詳細に書き留めている。例えば、明の沈徳符『万暦野獲編』、馮夢禎『快雪堂日記』、清の焦循『劇説』、鄒枢『十美詞記』などの中に見られる『西廂記』の上演に関する記録は以下のようである。

沈徳符（一五七八―一六四二）の『万暦野獲編』は、明代の朝章国故から巷談瑣事に至るまでことごとく載せ、考証に資するものとして知られている。その巻一には、正徳（一五〇六―一五二一）末年に武宗帝が南方に行幸する時、元大臣であった楊文襄の宅を訪ね、劇を見たことを記している。

楊文襄在正徳末年、以次揆少傅居丹陽。適武宗南巡、以征寧庶人爲名幸其第、留車駕、前後凡三至焉。上賦絶句十二首賜之、楊以絶句賀上聖武、數亦如之。又有應制律詩諸編、刻爲二編、名「車駕幸第録」。呉中王文恪、爲詩四章侈其事、其最後一律云、「漫衍魚龍看未了、梨園新部出西廂。」想其時文襄上南山之觴、以崔張傳奇、命伶人侑玉食。王詩蓋紀其實也。

楊文襄は正徳末年に、次揆少傅の官職で丹陽に住んでいた。ちょうど武宗帝が南方に巡幸し、寧波の庶人を徴用することを名目として彼の家を訪れ、馬車をとどめおいて、前後合わせて三回来た。武宗帝は絶句十二首を作って楊文襄に与え、楊文襄は絶句でもって天子の威光を嘉《よみ》し、数も同じであった。また應制律詩諸編があり、刊行して二冊とし、「車駕幸第録」と名付けた。呉中の王文恪は、詩四章を作ってそのことを喧伝し、その最後の一律に、「漫衍魚竜の末了を看て、梨園の新部に西廂を出す」と言った。その時楊文襄が南の山で酒宴を設け、崔鶯鶯と張生の故事をもって、俳優に演じさせながら食事を勧めていたことを思えば、王文恪の詩はその史実を記録するものであろう。(1)

という。ここに書かれた「漫衍魚龍」とは、武宗帝の見た種々の演目を指すが、そのうち、『西廂記』が最も目立っていたことが分かる。この記録から楊文襄が皇帝の意を迎えようとして、俳優に『西廂記』を演じさせた情景をうかがうことができよう。

巻二十五の中に、北劇の衰微してゆく万暦年間において、馬四娘という劇団のリーダーが女優を率いて北方から南方へ行き、南曲隆盛の地であった蘇州で北雑劇『西廂記』を演じたことを記している。

甲辰年、馬四娘以生平不識金閶爲恨、因挈其家女郎十五六人來呉中、唱『北西廂』全本。

甲辰年(一六〇四)、馬四娘はこれまで金閶(蘇州)に行ったことがないのを残念に思って、自分の一門の若い女十五六人を連れて江南に来て、『北西廂記』全本を演じた。(2)

また、同じく明の著名な戯曲家であった李開先(一五〇一—一五六八)は、『詞謔』の中で、長編の北劇『西廂記』

を始めから終わりまで上手に唱えた芸人のずばぬけて高い演技を絶賛している。

毛秦亭南北皆優、『北西廂』撃木魚唱徹、無一曲不穏者。

毛秦亭は南・北曲ともに優れていて、木魚をたたきながら『北西廂記』を最後まで歌って、適切でないものは一曲もなかった。(3)

さらに崇禎年間の宮廷のことを述べた『燼宮遺録』の中には、毅宗帝が職業劇団を宮廷に招いて『西廂記』を上演させたという記録も残されている。

崇禎五年、皇后千秋節、諭沈香班優人、演『西廂記』五・六齣。

崇禎五年(一六三二)、皇后の誕生日に、沈香班の俳優に命じて、『西廂記』五・六幕を演じさせた。(4)

さて、明代においては、文人士大夫が社交親睦の宴会を頻繁に挙行し、座興を添えるために、しばしば職業劇団やお抱えの俳優にいろいろな戯曲を上演させていたことが、彼らの日記から知られる。(5) 馮夢禎(一五四八―一六〇五)『快雪堂日記』の中には、当時の江南における文人士大夫の家庭演劇の状況を詳しく記録している。『西廂記』の上演に関する記事は次のとおりである。

萬暦壬寅十一月二十六日:赴包鳴甫席。……屠氏梨園演『雙珠記』、找『北西廂』二折、復奏『琵琶』。

万暦壬寅（一六〇二）十一月二十六日、包鳴甫の宴席に赴く。…屠氏の俳優は『双珠記』を演じ、また『北西廂記』の二折を併せて演じ、さらに『琵琶記』を演奏した。(6)

萬曆壬寅十一月三十日：今日襲明、冲暘先生作主、家梨園演『北西廂』。

万暦壬寅（一六〇二）十一月三十日、今日襲明と屠冲暘先生が主催し、お抱えの俳優が『北西廂記』を演じた。(7)

萬曆甲辰六月初六：請馬湘君、治酒于包涵所宅。馬氏三姉妹従涵所家優作戯。晩馬氏姉妹演『北西廂』二出、頗可觀。

万暦甲辰（一六〇四）六月六日、馬湘君に頼み、包涵所の家で酒宴を開いてもらった。馬氏三姉妹が包涵所のお抱え俳優に従って芝居を演じた。夜になって、馬氏姉妹は『北西廂記』の二幕を演じ、なかなかすばらしかった。(8)

ここでの「屠氏梨園」「涵所家優」とは、呉越の名士であった屠隆と包涵所の家付き俳優のことであった。その当時、文人士大夫が家付き俳優を抱えるという風潮があった。(9) そして、彼らの家庭演劇の場で、『西廂記』を代表とする愛情風雅の演目がよく上演されていたことが、これらの記録から明らかとなる。

『劇説』は清の焦循（一七六三―一八二〇）が一六〇余種の書籍から戯曲に関する議論を集めたものである。その中には、『西廂記』の上演などに関する記事が見えている。

唐荊川半醉作文、先高唱『西廂』惠明「不念法華經」一齣、手舞足蹈、縱筆伸紙、文乃成。

唐荊川はほろ酔い気分で文を作り始め、まず『西廂記』恵明「不念法華経」の一幕を大声で歌って、ついには踊りだし、筆をふるって紙を広げて、ようやく文章を完成させた[10]。

明弘治末、泉州府學教授、南海人、頗立崖岸、一日設宴明倫堂、搬演『西廂』雜劇。

明の弘治（一四八八―一五〇五）末、泉州の府学教授は南海の人であり、非常にわがままで、ある日に明倫堂で宴会を開き、『西廂記』雑劇を演じた[11]。

碩学の誉れ高く、明の中葉の文人であった唐順之（一五〇七―一五六〇）は『西廂記』を歌った後に文章を作った。また、教育の官吏である府学教授は、従来の「大雅の堂に登らず」「淫を誨《おし》える」という正統派の見方を無視し、学宮に孔子を祭る明倫堂で、堂々と自ら『西廂記』を演じた。その一方で、民間の芸人が演劇活動に専念し、お互いに演技を学び合うといった記録もある。

江斗奴演『西廂記』於勾欄、有江西人観之三日、登場呼斗奴曰：「汝虛得名耳。」指其曲謬誤、並科段不合者數處。斗奴恚、留之、乃約明旦當來。而斗奴不測、以告其母齊亞秀。明旦、俟其來、延坐、告之曰：「小女藝劣、勞長者賜教。恨老妾瞽、不及望見光儀、雖然、尚有耳在、願高唱以破衰愁。」客乃抱琵琶而歌、方吐一聲、亞秀（中略）顧斗奴曰：「宜汝不及也。」客亦大笑、命斗奴拜之、留連旬日、盡其藝而去。

江斗奴は劇場で『西廂記』を演じ、ある江西の人は三日間これを見た後、舞台に登って江斗奴を呼んで、「おまえの実力は知名度に及ばない」と言って、その曲の誤りおよび仕草の不適切なところ数ヶ所を指摘した。斗奴は怒って、彼を引き留め、そこで明日また来るようと約束した。しかし、斗奴は彼の本音を推し量ることができないので、このことを母の斉亜秀に告げた。翌朝、その人が来るのを待ち、席を用意して、母が「娘の演技が劣っていたために、先生のご指導を煩わせてしまいました。私は自分がめくらで、あなたの堂々たる風采にお目にかかることができないことがを悔やまれますが、とはいえまだ聴力はありますので、どうか高らかに歌ってうら悲しい気持ちを吹き払ってください。」と言った。客がそこで琵琶を抱えて歌い、一声出しただけで、亜秀は（中略）斗奴を振り向いて、「おまえが及ばないのは当然だろう」と言った。客も大笑いして、斗奴を弟子として、十日ほど滞在して、自分の演技を全部教え終えて去った。[12]

演劇がこのように盛行した明代において、民間芸人・職業俳優はもちろん、芸妓も演劇に精通しなければ、接客がうまくできなかったであろう。その当時の芸妓はみな演劇に堪能であったことが、康熙二十年（一六八一）に書かれた『十美詞紀』に記されている。

陳圓者、女優也。少聰慧、色娟秀、好梳倭墮髻。纖柔婉轉、就之如啼。演『西廂』、扮貼旦紅娘脚色、體態傾靡、説白便巧、曲盡蕭寺當年情緒。常在予家演劇、留連不去。

陳円は女優である。小さい頃から聡明で、美しく、切り下げ髪を結うのが好きであった。歌声は柔らかく抑揚があって鳥の鳴くようだった。『西廂記』を演じる時は、貼旦（主演女優の次に重要な女優）として紅娘の役を演じ、しぐさがとても美しくて、台詞回しが巧みであり、蕭寺の当時の雰囲気を十分に表現し尽くした。いつも我が家で芝居を演じて、夢中になって帰らなかった。[13]

李蓮、呉門妓也。姿色纖麗、少有渴病、年十九。以患熱不出見客、常以小札招呂湘烟及余至其家。蓮靚粧艶服、迎坐小軒、設餚饌精美。行酒政遞花催板、竟夜無倦容。撥弦索、唱『西廂』「草橋驚夢」、歌徹首尾、宛轉瀏亮。媽憐惜、不使之畢、而蓮不顧也。

李蓮は呉門の妓女である。容姿が美しくて、小さい頃から糖尿病にかかっており、十九歳である。熱があるために顔見せには出ない。常に書簡で呂湘烟と私とを彼女の家へ招いていた。李蓮は美しい化粧とあでやかな服で、小さい部屋へ案内し、精巧でおいしい料理をごちそうしてくれた。酒席のゲームをして、徹夜しても疲れた様子を見せない。弦をはじきながら、『西廂記』の「草橋驚夢」を歌い、始めから終わりまで歌い通して、滑らかで抑揚があり清く明らかであった。母はかわいそうに思って、途中でやめさせようとしたが、李蓮は聞かなかった。[14]

すなわち、明末の名妓である陳円が紅娘に扮して『西廂記』を演じたことや、李蓮という芸妓は病気になっても、感情を込めて『西廂記』を一生懸命に歌ったことなどが記録されている。

三　小説戯曲に見える上演場面

明清時代に作られた小説・戯曲などの文学作品には、その当時の社会の様相が濃厚に反映されていると考えられる。

家庭の日常生活を素材として、現実社会の人情世態を描写した最初の長編小説である『金瓶梅』は、舞台を北宋末年に設定したが、そこに描かれる社会状況や思想傾向などは、明らかに明代の特色を現し、とりわけ戯曲上演の描写がよく見られる。[15] そのうち、西廂故事の上演に関する場面は次のとおりである。

西門慶道：「……王皇親家一起扮戲的小厮、叫他來扮『西廂記』。往院中再把呉銀兒・李桂姐接了來。你們在家看燈吃酒、我和應二哥・謝子純往獅子街樓上吃酒去。」

西門慶は、「…王皇親の家でいっしょに芝居を演じた男優、彼に『西廂記』を演じに来させなさい。院中へ行って、さらに呉銀児と李桂姐を連れて来なさい。おまえらは家で提灯を見ながらお酒を飲みなさい。私は應二哥・謝子純と獅子街の楼上へ酒を飲みにいく。」と言った。[16]

王皇親家二十名小厮、兩個師父領着、挑了箱子來、先與西門慶磕頭。西門慶吩咐西廂房做戲房、管待酒飯。……那日扮的是『西廂記』。

王皇親のお抱えの男優が二十人、二人の師匠に連れられ、衣裳箱を担いできて、まず西門慶に叩頭した。西門慶は西側の部屋を楽屋にし、酒と飯でもてなすように言いつけた。…その日、演じたのは『西廂記』だった。[17]

申二姐向前行畢禮、方才坐下、先拿箏來、唱了一套「秋香亭」。然後吃了湯飯、添換上來、又唱了一套「半萬賊兵」。

申二姐は進み寄っておじぎをした後、腰を下ろしてから、まず箏を取って、「秋香亭」一幕を歌った。吸い物とご飯が終わって、次の料理が出ると、また「半万賊兵」一幕を歌った。[18]

四個唱『西廂』妓女、都出來與西門慶磕頭、一一問了姓名。……四個妓女才上來唱了一折「游藝中原」。……説笑之間、妓女又上來唱了一套「半萬賊兵」。

四人の『西廂記』を演じる芸妓がみな出て来て、西門慶に叩頭した。西門慶は一人一人に名前を聞いた。…四人の芸妓がやっと出てきて、「游芸中原」の一折を演じた。…しゃべったり、笑ったりしている間に、芸妓がまた出てきて、「半万賊兵」一幕を演じた。(19)

ここでの「小厮」は、すなわち若い男優を指すと思われる。元宵の夜に「小厮」が『西廂記』を演じることから、家付き俳優の中には、男性もいたことが分かる。また、「游芸中原」と「半万賊兵」はそれぞれ『西廂記』の第一本第一折と第二本第二折である。客(西門慶)を酒宴に接待する時、百余りの組曲を覚えていた職業芸人の申二姐および芸妓たちが招かれて『西廂記』の組曲を歌わされたことは、俳優あるいは芸妓が接客の宴会に招かれて芝居を演じたという明の当時の社会風習を示したものと見られる。

『金瓶梅』の影響を受けて作られた『紅楼夢』は、中国古典小説の最高作品として、清代における貴族の生活を眼前に見るように描き出している。その中に現れている演劇の情況は、雍正・乾隆時代の戯曲活動を反映したものと思われる。『西廂記』については、第五十四回に栄国邸で元宵の夜宴を開き、『西楼会』『八義記』などの戯曲を演じた後、次の記述がある。

賈母笑道:「……叫芳官唱一出『尋夢』、只提琴至管簫合、笙笛一概不用。」……又道「叫葵官唱一出『惠明下書』、也不用抹臉。只用這兩出、叫他們聽個疏異罷了。若省一點力、我可不依。」文官等聽了出來、忙去扮演上臺、先是『尋夢』、次是『下書』。衆人都鴉雀無聞。……（賈母）指湘雲道：「我像他這麼大的時節、他爺爺有一班小戲、偏有一個彈琴的湊了來、即如『西廂記』的「聽琴」、『玉簪記』的「琴挑」、『續琵琶』的「胡笳十八拍」、竟成了真的了、比這箇更如何?」

賈母が「…芳官に『尋夢』の一幕を演じさせ、楽器は胡弓と簫だけにして、笙笛はいっさい使わないように」と笑って言う。…また「葵官に『恵明下書』の一幕を演じさせ、男粧はさせないように。この二幕だけでよいから、あのお二人に聴かせて興を添えよう。もしちょっとでも手を抜いたりしたら、私が許しませんからね」と言う。文官らは承ってから、さっそく衣装をつけて演じ、始めが『尋夢』、次が『下書』、みな静かに耳を傾ける。…（賈母）湘雲を指さして、「私がこの子くらいの年の頃、この子のおじいさんが子供芝居の一座を抱えていたが、ちょうど中の一人に琴を弾く者があって、例えば『西廂記』の「聴琴」、『玉簪記』の「琴挑」、『続琵琶』の「胡笳十八拍」をつなぎ合わせて弾いてくれましたが、なんと本物そっくりの出来栄えでしたよ。これと比べたら、どういうことになりますか。」と言う。(20)

「恵明下書」と「聴琴」とは『西廂記』第二本の楔子と第四折である。ここには、普通の演じ方と異なって、和尚役の恵明を男装せずに演じ、またいくつかの芝居の琴に関した曲をつなぎ合わせて、琴の伴奏で歌った。このように実際の上演においては観客の嗜好あるいは劇団の事情によって適宜に改変が行われていたものと思われる。

そのほか、第二十三回「西廂記の妙詞、戯語に通ずる」に、賈宝玉と林黛玉がひそかに『西廂記』を読んだという場面もよく知られている。さらに第四十回「金鴛鴦が三たび牙牌令を宣する」に、林黛玉は酒宴の席で酒令（興を盛り上げるためのゲーム）に、「紗窗也没有紅娘報」と答えた。これも『西廂記』第一本第四折の「紗窗外定有紅娘報」

という唱詞から出た言葉である。こういう描写から『紅楼夢』の主人公がいかに『西廂記』の影響を深く受けていたかが分かる。

小説だけではなく、明清の戯曲作品の中からも、『西廂記』を演じた場面を挙げることができる。

まず、明の王室の一人、朱有燉（一三七九―一四三九）の雑劇『香嚢怨』の中には、優れた演技を持ち、五・六十本余りの雑劇を覚えている女主人公である劉盼春（旦）が、客（末）にたくさんの演目を告げた後、次のようなやり取りがある。

〔末〕都不要、只索大姐做箇花旦雑劇。

〔旦〕【寄生草】有一箇寄恨向銀箏怨、有一箇志賞在金線池。有一箇崔鶯鶯待月西廂記、有一箇董秀英花月東牆記……。

〔末〕みんな要らない、ただ姉さんに恋物語を演じてもらいたいだけだ。

〔旦〕【寄生草】でしたら『寄恨向銀箏怨』『志賞在金線池』『崔鶯鶯待月西廂記』『董秀英花月東牆記』…がございます。[21]

この【寄生草】曲の中に、いくつかの「花旦雑劇」、すなわち愛情風雅の雑劇を列挙するが、『崔鶯鶯待月西廂記』がその類型の代表作として書かれている。

また、葉憲祖（一五六六―一六四二）の雑劇『三義記』の中で、次のような会話が交わされている。

〔貼〕我去年隨着媽媽到集上看戲、恰好唱一本西廂。二月十五日、張君瑞和那紅娘鬧道場、勾上了手、後來到書房裏、張君瑞叫他做親娘、又跪著他、好不有趣。這箇書上有麼？

〔旦〕這等淫穢的事、怎的出在書上？

〔貼〕私は去年母について市へ行って劇を観ました。ちょうど『西廂記』をやっていました。二月十五日に張君瑞があの紅娘と法事のさわぎに乗じて、できてしまい、その後紅娘が書斎に来て、張君瑞は紅娘を「いとしご」と呼び、またひざまずいて、たいへんおもしろかった。これは原作にあるのですか。

〔旦〕そんな猥褻なことが、どうして原作にあるものですか。(22)

ここで、娘役の劉方〔旦〕と脇役の女中〔貼〕が市場で観た『西廂記』は、紅娘が張生に戯れるという原本にない猥褻な筋である。市場の上演においては、観客の興味に応じて、芸人が勝手に色情を挑発するいわゆる「淫戯」の場面を挿入することもあったことが、以上の対話からうかがわれる。(23)後述するように、明清時代において、『西廂記』の原作と脚本の間には相当な差異があったと見られる。

さらに、『古今名劇合選』の編集で知られる明末清初の戯曲家、孟称舜の伝奇『鸚鵡墓貞文記』の中に、次の対話がある。

〔丑〕我到他家説親、唱戲吃酒。……

〔小生〕唱的甚麼戲？

〔丑〕唱的是伯喈、西廂、金印、荊釵、白兔、拜月、牡丹、嬌紅、色色完全。

〔小生〕怎麼做得許多、敢是唱些雜劇？

〔丑〕私は彼の家へ仲人をしにいって、劇を演じ酒を飲みました。……

〔小生〕どんな劇を演じたのか。

〔丑〕『伯喈』『西廂』『金印』『荊釵』『白兎』『拝月』『牡丹』『嬌紅』を演じ、すべてバッチリやりましたよ。

〔小生〕そんなにたくさん演じられるものか、きっと抜粋して演じたんだろう。[24]

ここに言う「雑劇」とは、種々の戯曲から様々な名場面を取って演じられる一幕、いわゆる「折子戯」である。明末清初の劇壇においては、『西廂記』のような名作のストーリーは盛んに上演され、人々の熟知するところとなった。それに伴って、一つの戯曲の全本を観るよりも、いくつかの芝居から抜粋した名場面だけを鑑賞したほうがおもしろい、という観客の嗜好に合わせるために、『西廂記』の「拷紅」や『牡丹亭』の「游園驚夢」などの段のみの上演がしばしば行われた。これは時代の推移がもたらした観劇のスタイルの変化であった。前出の対話からはその当時「折子戯」が広く演じられていたことが分かる。

以上見てきた『西廂記』の上演記録は、明清の随筆・小説・戯曲のうち管見の及んだわずかな部分である。しかし、その中からも、宮殿から文人の豪邸、庶民の集まる市場・芝居小屋に及ぶまで、『西廂記』が至るところで多様な受容層の嗜好に応じて種々に変化しつつ上演され、広く愛好されたことがうかがい知れるのではなかろうか。

四　上演脚本

明清の随筆・小説・戯曲などに現れた『西廂記』の上演事情からもうかがえるように、実際に上演された脚本は原作の『西廂記』とは、かなり様相を異にしている。ところで、その当時どういった脚本によって上演されたのか、そして原作から脚本へはどう改編されたのだろうか。以下に、現在目にすることができる主な脚本を概観しながら、特に原作を『綴白裘本西廂記』と比較することによって、それらの問題について検討してみたい。

（一）雑劇・伝奇の改本

南曲伝奇が隆盛した明清時代において、北曲雑劇『西廂記』もまた上演されたことが、前節で『北西廂記』の上演記録について挙例したことで明らかになった。その当時、北曲雑劇は全体的に衰微していたが、『西廂記』は例外的に上演されていた。『詞壇清玩槃薖碩人増改定西廂記』『西廂記演劇』『桐華閣本西廂記』などの作品はその上演のために改作された脚本と見られる。

明の天啓元年（一六二一）の刊本『詞壇清玩槃薖碩人増改定西廂記』は、『西廂玩定本』と略称するが、改作者・槃薖碩人は、蔣星煜の考証によれば、明代文人の徐奮鵬であった[25]。また「詞壇清玩」の「詞」とは、戯曲的唱詞を指し、「玩」はすなわち「演唱」の意味であり、「予爲登壇習玩者」（第二十五折「野宿驚夢」題評）という眉批（書物の本文上端の空白部に書き込んだ評語や覚え書き）からは、改作者自ら舞台に上って歌ったことが分かる。上演の脚本として、『西廂玩定本』は舞台演出に適合させるため、原作の曲辞と賓白などを大幅に書き改めた。この改作については、内田泉之助がつとに指摘したように、「当時の各種西廂刻本と舞台演出の情況等に及ぼした考察等は戯曲史研究上重要な素材を提出したもの」[26]と思われる。

清初康熙（一六六二―一七二二）中頃の成立で、著名な戯曲家の朱素臣が校訂した『西廂記演劇』は、当時の演劇の中心であった蘇州・揚州で上演された北曲の脚本である。「此元本止供觀覧、難於上場」（第一折「奇逢」眉注）と評するように、原本の『西廂記』は書斎での閲読に供する作品であり、そのままで実演することは難しいという認識に基づいて、改訂が施された。しかし、当時の劇壇において南曲伝奇がすでに絶対的な優勢を占めていたので、改作した脚本には、南曲化の傾向が現れている。例えば、原本の「一折一人独唱」を改変し、また賓白も大幅に増加した。ただ、曲辞はあまり変えられなかった[27]。

そのほか、広東出身の学者、呉蘭修の校訂した『桐華閣本西廂記』が、清の道光年間（一八二一―一八五〇）の嶺南における北曲脚本であることは、すでに蔣星煜によって論証されている[28]。曲辞の賞玩を中心とし、実際の上演を全く無視した金聖歎の『第六才子書西廂記』に対して、呉蘭修は不満を持ち、原作の『西廂記』を底本として、各種改作を参酌し、上演に重きを置いて、十六齣で構成した簡潔な『桐華閣本西廂記』を書き上げたのである。

一方、南曲伝奇の勃興に応じて、『西廂記』を南曲の舞台で上演するために、曲牌まで改訂した『南西廂記』が作られた。『南西廂記』は『西廂記』の主な情節《プロット》と曲辞を踏襲しながらも、広く受け入れられるために、原作の華麗な曲辞を変え、原作にない通俗的な賓白と淫猥な場面を加えた。同時期に、陸采『南西廂記』、王百戸『南西廂記』、高宗元『新増南西廂』、研雪子『翻西廂』、韓錫胙『砭真記』、張錦『新西廂記』などの南曲伝奇が大量に出現したが、明清時代に南曲舞台で上演されていた『南西廂記』は、明・毛晋の編纂した『六十種曲』の中に収められる崔時佩・李日華の改作だけである[29]。

（二）『綴白裘本西廂記』

明初以来伝わる『西廂記』版本は、田仲一成の丹念な考証によれば、文辞の美化と賓白の簡化を求める文人型の脚本と、場面の挿入や賓白の饒舌化を志向する俳優型の脚本との二類型に分かつことができる[30]。これまでに紹介した脚本は、その俳優型に含まれるものと思われる。俳優型の脚本といっても、その改作者あるいは校訂者は、ほとんど文人であった。ただ以下に取り上げる『綴白裘本西廂記』は、専ら俳優あるいは曲師によって改作され、清の乾隆年間に上演された脚本と見られる。

明末清初において戯曲の散齣（ばらばらの齣）を集録した選集が多数上梓されたが、そのうち、劇壇に最も大きな影響を与えたのは、『綴白裘』である。『綴白裘』は何種類かの版本を世に問うたが、現在一般に見られるのは、乾隆二十九年（一七六四）から三十九年（一七七四）までにわたって銭徳蒼が蘇州の宝仁堂から陸続と上梓した通行本である[31]。該書は十二編、四十八巻で構成され、その当時最も流行していた演目の四八九齣を収めている。中に収録されている『西廂記』（以下『綴西廂』と略す）の九齣は、『西廂記』の主要な場面を要領よく選択しており、一つの西廂故事を完全に上演することができると同時に、単齣ごとに独立性を持ち、当時の折子戯の盛行に合わせて、単独でも演じることができる。この九齣の原作と比べて最も顕著な改変は、曲辞の刪改、賓白の増加およびストーリーの再構成などである。以下、それぞれについて分析してみることにする。

まず、曲辞の刪改について見ると、『綴西廂』九齣とそれに対応する原作の王実甫『西廂記』（以下『王西廂』と略す）の曲牌数は次のとおりである[32]。

『王西廂』	『綴西廂』
第一本第一折（十三曲）	七編：游殿（九曲）
第二本第一折と楔子（二十三曲）	二編：恵明（十曲）
第二本第二折（十六曲）	四編：請宴（十曲）
第三本第一折（十三曲）	七編：寄柬（八曲）
第三本第三折（十四曲）	九編：跳牆（四曲）
第四本第一折（十六曲）	二編：佳期（六曲）
第四本第二折（十四曲）	四編：拷紅（七曲）
無	九編：着碁（七曲）
第四本第三折（十九曲）	九編：長亭（六曲）

以上の曲牌数を見ても分かるように、『王西廂』は一折当たり十曲以上、計一二八曲牌を用いるのに対して、『綴西廂』の対応する八齣（『王西廂』にない「着碁」を除く）はわずか六十一曲牌しか使われておらず、一齣ごとに用いられる曲牌数が明らかに減っていることになる。例えば、『王西廂』第四本第一折は十六曲。それに対応する『南西廂』[33]二十九齣「良宵雲雨」は九曲。同じく『綴西廂』二編「佳期」は六曲という具合いである。具体的に示せば次のとおりである。

『王西廂』	『南西廂』	『綴西廂』
【仙呂】【點絳脣】	【供養引】	
【混江龍】	【臨鏡序】	【臨鏡序】
【油葫蘆】	【前腔】	
【天下樂】		
【那吒令】		
【鵲踏枝】		
【寄生草】		
【村裏迓鼓】	【羅香令】	
【元和令】		
【上馬嬌】	【前腔】	
【勝葫蘆】	【十二紅】	【十二紅】【排歌】【三字令】
【幺篇】		
【後庭花】	【節節高】	【節節高】
【柳葉兒】	【前腔】	
【青哥兒】		
【寄生草】		
【煞尾】	【尾聲】	【尾】

しかも曲辞も短くなっている。例えば、張生と鶯鶯が結ばれた直後の曲である【尾】と『南西廂』【尾聲】および『王西廂』【煞尾】とを比べてみると次のとおりである。

【煞尾】春意透酥胸、春色横眉黛、賤卻人間玉帛。杏臉桃腮、乗着月色、嬌滴滴越顯得紅白。下香階、懶歩蒼苔、動人處弓鞋鳳頭窄。歎鯫生不才、謝多嬌錯愛。你是必破工夫明夜早些來。（『王西廂』第四本第一折）

【尾聲】風流不用千金買、賤卻人間玉與帛。（生）小姐若不棄小生、（跪介）是必破工夫明夜早些來。（『南西廂』第二十九齣「良宵雲雨」）

【尾】風流不用千金買、賤卻人間玉與帛、是必破工夫明日早些來。（『綴西廂』二編「佳期」）

このように『綴西廂』では『南西廂』の編集方針を踏襲し、『王西廂』の抒情的な表現および詳細な描写を削除している。中には『南西廂』【十二紅】が【十二紅】【排歌】【三字令】という三曲に編成し直されて曲数が増えている場合もあるが、これとは反対に、複数の曲を編成し直して一曲にしている場合もある。例えば、【桂子香】（四編「拷紅」）は、『王西廂』の【鬪鵪鶉】【金蕉葉】（第四本第二折）の二曲から成るものであり、【玉芙蓉】（九編「長亭」）も、『王西廂』の【滿庭芳】【四邊静】【四煞】【一煞】（第四本第三折）四曲の曲辞を選んで書き直したものである。清・雲亭山人が『桃花扇・凡例』の中に、

各本塡詞、毎一長折、例用十曲、短折例用八曲。優人删繁就簡、只歌五六曲、往往去留弗當、辜作者之苦心。今於長折、止塡八曲、短折或四或六、不令删故也。

各台本の塡詞は、長い幕では、通常十曲を用い、短い幕では通常八曲を用いる。俳優は繁雑な部分を削って簡潔にし、ただ五・六曲を歌うが、往々にしてその存廃は妥当ではなく、作者の苦心を無にする。今は長い幕において、ただ八曲を作り、短い幕に四曲ないし六曲を作るのは、俳優に削らせないためである。(34)

と指摘したように、曲牌の減少と曲辞の删改は上演の実態に基づいたものである。明清伝奇の曲数は元雑劇と比べて減ってはいるが、俳優が上演する時にさらに削ることが頻繁であったため、原作者の意図を十分反映させるためには最初から削ったものを書かざるをえなかったのである。

次に、賓白の増加について、『綴西廂』七編の「游殿」を例示してみると、原作第一本第一折の対応する部分が約四百字であるのに対して、三千余字にまで増えている。また、原作の二十一折のうち、賓白が最も多いのは第四本第二折、約千字であるが、『綴西廂』の対応する部分「拷紅」の約千五百字と比べるとやはり少ないのである。そのほかにも、「寄柬」「跳牆」などの賓白も、原作より大幅に増加している。しかも、時には曲辞の途中に賓白を挟んで、直接に曲意を解釈し、蘇白（呉方言の賓白）を混入する場合もしばしば見られる。ちなみに、「游殿」の賓白は三千余字を費やすのに対して、曲辞はわずか約四五〇字である。つまり、元雑劇および明伝奇の作者はみな曲辞を重視したが、『王西廂』は中でも「詞中の美人」と称賛されたように、とにかく華麗な語彙が多く使われている。しかし、明末清初に至ると、演劇の繁栄に伴い、賓白に重きを置いた脚本が次第に作られてきた。庶民観客の立場から考え、長編の唱段を避け、難解な曲辞を減らし、分かりやすい賓白を加えることによって、演劇の通俗化が行われた。『綴西廂』

はまさにこういった傾向を現した典型的な脚本であると言うことができる。

さらに、『綴西廂』九齣のストーリーおよびその構成について見れば、いくつかの改変が認められる。『綴西廂』は主に『王西廂』と『南西廂』に基づいているが、「着碁」一齣のみは原作にないものであり、また、「拷紅」は全劇のクライマックスに当たり、紅娘の性格をよく描き出した一齣として、重視されている。『綴西廂』の全九齣を通じてすべてに登場し、しかも曲あるいは白を最も多く演じる役者は、鶯鶯でも張生でもなく、紅娘である。すなわち、紅娘は原作における鶯鶯と張生との恋の取り持ち役から、明末清初の舞台の中心に躍り出た人物なのである。庶民的な存在である紅娘のイメージが強調されるのは、やはりその当時の観客に親しみを感じさせ、最も受け入れやすくするためであろう。しかし、通俗化を追求することは、同時に低俗な賓白と猥褻な情節をもたらした。例えば、『綴西廂』二編の「佳期」で張生（小生）が西廂で鶯鶯と交わった後、紅娘（貼）と交わした会話はその類である。

〔貼〕你如今的病是好了嚏。
〔小生〕好了九分了。
〔貼〕吓、還有這一分呢？
〔小生〕還在紅娘身上。
（摟貼、貼推介）啐、你前番還有我紅娘、如今是吒。
〔小生〕小生不是這様人。
〔貼〕この度の病気は治ったでしょう。
〔小生〕九割ほどが治りました。

〔貼〕あら、まだ治らないその一割って？

〔小生〕残りは紅娘のせいです。

（小生が貼を抱きしめ、貼が押しのけるしぐさ）ふん、昔はあなたの心の中にこの紅娘もあったかもしれないが、今はどうだろう。

〔小生〕私はそんな人間ではありません。

そのほか、原作にない「着碁」一齣の中にも、張生が鶯鶯にしかられた後、紅娘に戯れる筋があるが、これらは繁栄する都市文化において、色情を挑発するいわゆる「淫戯」が流行したことを背景としているであろう。

以上、『綴西廂』と原作の『王西廂』との違いについて大略を見てきた。詳細な比較および議論が十分ではないが、この二つの作品の性格については対比的に提示しえたと思う。『綴西廂』は、庶民を主とする観客に喜ばれるために改編を施した通俗的な脚本として、清の乾隆年間から現在に至るまでの『西廂記』の上演において、多大な影響を与えたことは否定できないと思われる。

五　まとめ

中国古典戯曲作品においては、「唱戯」「読曲」という言葉がよく使われるが、これは戯曲が舞台で歌われると同時に、書斎で読まれることを意味する。文学作品としての案頭書と上演脚本としての台上曲とは、作者・場所・受容層・表現手段などが異なることから、それぞれ異なる特徴を濃厚に反映するのも当然であろう。

すでに縷説したように、知識人を主とする読者に向けた案頭書から、庶民階層の嗜好を徹底的に追求する台上曲への変遷を考える際には、上演を目的とする『西廂記』の脚本が大きな手掛かりとなる。まず形式から見ると、観客もしくは聴衆に分かりやすくするため、難解な曲辞および冗長な歌曲を削減したと同時に、登場人物の賓白を大幅に増加させ、特に独唱から合唱・対唱へ変わったのに伴って、対話の場面も大いに増えた。また内容から見れば、庶民の嗜好に合わせるため、原作にない、観客を楽しませる筋を加え、とりわけ淫猥なやり取りが目立つようになった。さらに『西廂記』の上演を通して見てみると、紅娘の主人公としての生き生きとした人物像をうかがい知ることができる。以上の改変は、確かに「元雑劇が本来持っていた優れた文学精神の後退であると言って言い過ぎではない[35]」が、その当時の社会的背景にかんがみれば、文学性を求めるよりも、観客もしくは聴衆を楽しませる娯楽性・通俗性を追求することはやはり当然のことであったと思われる。すなわち、明清時代においては、社会経済の発展や都市文化の繁栄に伴う庶民階層を中心とした観客の増加と場所の拡大により、戯曲の上演は、その形式と内容がより通俗化の方向へ向かわざるをえなかったであろう。もちろん、時間・場所・俳優によって、その改変の程度には少し相違のあったことがうかがわれる。例えば、明の万暦時代に文人の豪邸でお抱えの俳優が演じた『西廂記』と、清の乾隆年間に都市の芝居小屋で演じられた演目とは、情節や演じ方および雰囲気などを異にすると思われる。なぜならば、受容層の嗜好が異なるからである。

それにしても、文人雅士と庶民俗夫、また宮殿宴会と郷村市場とを問わず、『西廂記』が明清時代を通じていかに人気のある戯曲であったか、以上の考察によって、そのいく分かでも明らかになったと思われる。そして、しばしば「淫を誨える」との汚名を着せられ、時々禁書のリストにも載せられて弾圧を被ったにもかかわらず、この戯曲名品がこのように時間・空間そして受容者の階層をも超えて、読者・観客を通じて変わらず賞賛されたのは、緻密で興味の尽きないプロット、華麗な文彩と巧みな描写、ユーモラスな表現、機知に富んだ賓白などをその主な要因として挙げることができるのである。

注

(1) 沈徳符『万暦野獲編』(『元明史料筆記叢刊』所収、中華書局、一九五九年)巻一「御賜故相詩」、三十一頁。
(2) 同注(1)巻二十五「北詞伝授」、六四六頁。
(3) 李開先『詞謔』(『中国古典戯曲論著集成』第三集所収)三「詞楽」、三五四頁。
(4) 明・無名氏『燼宮遺録』(『筆記小説大観』十四編第十冊所収)巻下、六二七五頁。
(5) 例えば、明末の祁彪佳『祁忠敏公日記』に、戯曲の演目が約二〇〇回も記載される。詳しくは、根ヶ山徹「『祁忠敏公日記』に見える観劇記事」(『広島文教女子大学紀要』第二十七巻、一九九二年十二月)参照。
(6) 馮夢禎『快雪堂日記』(東京内閣文庫蔵本)巻五十九。
(7) 同注(6)
(8) 同注(6)巻六十一。
(9) 斉森華は家付き俳優の歴史や、明代の家付き俳優の特徴と隆盛の原因および文人が戯曲の発展に果たした役割などについて論じている。詳しくは「試論明代家楽」(『明清戯曲国際研討会論文集』所収、台湾中央研究院中国文哲研究所籌備處、一九九八年)参照。
(10) 焦循『劇説』(『中国古典戯曲論著集成』第八集所収)巻六、二一二頁。
(11) 同注(10)二一四頁。
(12) 同注(10)一九七頁。
(13) 清・鄒枢『十美詞紀』(『筆記小説大観叢刊』五編第五冊所収)三一〇九頁。

(14)同注(13)三一一二頁。

(15)蔣星煜「『西廂記』対『金瓶梅』的影響」(『華東師範大学学報』、一九八六年第二期)および日下翠「『金瓶梅』における戯曲的表現」(『九州中国学会報』第三十五巻、平成九年)参照。

(16)『金瓶梅』(斉魯書社、一九八七年)第四十回、六〇六頁。

(17)同注(16)第四十二回、六二三頁。

(18)同注(16)第六十一回、九〇一頁。

(19)同注(16)第六十八回、一〇三五頁。

(20)『紅楼夢』(人民文学出版社、一九八二年)第五十四回、七四二頁。

(21)朱有燉『香嚢怨』(『古本戯曲叢刊四集』所収、上海商務印書館、一九五八年)第一折。

(22)葉憲祖『三義記』(東京内閣文庫蔵本)第一折。

(23)田仲一成『中国演劇史』(東京大学出版社、一九九八年三月)第五章第三節「市場地演劇の俗曲指向」参照。

(24)孟称舜『鸚鵡基貞文記』(『古本戯曲叢刊』二集所収、上海商務印書館、一九五五年)「謀奪」

(25)蔣星煜「徐奮鵬校刊的評注本『西廂記』和演出本『西廂記』」(『戯劇芸術』、一九八一年第三期。後『西廂記的文献学研究』所収)参照。

(26)内田泉之助「詞壇清玩西廂記——槃邁碩人改定本について——」(『二松学舎大学論集』、昭和四十三年度)参照。

(27)詳しくは、蔣星煜「論朱素臣校訂本『西廂記演劇』」(『文学遺産』、一九八三年第四期。後『西廂記的文献学研究』所収)参照。

(28)蔣星煜「清道光年間嶺南的北曲演唱本『西廂記』」(『戯劇芸術資料』、一九八三年総第九期。後『西廂記的文献学研究』所収)参照。

(29)田中謙二「雑劇『西廂記』の南戯化」(『東方学報』三十六、一九六四年)・陸蕚庭『崑劇演出史稿』(上海文芸出版社、一九八〇年)・伝田章「李日華南西廂記の版本——伝奇原作と舞台改編——」(『東京大学教養部外国語科研究紀要』三十一—

三十四、一九八三年）参照。

(30) 田仲一成「明初以来、西廂記の流伝と分化——碧筠斎本を起点としての一考察——」（『伊藤漱平教授退官記念中国学論集』、汲古書院、一九八六年）参照。

(31)『綴白裘』の版本および「通行本」の性格等については、呉新雷「舞台演出本選集『綴白裘』的来竜去脈」（『中国戯曲史論』、江蘇教育出版社、一九九六年。原載『南京大学学報』、一九八三年第三期）、根ヶ山徹「明刻清康熙間重修本『綴白裘合選』初探——『綴白裘』の成書と転変——」（『東方学』、第九十三輯、平成九年一月）に詳しい。

(32)『西廂記』は王季思校注本（上海古籍出版社、一九七八年）を用い、『綴白裘』は『善本戯曲叢刊』（台湾学生書局、一九八七年）第五輯に影印される乾隆刊本を用いる。

(33)『南西廂』は張樹英校点『南西廂記』（中華書局、二〇〇〇年）を用いる。

(34) 孔尚任『桃花扇』（人民文学出版社、一九五九年）「凡例」、十一頁。

(35) 高橋繁樹「元雑劇の改変と文学性の後退」（『中国文学研究』第十六期、早稲田大学中国文学会、一九九〇年十二月）参照。

第六章　『西廂記』の序跋

——序跋に見る戯曲の理念——

一　はじめに

戯曲の序跋には、狭義と広義の違いがあったようである。[1] 狭義には戯曲本編の前後に収録された序文と跋文のみを指すが、広義の序跋は、序文・跋文・引文・説文・弁言・規約・凡例・贈言・問答・総評・題詞など、その戯曲について書かれたすべての文章を指す。このうちの広義の説に従えば、中国古典戯曲の序跋は、豊富な内容を備え、作家・作品・創作過程・文芸理論・版本流伝などの研究においても高度な価値を有しており、まさしく戯曲研究の資料的宝庫と言うべきであろう。

従来、小説の序跋は研究資料としてしばしば検討されてきたが、その一方で、戯曲の序跋資料については等閑視されてきたようである。『西廂記』は、各種の『西廂記』版本目録によれば、明刊本・清刊本・注釈本・改編本・翻訳本などを合わせると三百種を超える版本が記録されているが、[2] やはり序跋の資料とその果たした役割については、あまり議論されていないように思われる。

本章では、明清時代に上梓された主な『西廂記』版本の序跋を考察し、これらの序跋に見える『西廂記』に対する評価を分析しつつ、当時の文芸思潮・審美観および受容層の嗜好や社会的背景などを合わせて検討してみたい。

二　主な明刊本の序跋

まず、主な明刊本『西廂記』序跋の内容と特徴を分析していきたい。

（一）『新校注古本西廂記』

山陰朱朝鼎香雪居刊本、王驥徳序・凡例・呉炳序・朱朝鼎跋・方諸生評語、万暦四十二年（一六一四）

王驥徳（？―一六二三）は、字を伯良・伯驥、号を方諸生・秦楼外史と言い、会稽（今の浙江省紹興）の人である。戯曲の理論家および劇作家である彼は、理論と創作両面への造詣が非常に深く、その『曲律』は「北曲雑劇・南戯伝奇の歴史」、戯曲の「言語・音韻」および「上演」などの諸問題を、初めて全面的に論じた重要な著作である。一方、彼は戯曲の創作においても優れた才能を持っており、十編の雑劇と伝奇を作り出している。また、王驥徳は、それまでの各種の明刊本『西廂記』を積極的に探し集め、丹念に比較研究した上で、『新校注古本西廂記』を世に問うた。「新校注古本西廂記・序」の中で、彼はまず『西廂記』故事の演変を説明する。これによると、崔鶯鶯と張生の恋愛を題材とする『西廂記』物語は、王実甫が一人で著したものではなく、唐の元稹（字は微之）の伝奇小説『会真記』（『鶯鶯伝』）に源を発し、宋の秦観・毛滂および趙令時の詞、金の董解元の諸宮調、そして元の雑劇『西廂記』に至るまで、様々なレベルで改変を加えられ、いろいろな作品に作り上げられてきたものであるという。その上で、彼は雑劇『西廂記』の作者王実甫がとりわけ優れていることを述べ、次のように絶賛している。

> 實甫斟酌才情、縁飾藻豔、極其致於淺深濃淡之間、令前無作者、後掩來哲、遂擅千古絶調。自王公貴人、逮閨秀里孺、世無不知有所謂『西廂記』者。

王実甫は、智と情とを深く考えて文飾を施し、文章の濃淡の間にその粋を極め、前代にはほかの作者がないと思わせるほど、後世には将来の賢人をも感服せしめるほどの影響を持ち、ついに千古の絶調との名を欲しいままにした。王公貴人から閨秀里孺に及ぶまで、世の中にいわゆる『西廂記』というものがあると知らない人はいない[3]。

また「新校注古本西廂記・凡例」には、王驥徳は『西廂記』の形式・音韻・言語などについて、次のように具体的に論じている。

・元劇體必四折、此記作五大折、以事實浩繁、故創體爲之、實南戯之祖。
元雑劇の体裁は必ず四折となっているが、この『西廂記』は五大折とした。物語が複雑なので、体裁を創作して表現したもので、実に南戯の元祖である。

・古劇四折、必一人唱。記中第一折《ママ》、四套皆生唱。第三折《ママ》、四套皆紅唱、典刑《ママ》具在。惟第二・四・五折《ママ》、生旦紅間唱、稍屬變例。
元雑劇の四折は、必ず一人で歌う。『西廂記』の第一本の四套は、みな張生が歌い、第三本の四套は、みな紅娘が歌い、元雑劇の典型が備わる。ただ第二・四・五本は、張生・鶯鶯・紅娘が混じって歌い、やや変則的な例に属す。

・記中用韻最嚴、悉協周徳清『中原音韻』、終帙不借他韻一字。
『西廂記』中では韻を用いること最も厳しく、すべて周徳清の『中原音韻』に合致しており、全劇を通してほかの韻書から一字も借りていない。

・記中有成語、有經語、有方語、有調侃語、有隱語、有反語、有後語、有掉文語、有拆白語、皆當以意理會。

『西廂記』中には成語・経典語・方言・冗談語・隠語・反語・歇後語・掉文語・拆白語があり、すべて文意をもって理解すべきである。(4)

元雑劇はその形式として、曲《うた》・白《せりふ》・科《しぐさ》の三要素を組み入れて成り立っている。一般的に「一本四折」で構成され、必要な時に楔子という短い序幕あるいは補助幕を加える。同じ宮調に属する二つ以上の曲を組み合わせたまとまりを套と言うが、元雑劇では一折一套が原則である。また、全編を通して主役のみが歌うという「一人独唱」という形をとっている。従って『西廂記』は、元雑劇の代表作とは言いながら、実際には、元雑劇の特徴である「一本四折」「一人独唱」と一致していない。それは王驥徳の指摘したとおりである。『西廂記』の五本二十一折の中で、第一本「張君瑞鬧道場雑劇」の四折は、〔末(張生)唱〕であり、第三本「張君瑞害相思雑劇」の四折は、〔紅(娘)唱〕である。ただし第二本「崔鶯鶯夜聴琴雑劇」、第四本「草橋店夢鶯鶯雑劇」と第五本「張君瑞慶団円雑劇」は「一人独唱」のスタイルをとらず、末・旦・紅の複数の配役が歌うという元雑劇としては例外的な形式をとっている。これは西廂故事の豊富な内容を表現する必要から改変されたものと王驥徳は論じている。ここで言及されている「南戯」とは明清の南曲のことで、その形式はみな三十齣ないし五十齣に至る長編であり、かつ登場人物が歌い合ったり合唱したりしていて、「一人独唱」の形式とは異なる。だから、王驥徳の言うとおり、『西廂記』は南戯伝奇の元祖とも言えよう。

また、彼は『西廂記』の音韻が元の韻書『中原音韻』に厳密に合っていることを論じたり、用語の巧みさについて、「成語」「経語」「方語」などの独特の用語を使って説明したりしている。そして、この原則の下、『西廂記』中で押韻の合わない部分や、文意の通じない箇所は、後人の誤りだと判断し、削除している。

明の中葉以後、戯曲評論家たちが作品の比較研究を通して、優劣の評価をつけるのが曲壇の風潮となっており、王驥徳も、そうした言及をしている。例えば「評語」の中で、彼（「方諸生」は王驥徳の号）は、『西廂記』と南戯の代表作『琵琶記』、そして王実甫の『西廂記』と董解元の『西廂記諸宮調』、陸采の『南西廂記』を、風格・押韻・用語などにわたって比較し、『西廂記』がいかに優れているかを次のように論じている。

『西廂』、『風』之遺也。『琵琶』、『雅』之遺也。『西廂』似李、『琵琶』似杜、二家無大軒輊。然『琵琶』工處可指、『西廂』無所不工。『琵琶』宮調不倫、平仄多舛。『西廂』繩削甚嚴、旗色不亂。『琵琶』之妙、以情以理。『西廂』之妙、以神以韻。……大抵董質而俊、王雅而豔、千古而後、並稱兩絶。陸生傖父、復譜爲會眞、寧直蛇足。

『西廂記』は、『詩経』の「国風」の遺産であり、『琵琶記』は、『詩経』の「大・小雅」の遺産である。『西廂記』は李白と似、『琵琶記』は杜甫と似ていて、両作品は甲乙をつけ難い。しかし『琵琶記』は巧みなところを指摘することができるが、『西廂記』は巧みでないところがない。『琵琶記』は宮調が整わず、平仄の誤りが多い。『西廂記』は音韻が非常に厳正で、乱れるところがない。『琵琶記』の優れるのは、情理を持っていることであり、『西廂記』の優れるのは、神韻を有することである。…概して董解元の『西廂記諸宮調』は質朴にして明朗闊達であり、王実甫の『西廂記』は典雅にして艶麗であって、千古の後にも、双璧と並び称せられるものだ。陸采は田舎者であり、再び『会真記』（『西廂記』）を改作したが、むしろ蛇足と言うべきものである。(5)

さらに、王驥徳は、涵虚子が王実甫の作品を「花間の美人のごとし」と評した言葉を引用して、的確な評語だと指摘している。

涵虚子品前元諸詞手、凡八十餘人、未必皆當。獨於實甫、謂「如花間美人」、故是確評。

涵虚子は元の諸戯曲作家およそ八十余人を批評しているが、必ずしもすべて適当とは限らない。ただ王実甫について、「花間の美人のごとし」と言っているのは、的確な評語である。[6]

「涵虚子」とは、明の戯曲家朱権（一三七八―一四四八）の号であり、彼は元末明初の雑劇を記録してこの時期の作家と作品に批評を加え、『太和正音譜』を著した。王驥徳の引いた「花間の美人のごとし」という評語もそこに記されたものであり、[7]この朱権の与えた高い評価は、後世の『西廂記』研究に大きな影響を及ぼした。

王実甫は『西廂記』の美しい恋物語にふさわしい、格調高くかつ華麗な曲辞を創作することに力を入れると同時に、当時の民間の口語や俗諺をも積極的に取り入れている。この点について、朱朝鼎は次のように評価している。

劇尚元、元諸劇尚『西廂』、盡人知之。其辭鮮穠婉麗、識者評爲「化工」、洵矣。但元屬夷世、毎雜用本色語、而『西廂』本人情描寫、此刺骨語、不特豔處沁人心髄、而其冷處着神、閒處寓趣、咀之更自雋永。

演劇は元代を尊び､元の諸劇は『西廂記』を尊ぶ。これは周知のことである。その辞は鮮穠婉麗（美辞麗句のこと）であり、識者は「化工」と評するが、誠にそのとおりである。しかし元代は異民族の時代に属すから、常に「本色」の言葉を交ぜて用いる。しかも『西廂記』はもともと人情描写の作品であって、このような刺骨語（要点を突いて意味深い評語）は、ただ艶麗なところで胸にしみいらせるだけでなく、そのにぎやかでないところでは神韻を用い、本題と関係のないところでは興趣を持たせて、これを味わえばさらに滋味深い。[8]

ここで朱朝鼎が言う「化工」とは、「天地万物が与えた自然な美しさ」を指し、「本色」とは、「質朴な自然さ」を指す。元雑劇の言語の風格は、おおむね文語を基調とする「文采派」と、口語を基調とする「本色派」とに分類されるが、『西廂記』は「文采派」でありながら「本色」の特徴をも併せ持つ作品であると認識されていたことが、この評語からも読み取ることができる。この「文采派」と「本色派」とを兼ね備えていたことが、『西廂記』が読者や観客から賞賛される大きな要因であったと言えるだろう。

（二）『北西廂記』（渤海逋客校本）

何璧序・凡例、万暦四十四年（一六一六）

何璧（生没年不詳）は、字を玉長と言い、福清（今の福建省福清）の人である。(9)『北西廂記』を校注した彼は、序文の中で白居易の詩句「人は木石にあらず　皆情あり」を引用し、その後で、人間の感情や『西廂記』に表れた愛情について、以下のように自分の考えを詳述している。

白香山不云乎「人非土《マ》木終《マ》有情」。彼嬰兒至懞也、見瓦礫不顧、見蟬蝶則争促而嬉之、是知舍無情而逐有情也。『西廂』者、字字皆擊開情竅、刮出情腸、故自邊會都、猶及荒海窮壤、豈有不傳乎？自王侯士農而商賈皂隷、豈有不知乎？然一登場、即耆耋婦孺瘖聾疲癃皆能拍掌、此豈有曉諭之耶？情也。……世之論情者何瞶也？曰：「英雄氣少、兒女情多」、此不及情之語也。予謂天下有心人、便是情癡、便堪情死、惟有英雄氣、然後有兒女情。

白香山は「人は土木にあらず　終に情あり」と言ったじゃないか。無知な嬰児は、瓦礫を見ても顧みないが、蟬や蝶を見ると争って近づいて遊ぶ。これには無情のものを捨てて有情のものを追うことを知っているのである。

『西廂記』は、文字の間に男女の感情をうまく表しているので、都会から地の果て海の果てに至るまで、どうして伝わらないことがあろうか。王侯士大夫から商人奴隷まで、どうして知らないものがいようか。しかも舞台に登場すると、すぐ老若男女病人に至るまでみんなちゃんと拍手をするが、これはいったい理解しているというのか。情なのだ。…世間の情を論じる者はなんと愚昧であろう。「英雄の気少なし、児女の情多し」という言葉は、情に思い及んでいない言葉なのである。私が思うに天下の心ある人は、すなわち情痴で、情死にも耐える人であり、「英雄の気」があってはじめて「児女の情」があるのである。[10]

ここで何璧は、人間の感情は生まれつきのものであり、常に生命に共感することや、『西廂記』が上演の場所、受容者の階層を超えて賞賛されたのは、字句の間に感情があふれているからであること、「英雄の気」と「児女の情」は、対立の関係にあるのではなく、ともに関連していること、などを指摘している。

また、「北西廂記・凡例」からは何璧の校注方針をうかがうことができる。[11] 市街で流行した版本とは異なって、何璧の校注本は、上演のための句読点を付けず、批評・解釈・発音なども施しておらず、ただ『会真記』を付録するだけの、いわゆる「白文」の『西廂記』である。明の最初の「白文本」として、何璧の『北西廂記』は、戯曲史研究に重要な素材を提示したものと言えよう。

(三)『詞壇清玩槃薖碩人増改定本西廂記』

槃薖碩人増改本、槃薖碩人序・評・凡例、天啓元年(一六二一)

蔣星煜の考証によれば、『詞壇清玩槃薖碩人増改定西廂記』の改作者槃薖碩人とは、明代の文人・徐奮鵬のことであった[12]。ここに言う「詞壇清玩」の「詞」とは、戯曲の唱詞を指し、「玩」とはすなわち「演唱」の意味である。「予爲登壇習玩者」（第二十五折「野宿驚夢」題評）という眉批によって、改作者自らが舞台に上って歌ったことが分かる。上演の脚本として、この『槃薖碩人増改本』は、舞台の演出に適合させるために、原作の曲辞や賓白などを大幅に書き改めている。次の文章からは改作者の『西廂記』に対する見方を読み取ることができる。

夫『西廂』傳奇、不過詞臺一曲耳。而至與『四書』『五經』並流天極不朽、何哉？大凡物有臻其極者、則其精神、即可長留宇宙。曲而至此、則亦至極矣。

『西廂記』という伝奇は、演劇の一作品にすぎないものである。しかし『四書』『五経』と並んで天涯までも流伝して不朽のものになったのは、なぜなのか。およそ物の極に達するある者は、その精神を宇宙に長くとどめることができる。戯曲であってもここまで至れば、それもまた至極なのである[13]。

此中詞調原極清麗、且多含有神趣。特近來刻本、錯以陶陰豕亥、大失其初。而梨園家優人不通文義、其登臺演習、妄于曲中挿入諢語、且諸醜態雜出。……茲一換而空之、庶成雅局。

『西廂記』の中の言葉と曲調はもともと清麗であり、かつ神韻を多く含んでいる。ただ近来の刻本は、誤りがあって、原本の姿を失ってしまった。しかも梨園の俳優は文の意味が分からず、上演するとき、曲の中にいい加減に戯言を挿入し、かつ多くの醜態を交えて演出する。…ここに一掃して元に戻し、趣深い場面を作り出そうと思う[14]。

ここに言う「伝奇」とは、戯曲作品を指している。『西廂記』は演劇の一作品にすぎないのに、なぜ儒家の経典と並べられるほどの不朽の名作になれたのか。その精神が戯曲の最高の境地に達しているからだと槃薖碩人は認識しているのである。また、当時の上演に供する脚本は、原本の清麗と神韻を完全に失ってしまい、梨園の俳優も原作の文意を理解せず、勝手に、戯れる言葉やしぐさを取り入れていることを批判し、そのような醜悪さを一掃して、原本の清麗と神韻とを達成しようとしたのだ、と説明している。

（四）『西廂記』（烏程凌氏刊本）

即空観主人凡例・凌初成凡例・王世貞跋、天啓間（一六二一―一六二七）

天啓年間に上梓された凌濛初の『西廂記』は、その後次から次へと翻刻されて、『西廂記』の通行本として大いに流行した。現代になって出版された王季思の『集評校注西廂記』（一九四九年、上海開明書店）や、呉暁鈴の『西廂記』（一九五四年、作家出版社）などは、みなこの凌濛初の『西廂記』を底本として校注したものである。

凌濛初（一五八〇―一六四四）は、字を玄房、号を初成・別号を即空観主人といい、烏程（今の浙江省呉興）の人である。明末の文学者として、自作を含めた白話短編小説集『初刻拍案驚奇』『二刻拍案驚奇』を編集し、九編の雑劇作品を創作している。「西廂記・凡例」の中で、凌濛初は次のように述べている。

是刻實供博雅之助、當作文章觀、不當作戲曲相也。……此刻悉遵周憲王元本、一字不易置增損。即有一二鑿然當改者、亦但明註上方、以備參考。至本文不敢不仍舊也。自贋本盛行、覧之每爲髪指、恨不起九原而問之。

この刻本は実に博雅の助に供し、文章として読むべきであって、戯曲として見るべきではない。…この刻本はすべて周憲王の元本に従い、一字の変化増減をもしない。もし一・二か所明らかに改めるべきものがあった場合でも、単に上方に注をつけ、参考とする。本文（曲文）に至ってあえて旧本によらざるをえない。贋作が盛行してから、これを読むごとに腹が立ち、亡くなった作者を起こして問いただせないのがうらめしい。(15)

ここで凌濛初は、当該刻本は戯曲作品として鑑賞するのではなく、文学作品として読むべきものであると指摘し、この刻本もすべて周憲王本に従って翻刻したものであり、世の中に氾濫した贋作とは全く異なるものだと述べている。『西廂記』の最も古い版本は明の初めに成立した周憲王本と言われるが、周憲王本そのものは残されていないので、凌濛初の『西廂記』は貴重な存在となっているのである。

（五）『重刻訂正元本批点画意北西廂』

徐文長評本、徐文長序・諸葛元声叙・澂園主人叙、崇禎四年（一六三一）

徐文長（一五二一―一五九三）は明の著名な戯曲家として、戯曲の論著『南詞叙録』と雑劇の作品『四声猿』とを後世に残している。彼の批評した『西廂記』は六種以上あるが、『重刻訂正元本批点画意北西廂』はその内の一つである。「北西廂・序」の中で、徐文長は「本色」と「相色」という概念を持ち出している。

世事莫不有本色・有相色。本色、猶俗言正身也。相色、替身也。替身者、即書評中「婢作夫人終覺羞」之謂也。婢作夫人者、欲塗抹成主母而多挿帶、反掩其素之也。故余於此本中賤相色、貴本色、衆人嘖嘖者、我煦煦也、豈惟劇哉？凡作者莫不如此。余所改抹、悉依碧筠齋眞正古本、亦微有記憶不明處、然眞者十之九矣。……典故不大注釋、所注者、正有方言、調侃語、伶坊中語、拆白道字、俚雅相雜、訕笑冷語、入奥而難解者。

世間のことにはすべて本色があって相色がある。本色とは、俗語の正身に当たり、相色は替身に当たる。替身とは、すなわち書評の中の「下婢が夫人になってもやはり恥ずかしがるような気がする」のことである。下婢が夫人になるとは、化粧して奥様になりたくて飾りを多く身につけるが、かえってその素材を覆ってしまうことである。だから私はこの本の中で相色を卑しんで本色を貴ぶ。衆人に非難されたものは、私がかわいがるものである。どうして演劇だけなものか。作品であればみなこの限りである。私の改めたところは、すべて碧筠斎真正古本によるものであり、またほんの少し記憶の不明なところがあっても、確かな物が十分の九である。…典故はあまり注釈していないが、注釈しているところは、まさに方言、揶揄する言葉、芝居用語、遊び文字、雅俗混在の表現、嘲笑したり風刺したりする言葉があり、奥深く理解しがたいものである。[16]

元雑劇における「本色」の意味は前述したとおりだが、徐文長が求める「本色」とは、やはり作品の持っている「素朴な風格」と「本来の様子」をそのままに引き出すことである。しかもこれは演劇だけではなく、すべての文芸創作においても「本色」を表現すべきだと彼は強調している。また、南曲伝奇が流行していた当時、彼が北曲『西廂記』の方言・俗語に注釈を施していたことを「序」からうかがうことができる。

また、徐文長の二人の友人がそれぞれ「叙」を付け加えている。その中で、諸葛元声は、南北の曲の相違を説明し、当時見られた、無理矢理に「南調」で「北音」を解釈し、原作の真意を失う結果となっている現象を批判した後で、徐文長の作品の、神韻と情感を大いに評価している。[17]もう一人の友人である澂園主人も、文面上の華麗さを省略し、原作の精神と情理を表した徐文長の工夫を絶賛している。[18]さらに、徐文長の批評本はすべて「碧筠斎本」によって校注したが、嘉靖二十二年（一五四三）に刻された「碧筠斎本」は現在残っていないので、『西廂記』の版本研究において徐文長評本も欠かせない存在となっている。

（六）『李卓吾先生批点西廂記真本』

西陵天章閣刊本、李卓吾雑記（序）、崇禎十三年（一六四〇）

明代における『西廂記』の批評家としては、李卓吾（一五二七―一六〇二）を忘れることができない。なぜなら、「古今の至文」という彼の下した『西廂記』の評語はあまりにも大きな影響を及ぼしたからである。また、彼が批評した書物は『西廂記』の七種のほかに、『水滸伝』『三国志演義』『琵琶記』などがある。「西廂記・雑記（序）」の中で彼は『拝月亭』『西廂記』と『琵琶記』とを比較し、初めて「化工」と「画工」という対照的な言葉を用いた。

『拝月』『西廂記』、化工也。『琵琶』、畫工也。夫所謂畫工者、以其能奪天地之化工、而其孰知天地之無工乎？今夫天之所生、地之所長、百卉倶在、人見而愛之矣、至覓其工、了不可得、豈其智固不能得之歟！要知造化無工、雖有神聖亦不能識、知化工之所在、而其誰能得之？由此觀之、畫工雖巧、已落二義矣。……蓋雖工巧之極、其氣力限量、只可達於皮膚血骨之間、則其感人、僅僅如是、何足怪哉？『西廂』『拝月』乃不如是。

『拝月亭』と『西廂記』は化工であり、『琵琶記』は画工である。そもそもいわゆる画工というものは、天地の化工を奪うことができるが、しかしだれが天地の無工を知ろうか。今かの天に生じ地に長ずる、いろいろの草花があり、人々はこれを見て好きになったが、その工を探し求めようとしても、まったく得られない。どうしてその智がもともとこれを得ることができないことがあろうか。造化が無工であり、神聖さがあっても表すことができないことを知るべきであり、化工の所在を知っても、だれが得ることができようか。これによって見れば、画工は巧みではあるが、すでに二義に落ちてしまう。…思うに、工巧の極みであっても、その気力には限度があり、ただ皮膚血骨の間に達するだけである。すなわち人を感動させることも、ただこれだけなのであり、どうして不思議に思うに足ろうや。『西廂記』と『拝月亭』はすなわちこのようなものではない。(19)

先にも触れたように、「化工」とは「天地万物から自然に与えられた美しさ」を指すが、これに対して「画工」とは、「人工的に過度な装飾を施すことによって得られた美しさ」を指す。李卓吾の考えによると、『西廂記』と『拝月亭』は、人間の生まれつきの真心から自然に生み出されたものであって、『琵琶記』より勝っているのである。

以上、概観してきた序跋は、明代における『西廂記』序跋の一部にすぎないが、それでもその内容の豊富さをうかがうことができたと思う。『西廂記』流伝の説明から、文彩の鑑賞、そして理論的な分析、さらに演出の特徴など、多岐にわたってその作品のすばらしさを伝えようとしているのである。

三　主な清刊本の序跋

次に、主な清刊本『西廂記』序跋の内容と特徴を考察しておきたい。

（一）『貫華堂第六才子書西廂記』

金聖歎批本、序一・序二・読法、順治十三年（一六五六）

清代における『西廂記』の序跋といえば、まず金聖歎が挙げられる。明末清初の文学批評家として著名な金聖歎は、特に小説戯曲の評論で知られている。彼の改訂した『第六才子書西廂記』は、『西廂記』の広範な流行に寄与しただけではなく、そこに付された金聖歎自身による序跋と評点によって、中国古典戯曲理論の発展においても、多々資するところがあった。「慟哭古人」と「留贈今人」の二つの序文の中で、金聖歎は自ら『西廂記』を批評する理由と目的を次のように説明する。

夫世間之書、其力必能至於後世、而世至今猶未能以知之者、則必書中之『西廂記』也。夫世間之書、其力必能至於後世、而世至今猶未能以知之、而我適能盡智竭力、絲毫可以得當於其間者、則必我今日所批之『西廂記』也。巷間の書物で、後世に影響を及ぼす力があるはずなのに、現在に至るもなおいまだ知られていないものは、すなわちこの書物の中の『西廂記』である。巷間の書物で、後世に影響を及ぼす力があるはずなのに、現在に至るもなおいまだ知られておらず、私がよく智力を尽くし、その本の奥深い微妙な部分まで理解できるのは、すなわち私が今批評する『西廂記』である。[20]

これによれば、優れた文学作品は必ず長く伝えられるべき価値を有し、『西廂記』はまさにこのような作品であるが、しかし現在その価値は一般の人々にまだ認められていない。従って、その『西廂記』を批評することによって、広く流行させることは、非常に重要なことであると主張しているのである。

序文の後には、『西廂記』の「思想的芸術的な価値」および「鑑賞の仕方」について詳しく述べた「読第六才子書西廂記法」という総論がある。『西廂記』は、明代以来、上述したような高評を与えられると同時に、「淫を誨える」との汚名をも着せられ、特に清代に入ると時折禁書のリストに載せられて弾圧を被った。「読法」の中で金聖歎はまずこの「淫書説」に次のように反駁している。

有人來説『西廂記』是淫書。此人後日定堕拔舌地獄。何也？『西廂記』不同小可、乃是天地妙文。

ある人は『西廂記』は淫書だと言っているが、この人は後日必ず抜舌地獄に落ちるであろう。なぜか。『西廂記』は低俗なものとは異なり、これこそ天地の妙文だからである[21]。

ここには、『西廂記』は天地の産物であり、天地が存在すれば、必ず『西廂記』のような「妙文」が誕生すると金聖歎は言っている。また、彼は次に、受容者によって『西廂記』に対する認識が違ってくることを指摘している。

『西廂記』斷斷不是淫書、斷斷是妙文。今後若有人説是妙文、有人説是淫書、聖歎都不與做理會。文者見之謂之文、淫者見之謂之淫耳。

『西廂記』は決して淫書ではなく、まぎれもなく妙文である。今後もしある人が妙文だと言い、ある人が淫書だと言ったとしても、私は取り合わない。文雅な者がこの作を読めば文雅だと言うし、猥褻な者がこの作を読めば猥褻だと言うだけのことである[22]。

すなわち、猥褻なのは『西廂記』そのものではなく、『西廂記』を「淫書」だと非難した封建的道学家自身だというのである。その上で、『西廂記』のような愛情を題材とする作品の、合法的な地位を守るために、金聖歎は『西廂記』と『詩経・国風』とを同一視する。『西廂記』がすでに儒家の経典とともに並べられた以上、「淫書」と見なして非難するわけにはいかないと、金聖歎は堂々と述べているのである。

子弟欲看『西廂記』、須教其先看『國風』。蓋『西廂記』所寫事、便全是『國風』所寫事。

若者がもし『西廂記』を読もうとするならば、必ず彼らにまず『国風』を読ませるべきである。それは『西廂記』に書かれたことは、すべて『国風』に書かれているからである。(23)

金聖歎はまさに作品の本質にかかわる真正面からこの「淫書説」を批判し、『西廂記』の正統性を強力に主張した。これらの「淫書説」をめぐって表明された金聖歎の『西廂記』観には、明の中葉以後の「思想的風潮」が反映しており、文学理論の側面から『西廂記』が広く流行するための道を切り開いたのである。

また、人物の性格を中心として分析することも、金聖歎の『西廂記』批評の大きな特徴である。彼は「読第六才子書西廂記法」第四十七則から第五十六則にかけて、人物像を描き出すという点に着目し、特に『西廂記』の作者が工夫を凝らして三人の人物像を描いていることを、次のように述べている。

『西廂記』止寫得三個人：一個是雙文、一個是張生、一個是紅娘。其餘如夫人、如法本、如白馬將軍、如歡郎、如法聰、如孫飛虎、如琴童、如店小二、……俱是寫三個人時所突然應用之家伙耳。

『西廂記』はただ三人を描いている。一人は雙文（鶯鶯―筆者注）であり、一人は張生であり、一人は紅娘である。そのほかの人、例えば、夫人・法本・白馬將軍・歡郎・法聰・孫飛虎・琴童・店小二などは、…みなすべて三人を描くために臨時に使われる道具にすぎないのである。(24)

そしてこの三人の中でも、扱いの軽重に差があり、張生および紅娘の描写は、専ら主人公である鶯鶯のイメージを際立たせるためのものであるとも指摘している。(25)

（二）『毛西河論定西廂記』

学者堂刊本、伯成序・毛西河考実・跋、康熙一五年（一六七六）

批評と芸術性を重視した金聖歎の『第六才子書西廂記』とは異なり、『毛西河論定西廂記』は、考証に重点を置いている。毛奇齢（一六二三―一七一六）は、号を西河先生といい、清の著名な学者として、『西廂記』を校注する際にも、詳細な考証を施した。例えば、『西廂記』の作者については、明代以来、様々に論じられてきたが、毛奇齢は「西廂記・考実」の中で次のように指摘している。


原本不列作者姓氏、今妄列若著若續、皆非也。説見左。

或稱『西廂』爲王實甫作、此本涵虛子『太和正音譜』也。……

明隆萬以前、刻『西廂』者皆稱『西廂』爲關漢卿作。……

或稱『西廂』是關漢卿作王實甫續。……

或稱『西廂』爲王實甫作、後四折爲關漢卿續。……

原本は作者の姓氏を連ねていないが、今はでたらめに著者もしくは続者の姓氏を連ね、みな間違いである。説は左を見よ。

ある人は『西廂記』は王実甫の作だと称す、これは涵虚子『太和正音譜』に基づく。…

明の隆慶万暦（一五六七―一六二〇）以前、『西廂記』を刻す者はみな『西廂記』は関漢卿の作だと称す。…
ある人は『西廂記』は関漢卿の原作と王実甫の続作であると称す。…
ある人は『西廂記』は王実甫の原作で、最後の四幕は関漢卿の続作であると称す。[26]…

毛奇齢は「四説」、すなわち①王実甫作説、②関漢卿作説、③王作関続説、④関作王続説を詳細に考証した上で、『西廂記』はある個人によって作り出された作品ではない、という結論を出した。彼の見方は、その後の『西廂記』の作者の研究に対して多大な影響を与えている。

（三）『桐華閣本西廂記』

長白馮氏刊本、呉蘭修叙・附論・邵詠跋・秀琨跋、道光三年（一八二三）

広東出身の学者、呉蘭修の校訂した『桐華閣本西廂記』が、清の道光年間（一八二一―一八五〇）の嶺南における北曲脚本であることは、すでに蔣星煜によって論証されている。[27] 呉蘭修の「西廂記・叙」の叙述からは、『西廂記』を改訂する理由や方法をうかがうことができる。

壬午秋夜、與客論詞、有舉王實甫『西廂記』者、余曰「字字沈着、筆筆超脱、元人院本無以過之。惜後人互有刪改、至金氏則割截破碎、幾失本來面目耳。」客究其説、悉臚答之。次日、秀子璞請別著録、乃出六十家本・六幻本・琵琶本・葉氏本（以上互有異同、今皆謂之舊本）・金聖歎本、重勘之。大抵曲用舊本十之七八、科用金本十之四五、雖非實甫之舊、而首尾略完善矣。

壬午（道光二年、一八二二）秋の夜に、客と詞を論じたところ、王実甫の『西廂記』を挙げる人がおり、私は「『西廂記』の表現は沈着超脱であり、元の雑劇に『西廂記』を超えるものがない。惜しむらくは後の人が添削し合って、金聖歎に至ってすなわち原作を支離滅裂なものとし、本来の姿をほとんど失ってしまったのである。」と言った。客がこのことを問いただすので、私は彼に詳しく答えた。翌日、秀子璞が本文の真贋を区別してくれと頼むので、そこで六十家本・六幻本・琵琶本・葉氏本（以上の刊本は互いに異同があり、今これらをみな旧本と言う）と金聖歎本を出し、改めてこれを校勘した。たいてい曲は旧本の七・八割、賓白は金聖歎本の四・五割を用いて、王実甫の旧本ではないが、首尾はほぼ完全である。(28)

曲辞の賞玩を中心とし、実際の上演を全く無視した金聖歎の『第六才子書西廂記』に対して、呉蘭修は不満を持ち、原作の『西廂記』を底本として、各種改作を参酌し、上演に重きを置いて、十六齣で構成した簡潔な『桐華閣本西廂記』を書き上げたのである。

以上、清の『西廂記』序跋について、金聖歎の批評を中心に紹介してきたが、明末から清に至るまで、南曲伝奇が隆盛し、北曲雑劇が益々衰微していく中で、金聖歎の『第六才子書西廂記』は文人から庶民まで、多くの人々に愛読された。それはやはり、その批評のすばらしさと改作の読みやすさによるものと思われる。

四　まとめ

中国戯曲の理論形態は、専著（理論の専門書）、評点（作品中の評語と批点）、序跋の三つの形式から構成されている。

その中で、序跋の分量は、専著・評点のそれをはるかに超えており、しかも創作論・演出論および批評論など、戯曲に関する重要な理論的問題の、ほとんどすべてが含まれている。その内容を具体的に見ると、①作品創作の過程と作者の紹介および時代背景の説明、②上演する際の諸注意事項、③作品鑑賞のために付けた評語、④高度な理論的見解、などに分けることができる。このように歴史・理論・批評の三要素を兼ね備えることは、序跋の主要な特徴なのである。

すでに考察してきたように、明清における主な『西廂記』の序跋を精読することによって、作品の流伝に関する考証や説明、表現の鑑賞と批評、そして高度な理論的分析、さらに実践的な上演方法などをめぐる——あるいは、作者・版本・主題・表現・人物像などを中心に展開する——校注者の戯曲理念を見て取ることができる。例えば、『西廂記』の歴史を全面的に考察し、曲辞・体裁・音韻・用語などについて総合的に高い評価を下した王驥徳の序跋は、彼の専著『曲律』と合わせて、明末清初における『西廂記』の流行に重要な役割を果たしたのみならず、古典戯曲理論の発展においても、多大な影響を及ぼした。また、明の戯曲批評家はほとんどが「本色」という論題を持ち出したが、徐文長は抽象的な「本色」概念を引用し、作品の「言語表象」と「風格や本質」とが一致した「本色」を求めている。しかも演劇に限らず、すべての文芸的創作が、すべからく「本色」を表現すべきであると強調している。李卓吾は『西廂記』批評において初めて「化工」と「画工」という相対的な言葉を用いた。彼は、その『童心説』の主張と同じように、人間の生まれつきの真心を自然に表現したものこそ優れた作品であり、『西廂記』がほかの劇作より勝っているのは、まさに男女の真摯な愛情をそのまま表現したところにある、と述べた。また、何璧も、人間の感情は生まれつきものであり、常に生命に共感することや、『西廂記』が上演の場所、受容者の階層を超えて好まれたのは、字句の間に感情があふれていること、などを理由として指摘している。さらに、舞台上の演出に適合させるため、原作の曲辞と賓白などを大幅に書き改めた『槃邁碩人増改本』の「評」からは、『西廂記』を上演する際に、場所・俳優・受容者によって、演じ方や脚本の内容が随分変わっていたことを読み取ることができる。しかし、実際に明末以後の雑劇は、本来舞台で歌われるべき戯曲脚本から書斎で読まれるための文学作品へと変遷していった。金聖歎の『第六才子書』は、当時のこのような戯曲創作の特徴を濃厚に反映したものである。金聖歎は、従来の「淫を誨える」という汚名に抗して、『西廂記』は「淫書」ではなく、男女の純潔な愛情を描く「妙文」であると強調した。当時一方で流行していた『南西廂記』などの演劇脚本に対して、彼は『西廂記』を純粋な「案頭書」に書き直し、優れた文采を味わいながら該作を楽しむことを可能にした。また従来の文学批評ではあまり触れられていなかった登場人物の性格について、特に詳しく具体的に分析した。その結果、『第六才子書』は多くの人々、特に知識人の目を楽しませ心を奪い、はじめて「案頭書」としての地位を確固たるものにするに至ったのである。

最後に、明清における『西廂記』の大量上梓の社会的背景と『西廂記』序跋の果たした役割を付け加えておきたい。明の中葉以後、商品経済の発展と都市文化の繁栄、出版技術の発達に伴い、観劇・読書・蔵書といった風潮が広まっていた。そうした観客・読者および蔵書家の需要を満足させるため、『西廂記』の様々な校注本が世に出回り、そこに付された序跋は、受容者に『西廂記』の楽しみ方を教えると同時に、俳優たちに演じ方を提示したのである。またこれらの序跋は、戯曲家が自分の戯曲理論を公表する場にもなっていた。その結果、『西廂記』への需要はさらに喚起され、そうした現象が繰り返されることによって、『西廂記』はますますその流行を拡大し、今日に至るまで、絶大な人気を博すこととなったのである。

注

（1）例えば「戯曲序跋、可有廣義・狭義之分。狭義者、乃專指載於戯曲論著・選本和劇作前後、由作者自己或他人所寫的序和跋。而廣義者、則包括序・跋・引・説・弁言・規約・凡例・贈言・問答・總評・題詞（含詩、詞、曲、賦、散曲）等直接針對該書・該劇的創作所寫的各種文體的文字。」（蔡毅編著『中国古典戯曲序跋彙編・前言』二頁、斉魯書社、一九八九年）とある。

（2）寒声「『西廂記』古今版本目録輯要」に「元刊『西廂記』仍不見傳世、明刊『西廂記』包括重刻本一一〇種、清刊『西廂記』六六種、近人校輯注釋本『西廂記』、包括影印本、自民國十年（一九二一）以來五〇種、國内少數民族譯本四種、國外九種語言譯本五六種、近代各個地方戯曲團體改編演出本、據不完全統計二六種。」（同氏等編『西廂記新論』二〇五頁、中国戯劇出版社、一九九二年）とある。

（3）王驥徳「新校注古本西廂記・序」（『中国古典戯曲序跋彙編』巻六、六五六頁）。本章における序跋の引用は、蔡毅編著『中国古典戯曲序跋彙編』（斉魯書社、一九八九年）を底本とし、呉毓華編著『中国古代戯曲序跋集』（中国戯劇出版社、一九九〇年）・中国戯曲研究院編『中国古典戯曲論著集成』（中国戯劇出版社、一九五九年）などを参照した。

（4）王驥徳「新校注古本西廂記・凡例」（『中国古典戯曲序跋彙編』巻六、六五八頁）

（5）方諸生「新校注古本西廂記・評語」（同注（4）六六六頁）

（6）同注（5）六六七頁。

（7）朱権『太和正音譜』巻上「古今群英楽府格勢」に「王實甫之詞、如花間美人。鋪叙委婉、深得騒人之趣。極有佳句、若玉環之出浴華清、緑珠之採蓮洛浦。」（『中国古典戯曲論著集成』第三集十七頁）とある。

（8）朱朝鼎「新校注古本西廂記・跋」（『中国古典戯曲序跋彙編』巻六、六六五頁）

（9）清・銭謙益「何侠士壁」に「壁字玉長、福清人、魁岸類河朔壮士、跅弛放迹、使酒縦博、聚里黨輕俠少年、陰爲布署、植竿闞壮繆祠下、有事一呼而集、上官聞而捕之、逾城夜走。亡匿清流王若家、盡讀其藏書。」（銭謙益『列朝詩傳』丁巻第十）とある。

（10）何璧「北西廂記・序」（『中国古典戯曲序跋彙編』巻六、六四一頁）
（11）何璧「北西廂記・凡例」に「一、『西廂』爲士林一部奇文字。如市刻用點板者、便是俳優唱本、今並不用。置之鄴籤蔡帳中、與麗賦豔文、何必有間。一、坊本多用圈點、兼作批評、或汚旁行、或題眉額、灑灑滿楮、終落穢道。夫會心者自有法眼、何至矮人観場邪？故並不以災木。一、市刻皆有詩在後。如『鶯紅問答』諸句、調俚語腐、非唯添蛇、眞是續狗、茲並芟去之、只附『會眞記』而已、即元白『會眞詩』、亦不贅入。一、舊本有音釋、且有郢書燕説之訛、殆似郷塾訓詁者。今皆不刻、使開帙者更覺瑩然。」とある。〔同注（10）六四二頁〕
（12）蔣星煜「徐奮鵬校刊的評注本『西廂記』和演出本『西廂記』」（『戯劇芸術』、一九八一年第三期。後『西廂記的文献学研究』、上海古籍出版社、一九九七年、所収）参照。
（13）槃邁碩人「玩西廂記・評」（『中国古典戯曲序跋彙編』巻六、六八九頁）
（14）槃邁碩人「刻西廂定本・凡例」〔同注（13）六九二頁〕
（15）即空観主人「西廂記・凡例」〔同注（13）六七八頁〕
（16）徐文長「北西廂・序」（『中国古典戯曲序跋彙編』巻六、六四七頁）
（17）諸葛元声「北西廂・叙」に「南北之人、情同而音則殊。北人之音、雄闊直截、内含雅騒。南人之音、優柔悽婉、難一律齊。今以南調釋北音、舎房闥態度而求以艱深、無怪乎愈遠愈失其眞也。吾郷徐文長則不然、不艶其鋪張綺麗、而務探其神情、即景會眞、宛若身處、故微辭隱語、發所未發者、多得之燕趙俚諺謔浪之中、吾故謂實甫遇文長、庶幾乎千載一知音哉。」とある。〔同注（16）六五〇頁〕
（18）澂園主人「徐文長先生批評西廂・叙」に「評『西廂』者不一人、或摘字句、或攬膚色、獨青藤道人別出心手、略其辭華、表其神理、使世眞知『西廂』之妙、共目爲古今第一奇書者、道人之功也。」とある。〔同注（16）六五一頁〕
（19）李卓吾「西廂記・雜記（序）」〔同注（16）六五一頁〕
（20）金聖歎「第六才子書西廂記序二曰：留贈後人」（『中国古典戯曲序跋彙編』巻六、七一三頁）
（21）「讀第六才子書西廂記法」一〔同注（20）〕

(22)「読第六才子書西廂記法」二〔同注(20)〕
(23)「読第六才子書西廂記法」十一〔同注(20)七一五頁〕
(24)「読第六才子書西廂記法」四十七〔同注(20)七二一頁〕
(25)金聖歎とその『第六才子書西廂記』については、本書第七章に詳述する。
(26)毛西河「西廂記・考実」(『中国古典戯曲序跋彙編』巻六、六八五頁)
(27)蔣星煜「清道光年間嶺南的北曲演唱本『西廂記』」(『戯劇芸術資料』、一九八三年総第九期。後『西廂記的文献学研究』所収)参照。
(28)呉蘭修「西廂記・叙」(『中国古典戯曲序跋彙編』巻六、七三三頁)

第七章　『西廂記』の批評

――清・金聖歎『第六才子書』を中心として――

一　はじめに

金聖歎（一六〇八—一六六一）は、本名を采、字を若采と言い、後に名を人瑞、字を聖歎と改めた。蘇州府長洲（今の江蘇省呉県）の人である。明の万暦三十五年に生まれ、清の順治十八年、抗糧哭廟の案で死罪となった。[1] 明末清初の文学批評家として著名な金聖歎は、特に小説戯曲の評論で知られている。彼は、その評論した書に「才子書」と名付けた。すなわち第一『荘子』、第二『離騒』、第三『史記』、第四杜詩、第五『水滸伝』、第六『西廂記』の六著であるが、実際には『第五才子書水滸伝』と『第六才子書西廂記』の二著しか完成していない。

ところで、金聖歎はなぜこれらの作品を「才子書」と名付けたのだろうか。このことについて、同じく清の著名な戯曲家である李漁（一六一一—一六八〇）は次のように述べている。

施耐菴之『水滸』、王實甫之『西廂』、世人盡作戲文・小説看、金聖歎特標其名曰「五才子書」「六才子書」者、其意何居?蓋憤天下之小視其道、不知爲古今來絶大文章、故作此等驚人語以標其目。

施耐菴の『水滸伝』、王実甫の『西廂記』は、世間の人はみな戯文・小説と見なしている。金聖歎がわざわざそれを「五才子書」「六才子書」と名付けたその真意はどこにあるのか。恐らく世間の人がそれらの作品を軽視して古今以来の優れた文章であることを知らないことに怒り、それでこれらの人を驚かせる言葉をその題目としているのだろう。[2]

というように、金聖歎は、従来の「大雅の堂に登らず」、詩文に比べて不当に低く見られていた小説戯曲の中にも、『水滸伝』や『西廂記』のように、『離騒』や『荘子』などと肩を並べることのできる高い文学的価値を有する作品があることを強調するため、「才子書」と名付けたのである。それは、詩文を中心とする当時の文学批評において革命的な宣言であったに違いない。十九世紀末、日本の漢学者である笹川種郎もこの金聖歎を絶賛している。

支那小説戯曲の史を叙せんとせば篇中金聖歎に就て一章を割愛するの要あるを見るなり。古來支那小説戯曲に關せる評家其人に乏しからず。然れども巍然として卓見博識を以て一大家をなすものは我れ唯金聖歎に於て之を見る。(3)

一方、崔鶯鶯と張生の恋愛を題材とする西廂故事は、唐代小説『鶯鶯伝』から明代伝奇『南西廂記』に至るまで、鼓子詞・諸宮調・話本・戯文、あるいは戯曲に仕組まれて、様々な作品に展開しつつ世に送り出されてきた。特に元の雑劇『西廂記』は、明清時代において、一三〇余種に上る刊本が上梓されたが、『西廂記』を改訂しながら批評を加えた金聖歎の『第六才子書』が世に出て以後は、その読みやすさと批評の奇警さとが相まって、ほかの版本を圧倒し、一世を風靡して後世にも多大な影響を及ぼすこととなったのである。

清の初めから現在に至るおよそ三百余年の間、金聖歎の『第六才子書』は、『西廂記』の広範な流行に寄与しただけではなく、そこに付された金聖歎自身による批評によって、中国古典戯曲理論の発展においても、多々資するところがあった。この金聖歎批評は、彼の戯曲理論の特徴および『西廂記』を改訂する理由を明らかにすると同時に、『西廂記』の完成度の高さを再確認させる内容となっている。特にそこに展開される、『西廂記』をめぐっての淫書と妙文、鑑賞と批評、大団円と離別、案頭書と台上曲などについての議論には非常に興味深いものがある。本章ではこれらの議論を中心に検討しつつ、当時の社会的背景や『西廂記』故事の流行状況をも併せて考察し、『第六才子書』の特徴を明らかにしてみたい。

二　『第六才子書』の成立とその構成

まず、『第六才子書』の成立年代およびその構成を確認しておきたい。

『第六才子書』の成立時期については、清の無名氏『辛丑紀聞』に次の記載がある。

歳甲申批『水滸傳』、丙申批『西廂記』、亥子間方從事於杜詩、未卒業而難作、天下惜之、謂天之忌才、一至於斯。

甲申の年（一六四四）に『水滸伝』を批評し、丙申（一六五六）に『西廂記』を批評し、己亥（一六五九）と庚子（一六六〇）の間に杜詩の批評に従事し始めたが、その仕事を終えないうちに危難が起こった。世間の人は金聖歎を惜しんで、天が才能ある人をねたんだため、このようになってしまったのだと言った。(4)

これによれば、金聖歎は一六五六年、四十九歳の時に『第六才子書』を完成したと考えられる。

そもそも金聖歎以前の戯曲評点は、おおむね原作の妙所に圏点を打って読者の注意を引いて、簡単な評語を加えたものであった。しかし、『第六才子書』はこれまでの評点本と異なる体裁をとった。その特徴および内容は主に次の三点である。

（一）「慟哭古人」と「留贈後人」の二つの序文があり、その中で金聖歎は自ら『西廂記』を批評する理由と目的を次のように説明する。

夫世間之書、其力必能至於後世、而世至今猶未能以知之者、則必書中之『西廂記』也。夫世間之書、其力必能至於後世、而世至今猶未能以知之、而我適能盡智竭力、絲毫可以得當於其間者、則必我今日所批之『西廂記』也。
巷間の書物で、後世に影響を及ぼす力があるはずなのに、現在に至るもなおいまだ知られていないものは、すなわちこの書物の中の『西廂記』である。巷間の書物で、後世に影響を及ぼす力があるはずなのに、現在に至るもなおいまだ知られておらず、私がよく智力を尽くし、その本の奥深い微妙な部分まで理解できるのは、すなわち私が今批評する『西廂記』である。(5)

これによれば、優れた文学作品は必ず長く流伝する価値を有し、『西廂記』はまさにこのような作品であるが、しかし現在その価値は一般の人々にまだ認められていない。従って、その『西廂記』を批評することによって、広く流行させることは、非常に重要なことであると主張しているのである。

（二）序文の後に、『西廂記』の思想上、芸術上の価値および鑑賞の仕方について詳しく述べる「讀第六才子書西廂記法」という総論がある。

（三）王実甫の原作『西廂記』は「驚夢」までで終わるはずだと考え、第五本の四折を削り、四本十六折を四巻十六章とした。そしてまず一章ごとに、その一幕の情節《プロット》および人物の性格を概説する「総批」を設け、さらに本文をいくつかの節に分けて、それぞれその華麗な文彩と巧みな描写を指摘する「節批」と「夾批」を挟み、しかも時に原作の語句を改訂した。

このように、序文・総論から総批・節批・夾批（本の行間に書き入れた批評や注釈）に至るまで、金聖歎は全面的に細かく『西廂記』批評を行い、さらに自分なりの考えで原作の改訂を施した。「聖歎の批評する『西廂記』は聖歎の文字であり、『西廂記』の文字ではない(6)」と金聖歎が自ら指摘するように、王実甫の『西廂記』は金聖歎の『西廂記』、すなわち『第六才子書』に変わったと見なしえる。以下では、総論である「讀第六才子書西廂記法」の八十一則を基軸として、その批評の特徴および価値を論じてみたい。

三　『第六才子書』の特徴とその価値

（一）「淫書」と「妙文」をめぐって

男女の恋愛・婚姻の自由を提唱する『西廂記』は、明代以来、「伝奇の冠」「天下の至文」などの評価を与えられると同時に、「淫を誨える」との汚名も着せられ、特に清代に入ると時折禁書のリストに載せられて弾圧を被った。金聖歎は「讀第六才子書西廂記法」の第一則から第六則の中で、この「淫書説」に反駁している。

有人來説『西廂記』是淫書。此人後日定墮拔舌地獄。何也？『西廂記』不同小可、乃是天地妙文。自從有此天地、他中間便定然有此妙文。不是何人做得出來、是他天地直會自己劈空結撰而出。若定要説是一個人做出來、聖歎便説、此一個人即是天地現身。

ある人は『西廂記』は淫書だと言っているが、この人は後日必ず抜舌地獄に落ちるであろう。なぜか。『西廂記』は低俗なものと異なり、これこそ天地の妙文である。天地が開闢して以来、天地の間にこの妙文が生まれるのは決まっていたのである。だれが作ったのでもない、天地自身が空を裂いて生み出したものなのである。もしどうしてもだれかが作り出したと言わなければならないのならば、そのだれかとはすなわち天地の化身だと言わせてもらおう。(7)

ここでは、『西廂記』は天地の産物であり、天地が存在すれば、必ず『西廂記』のような「妙文」が誕生すると金聖歎は言っている。すなわち、『西廂記』のような恋愛物語は文学における永遠のテーマと見なしえるのだ。

また、受容者によって、『西廂記』に対する認識が違ってくる。例えば、

『西廂記』斷斷不是淫書、斷斷是妙文。今後若有人説是妙文、有人説是淫書、聖歎都不與理會。文者見之謂之文、淫者見之謂之淫耳。

『西廂記』は決して淫書ではなく、まぎれもなく妙文である。今後もしある人が妙文だと言い、ある人が淫書だと言ったとしても、私は取り合わない。文雅な者がこの作を読めば文雅だと言うし、猥褻な者がこの作を読めば猥褻だと言うだけのことである。(8)

すなわち、猥褻なのは『西廂記』そのものではなく、『西廂記』が「淫書」だと非難した封建道学家たちこそそうなのである。金聖歎はさらにそれらの封建道学家に厳しく反問している。

人説『西廂記』是淫書、他止爲中間有此一事耳。細思此一事、何日無之、何地無之？不成天地中間有此一事、便廢却天地耶！細思此身何自而來、便廢却此身耶？

ある人は『西廂記』は淫書だと言っているが、それはただ作品の中にこの一事（男女の情事）があるからである。この一事をよく考えてみれば、これがない日、これがない地がどこにあろう。天地の間にこの一事がなければ、とっくに天地はなくなっているだろう。自分の身体がどこから生まれてきたのかをよく考えれば、自分の身体をもなくしてしまおうというのだろうか。(9)

金聖歎は、男女の情事とはいつ、どこでもある、人間として最も正常、正当なことであると指摘し、さらに第四巻で次のように述べる。

有人謂『西廂』此篇最鄙穢者、此三家村中冬烘先生之言也。夫論此事、則自從盤古至於今日、誰人家中無此事者乎？

ある人は『西廂記』のこの幕は最も猥褻なものだと言っているが、これは愚かな考えで、知識も浅薄な人の言葉である。男女の情事を論じてみれば、すなわち天地開闢から今日に至るまで、だれの家庭にこの事がなかっただろうか。(10)

これらの批判は、まさに封建道学家の虚偽の仮面を徹底的にはいだものである。また、同じく第四巻には、次の表現が見える。

自古至今、有韻之文、吾見大抵十七皆兒女此事。

昔から今に至るまで、余韻ある作品は、私の見たところおおかた十分の七はみな男女の情事である。(11)

すなわち、古今にわたる優秀な文学作品の多くは、男女の愛情を描いたものだというのである。その上で、『西廂記』のような愛情を題材とする作品の合法的な地位を守るために、金聖歎は『西廂記』と『詩経・国風』を同一視する。『国風』の中にすでに多く見られる男女の愛情を歌う詩は、後世の愛情文学の源となっている。そこで、「読第六才子書西廂記法」に、

子弟欲看『西廂記』、須教其先看『國風』。蓋『西廂記』所寫事、便全是『國風』所寫事。

若者がもし『西廂記』を読もうとするならば、必ず彼らにまず『国風』を読ませるべきである。それは『西廂記』に書かれたことは、すべて『国風』に書かれているからである。(12)

と言う。そして、『西廂記』がすでに儒家の経典とともに並べられた以上、「淫書」と見なして非難されるわけにはいかないと、金聖歎は堂々と述べているのである。

金聖歎はまさに作品の本質にかかわる真正面からこの「淫書説」を批判し、『西廂記』の正統性を強力に主張した。これらの「淫書説」をめぐって表された金聖歎の『西廂記』観は、明の中葉以後の資本主義の萌芽に伴った思想の変化が反映され、鮮明な進歩的思想を有すると同時に、文学の理論面から主な障害を取り除いて、『西廂記』の広く流行する道を切り開いたのである。

従来、中国の士大夫は男女の情愛を歌うものをかなり忌みはばかっている。『第六才子書』は書かれた直後から、非難を受けた。帰荘（一六一三―一六七三）はその非難者の一人である。

……嘗批『水滸傳』、名之曰『第五才子書』、鏤板精巧、盛行於世。余見之曰：「是倡亂之書也」。未幾又批『西廂記』行世、名之曰『第七《ママ》才子書』。余見之曰：「是誨淫之書也」。

……（金聖歎は）かつて『水滸伝』を批評し、『第五才子書』と名付けた。彫った版本は精巧であり、世間に盛んに流行した。私はこの本を見て、「これは乱を唱える書だ」と言った。まもなくまた『西廂記』を批評して世間に流行させ、『第七才子書』と言った。私はこの本を見て、「これは淫を誨える書だ」と言った。(13)

しかし、このような非難が続出したにもかかわらず、かえって『第六才子書』はより広く流行することになった。清の王応奎の記載によると、

顧一時學者、愛讀聖歎書、幾乎家置一編。

当時の学者を見ると、みな金聖歎の著作を愛読し、ほとんどの家に一冊置いてある。(14)

と言う。また、清政府によって禁じられた小説一一七編・戯曲一一一編のいわゆる「淫書」の中に、『第六才子書』が含まれることからも、金聖歎批評本の盛行した情況をうかがうことができる。

乃近來書賈射利、往往鏤版流傳、揚波扇焰、『水滸』『西廂』等書、幾乎家置一編、人懐一篋。

近ごろ書賈が利益をねらって、鏤版流伝をあおりたて、『水滸伝』や『西廂記』などの本は、ほとんどの家に一冊置いてあり、だれでも手に一冊持っている。⒂

このように、『第六才子書』は弾圧を受けながらも、人々に愛読されていた。その読者の中に、文人士大夫も多く含まれていたようである。

『第六才子書』は確かに清以後の三百余年の間に最も流布し、影響の大きかった『西廂記』版本である。多くの人は、ほとんど金聖歎批評本で『西廂記』を読んだ。その『第六才子書』を通じて、『西廂記』は「淫書」ではなく、男女の純粋な愛情を描く傑作であることが認識されたと思われる。従って、『西廂記』の広範な流行において、金聖歎は実に一大功労者と言っても過言ではないだろう。

（二）鑑賞と人物の批評について

「淫書」ではなく「妙文」である『西廂記』をどう読むべきなのか。また、この魅力的な作品は読者に何を語ろうとしているのか。金聖歎批評の最たる特徴は、『西廂記』の芸術性の鑑賞を重要視することである。『第六才子書』の中で、金聖歎は常に作品の文彩を楽しみながら評点を施し、感情的な鑑賞の中に理知的な分析を巧みに溶け込ませている。彼が読者に示すのは、無味な教条や抽象的な結論ではなく、優れた文彩を理解した上で味わい楽しむことである。金聖歎は批評する前に、まず自分の全感情を注いで作品をじっくりと味わった。彼は『第六才子書』の中で、自分が初めて『西廂記』を読んだ時の様子を次のように語っている。

記得聖歎幼年初讀『西廂』時、見「他不偢人待怎生」之七字、悄然廢書而臥者三四日。此眞活人於此可死、死人於此可活、悟人於此又迷、迷人於此又悟者也！不知此日聖歎是死是活、是迷是悟、總之悄然一臥至三四日、不茶不飯、不言不語、如石沈海、如火滅盡者、皆此七字勾魂攝魄之氣力也。

覚えているのは、私が幼いころ初めて『西廂記』を読んだ時、「他不偢人待怎生」という七字を読んで、悄然となって読むのをやめ、三・四日間寝込んでいたことである。これぞまさに生者が死んで、死者が生き、悟る者が迷って、迷う者が悟る、というものである。この日私は死んでいるのか生きているのか、迷っているのか悟っているのか分からず、とにかく悄然となって三・四日間寝込み、茶を飲まず飯を食べず、言葉を発することなく、石が海に沈み、火が消えてなくなってしまうようであったのは、すべてこの七字の魂を奪う力によるものである。(16)

当時の先生は金聖歎のこういった様子を見て、驚いたと同時に、「眞是読書種子」という感嘆の言葉を贈ったという。以上の記述によれば、金聖歎が初めて『西廂記』を鑑賞した時の陶酔のほどを知ることができる。幼いころのこととはいえ、それが後の文学批評活動へ大きな影響をもたらしたことは間違いないだろう。そして彼の『西廂記』批評は、まさにこのような自分の実感を込めた鑑賞に基づいて行われたものと思われる。

また、人物性格を中心として分析することも、金聖歎の『西廂記』批評の大きな特徴である。金聖歎以前の古典戯曲批評においては、詞藻の玩味、音律の咀嚼、あるいは本事の考証などに重点が置かれ、作品中の人物像についてはあまり留意されることがなく、しかも的確な分析はほとんど見当たらない。その中で金聖歎は初めて人物性格の分析を中心とする戯曲理論批評の道を切り開いた。彼は「読法」第四十七則から第五十六則にかけ、人物像を描き出すという点に着目し、特に『西廂記』の作者が工夫を凝らして三人の人物像を描いたと次のように述べている。

『西廂記』止寫得三個人：一個是雙文、一個是張生、一個是紅娘。其餘如夫人、如法本、白馬將軍、歡郎、法聰、孫飛虎、琴童、店小二、……俱是寫三個人時所突然應用之家伙耳。

『西廂記』はただ三人を描いている。一人は雙文（鶯鶯――筆者注）であり、一人は張生であり、一人は紅娘である。そのほかの人、例えば、夫人・法本・白馬将軍・歓郎・法聡・孫飛虎・琴童・店小二などは、…みなすべて三人を描くために不意に使われる道具であるのみである。(17)

三人とは、つまり佳人と才子と媒介者である。そしてこの三人を描き出すのが、『西廂記』全劇の終始一貫した主題となっている。

『西廂記』前半是張生文字、後半是雙文文字、中間是紅娘文字。

『西廂記』の前半部分は是張生の文章であり、後半部分は雙文の文章であり、中間部分は紅娘の文章である。(18)

さらに、三人の中でも、鶯鶯を描くのが主眼であると、金聖歎は次のように指摘している。

若更仔細算時、『西廂記』亦止為寫得一個人。一個人者、雙文是也。若使心頭無有雙文、為何筆下却有『西廂記』？『西廂記』不止為寫雙文、止為寫誰？然則『西廂記』寫了雙文、還要寫誰？

もしさらに細かく分析すると、『西廂記』はただ一人を描くためのものである。その一人とは、雙文である。もし作者の心中に雙文がいなければ、どうして『西廂記』を生み出せるだろうか。『西廂記』が雙文を描くものでなくて、いったいだれを描くものだと言うのか。『西廂記』が雙文を描けば、ほかにだれを描くことが必要であろうか。[19]

そして、鶯鶯という個性的な女主人公のイメージをうまく描き出すためには、ほかの人物像を作り出すことも不可欠だと、金聖歎は以下のように語っている。

『西廂記』止爲要寫此一個人、便不得不又寫一個人。一個人者、紅娘是也。若使不寫紅娘、却如何寫雙文？然則『西廂記』寫紅娘、當知正是出力寫雙文。

『西廂記』がただこの一人（鶯鶯―筆者注）を描くためには、また別の一人を描かざるをえない。その一人とは、紅娘である。もし紅娘を描かなければ、どうして雙文を描けようか。つまり『西廂記』が紅娘を描いているのは、まさに雙文を描くことに力を尽くしているのだと知るべきなのである。[20]

『西廂記』所以寫此一個人者、爲有一個人、要寫此一個人也。有一個人者、張生是也。若使張生不要寫雙文、又何故寫雙文？然則『西廂記』又有時寫張生者、當知正是寫其所以要寫雙文之故也。

『西廂記』がこの一人を描いているわけは、ある一人のためにこの一人を描かなければならないからである。ある一人とは、張生である。もし張生が雙文を描く必要がなければ、またどうして雙文を描くのか。つまり『西廂記』が時に張生を描くのは、まさに雙文を描かなければならないわけを書いているのだと知るべきである。[21]

誠悟『西廂記』寫紅娘止爲寫雙文、寫張生亦止爲寫雙文、便應悟『西廂記』決無暇寫他夫人・法本・杜將軍等人。

『西廂記』が紅娘を描くのはただ雙文を描くため、張生を描くのもまたただ雙文を描くためであることを理解すれば、『西廂記』には決してほかの夫人・法本・杜将軍などの人を描く暇がないことを理解できよう。[22]

というように、紅娘および張生の人物像を描き出すのは、専ら主人公である鶯鶯のイメージを際立たせるためなのである。

金聖歎は戯曲作品中の人物性格の個性化を重要視すべきであると認識し、以上挙げたように、「読法」の中に繰り返して「此一個人」の概念を強調した。ここに言う「此一個人」とは、すなわち作者がみごとに描き上げている個性的な特徴を持つ人物像である。「此一個人」の性格特徴について、金聖歎は鋭く指摘している。例えば、鶯鶯については、

『西廂』如此寫雙文……、眞寫盡又嬌稺、又矜貴、又多情、又靈慧千金女兒、不是洛陽對門女兒也。

『西廂記』がこのように雙文を描くのは、…かわいらしくて誇り高く、情が豊かで賢い令嬢であり、普通の女ではないことをうまく描こうとしたのである。[23]

と言う。そして、張生については、

『西廂記』寫張生、便眞是相府子弟、便眞是孔門子弟。異樣高才、又異樣苦學。異樣豪邁、又異樣淳厚。相其通

體自内至外、並無半點輕狂、一毫奸詐。

『西廂記』が描く張生は、すなわちまことの相府の子弟、孔門の子弟である。才能が非常に高くて、また懸命に学ぶ。非常に豪邁で、またとても純朴である。彼の全体を見渡しても、ほんの少しのかるはずみ、いささかの悪賢さもない。(24)

と言う。また、紅娘については、

凜凜然、侃侃然、曾不可得而少假借者。

凜然、堂々としていて、かつてないほど借り物の部分のない者である。(25)

と言う。この三人と比べて、そのほかの人物像は鮮明な個性に乏しく、ただ作者が作品の主人公を描くための「所突然応用之家伙耳」なのである。

人物の性格描写は、戯曲小説などの叙事類型の基本的な性格であり、また詩文とは大きく異なるところでもある。事実、伝統的な詩文批評の中では、人物像の性格および特徴などについては、あまり触れられていない。金聖歎の人物性格についての特徴的な批評は、まさに明清時代の文学理論が小説戯曲へ進出することを反映したものと思われる。

(三) 大団円から離別へ

中国戯曲史において、明の中葉以後、文壇を風靡する「大団円」のパターンに反発したものと見られる悲劇観念が芽生える。その中で、『西廂記』の結末をめぐっては、特に第五本の作者およびその優劣などについて、様々な評価が下された。明の戯曲家、徐復祚（一五六〇―一六三〇）は十六幕（四本）の『西廂記』を絶賛すると同時に、第五本の「金榜題名、洞房花燭」という大団円の結末を厳しく批判している。

馬東籬・張小山自應首冠、而王實甫之『西廂』、直欲超而上之。蓋諸公所作、止於四折、而『西廂』則十六折、多寡不同、骨力更陡、此其所以勝也。……

且『西廂』之妙、正在於草橋一夢、似假疑眞、乍離乍合、情盡而意無窮、何必金榜題名、洞房花燭而後乃愉快也？

馬東籬と張小山は元雑劇のリーダーだと見なすべきであるが、王実甫の『西廂記』は彼らの作品をはるかに超えている。彼らの作品は、四折までで終わるが、『西廂記』は十六折で長さが異なり、筆致がさらに雄渾であって、これが『西廂記』の勝る要因なのである。……

また『西廂記』のすばらしいところは、まさに草橋の一夢（第十六折「驚夢」――筆者注）にあり、うそかまことかよく分からず、離れたと思えばまた出会い、感情を描き終えても、余韻はまだ尽きない、どうして金榜題名、洞房花燭（科挙に合格する話や新婚の話）によって楽しませる必要があろうか。[26]

また、その後、同じく明末の卓人月（一六〇八―一六三六）も次のように指摘している。

今演劇者、必始於窮愁泣別、而終於團圓宴笑。似乎悲極得歡、而歡後更無悲也；死中得生、而生後更無死也、豈不大謬也。

今の演劇というものは、必ず貧しく苦しく泣き別れるところから始まり、大団円と歓楽に終わるのである。悲しみが極まってから喜びを得て、しかも喜びの後には二度と悲しみがなくなり、死地に生を得て、しかも生を得た後に不死になってしまうようである。これは大間違いではなかろうか。(27)

この指摘のように、演劇によく見られた大団円の結末は、生活の現実とあまりにも食い違っている。一方、悲劇は、演劇において「風刺」の役割を持つとして高く評価されている。

夫劇以風世、風莫大乎使人超然於悲歡而泊然於生死。生與歡、天之所以鴆人也;悲與死、天之所以玉人也。

劇は世間を風刺するものであり、風刺の最も重要な役割は人々に悲喜を越えて生死に対して淡泊にさせることである。生と喜とは、天が人を害する手段であり、悲と死とは、天が人を宝玉にする手段である。(28)

卓人月によると、「風刺」の役割は、人々を悲しみと喜び・生と死から超脱させることにある。特に、悲劇は人生において最も有益なものである。このような観点より、卓人月は『西廂記』の第五本について、次のように述べている。

『西廂』全不合『傳』。若王實甫所作、猶存其意、至關漢卿續之、則本意全失矣。

『西廂記』は『鶯鶯伝』とまったく合わない。もし王実甫の作（前四本を指す——筆者注）が、『鶯鶯伝』の本意をいまだに残しているとするならば、関漢卿の続作（第五本——筆者注）に至って、その本意をまったく失ってしまったと言えよう(29)。

というように、卓人月は『西廂記』の第五本が関漢卿の作った続作だと判断し、しかもその第五本に描かれる大団円の結末に強い不満を感じて、崔・張の故事を悲劇に書き換えた『新西廂』を創り出したのである。

さらに『牡丹亭還魂記』で知られる著名な戯曲家、湯顕祖（一五五〇―一六一七）は、『西廂記』について、天下のことはもとより夢であるから、『西廂記』もこの「驚夢」をもって終えるべしと指摘し、そして情の世界が一場の夢に終わることをこの作品の主題として捉えている(30)。

中国古典戯曲は、元代雑劇から明代伝奇へ発展するに従って、大団円をもって結末とする固定的な構成が多くなり、特に明の万暦年間以後、才子佳人の恋愛を題材とする作品が多数作り出されるようになると、いずれも必ず最終的に才子は科挙に合格して出世し、佳人との大団円を得るというのがパターンとなっていた。『西廂記』故事の流伝と発展の軌跡も、この流れの典型であると言えよう。『西廂記』故事は、主人公の男女の悲劇的な別れを結末とする唐代伝奇小説『鶯鶯伝』に始まる。宋金時代に入って、民間の講唱文芸へ進出すると、その悲劇的な結末を不満とする当時の聴衆や観客の嗜好に応じて、金の董解元が結末を大団円式へと改変した『西廂記諸宮調』を作り出したのである。元雑劇『西廂記』をはじめとする多くの作品に見られる、いわゆる「西廂式」という大団円のパターンは、実はこの『西廂記諸宮調』において初めて成立したと言える。知識人のために書かれた『鶯鶯伝』の悲劇的な結末が、中国俗文学の通念として許容されにくいことについては、王国維が次のように述べている。

吾國人之精神、世間的也、樂天的也。故代表其精神之戯曲小説、無往而不著此樂天之色彩、始於悲者終於歡、始於離者終於合、始於困者終於亨、非是而欲饜閲者之心難矣。

我が国民の精神は、世俗的、楽天的である。だから、その精神を代表する戯曲小説は、至るところにこの楽天的な色彩が表れ、悲しみから始まって喜びに終わり、離別から始まって大団円に終わり、逆境から始まって順境に終わるのであって、そうでなければ、読者の気持ちを満足させるのは難しい。(31)

ここで王国維は、中国人の精神があまりにも通俗的かつ楽天的であり、その嗜好は悲劇の美から遠く隔たったところにあることを惜しみつつ、そういった傾向を反映した結果、戯曲小説の中に大団円の結末が多く出現すると論じている。

また、『西廂記』が大団円で終わることについて、魯迅も次のように指摘している。

這因爲中國人的心理、是很喜歡團圓的、所以必至如此。

これは中国人の国民心理が非常に大団円を好むために、必ずこのようになってしまうのである。(32)

このように、俗文学作品の場合、庶民を楽しませる娯楽性・通俗性を追求することは当然のことであった。従って、小説戯曲中の大団円のパターンを一概に否定するわけにはいかない。しかし作品の主題あるいは表現手法が、時代や作者あるいは受容層の制約によって、顕著な局限性を有することは、言いはばかる必要がない事実である。明末清初の戯曲創作において、作者の文人化と作品の案頭化（専ら書斎で楽しませる読み物とする）の傾向が顕在化するにつれて、徐復祚や卓人月らのように、大団円の結末を否定し、原小説の悲劇性を取り戻そうとする動きが出てきて、情の終結を夢に託し夢で終わらせる新しい悲劇趣味的な戯曲観が登場することになる。こういった悲劇趣味に傾く考え方は金聖歎の悲劇観念の形成に大きな影響をもたらしたと思われる。

金聖歎は『西廂記』の第五本を大胆に断ち切って、「草橋驚夢」までで終わらせ、大団円の結末から生死離別の悲劇に改変した。その第四巻の最後で、彼は次のように述べている。

此自言作『西廂記』之故也、爲一部一十六章之結、不止結「驚夢」一章也。於是『西廂記』已畢。何用續？何可續？何能續？今偏要續、我便看你續！

ここに作者は自ら『西廂記』を作る理由を述べて、十六幕の『西廂記』の結末としており、「驚夢」一幕の締めくくりにとどまらない。ここで『西廂記』はすでに終わっているのである。どうして続作を作る必要があろうか。どうして続作を作ることが許されようか。どうして続作を作ることができようか。いまどうしても続作が必要だと言うならば、あなたがどのように続作を作るかを見てみよう。(33)

そして、人物描写の観点からも、第五本に鄭恒という道化役が登場するのは、許されないことだと述べている。

誠悟『西廂記』止是爲寫雙文、便應悟『西廂記』決是不許寫到鄭恒。

『西廂記』がただ雙文を描くためであることを本当に悟れば、『西廂記』は決して鄭恒まで描くことを許せないと悟るはずであろう。(34)

ここで、金聖歎は『西廂記』の「続作」、すなわち第五本には合理性および必要性がないと示したのである。確かに第五本の「金榜題名・夫貴妻栄」というハッピーエンドは『西廂記』の全体から見ても、蛇足にしか感じられない。また、「驚夢」の節批中では、『周易』『春秋』『中庸』などの経典の結び方を検証し、『西廂記』の結末にも尽きぬ意、終わらぬ情が含まれるべきだと述べている。そういった点で、「驚夢」の一幕、すなわち主人公の男女が「夢」の中で再会し、また「夢」の中で別れたという詩意に富む夢の世界をもって幕切れとすることは、悲哀に満ちた雰囲気を効果的に表現できるだけでなく、全劇の余韻が尽きることなくいつまでも残り、大団円の結末と比べて、いっそう芸術的魅力にあふれ、非常に意味深長である。よって、作品全体の構成からして、『西廂記』は「驚夢」をもって結びとするのが最もふさわしいと、金聖歎は論証したのである。

さらに、第四巻第三章「哭宴」の総批で、金聖歎は『佛化孫陀羅難陀入道經』中の仏と世尊との対話を引用した上で、情欲の世界に耽溺している人間は、離別という唯一の道から抜け出すことができないと指摘した。そこには、仏教の因果応報、超塵絶俗の思想が満ちみちているけれども、当時の社会背景および現実の環境から見て、金聖歎は鶯鶯と張生の離別のほうが大団円の結末よりも真実であり、しかも情理にかなっていると鋭く示唆したのである。

清以後の『西廂記』舞台改編本は、ほとんど例外なく大団円の結末を削り、第四本までで幕切れとする。これは言うまでもなく、金聖歎とその『第六才子書』が影響をもたらした結果であろう。金聖歎が優れていたのは、まさに明末清初の大団円を結末とする小説戯曲のワンパターンを思い切って突破し、しかも自ら『西廂記』を改訂したことである。その『第六才子書』から、彼の非凡な見識を見いだすことができよう。

さて、『西廂記』が『紅楼夢』に大きな影響を与えたことは、すでに指摘されてきたが[35]、『紅楼夢』は、『西廂記』の表現を意識したり、あるいはそのまま襲用したりする中で、金聖歎の悲劇観をも受け入れたと考えられる。『紅楼夢』

の中で、賈宝玉が林黛玉といっしょに読む『西廂記』の版本は、その表現から見て、おそらく金聖歎の『第六才子書』であろう。特に『紅楼夢』二十三回「西廂記妙詞通戯語、牡丹亭艶曲警芳心」に見える林黛玉が『西廂記』を読んで気に入る場面では、

林黛玉把花具且放下、接書來瞧。從頭看去、越看越愛看。不到一頓飯工夫、將十六齣俱已看完、自覺詞藻警人、餘香滿口。雖看完了書、却只管出神、心内還默默記誦。

林黛玉は花の道具を下におろして、本を受け取って読み出した。最初から読んでゆくと、読み進むにつれて引きつけられてしまう。一回の食事をする時間もたたない間に、十六幕全部をすっかり読み切ったほどで、その詞藻の妙に感動し、余香が口の中にいっぱいであるような心地。本を読み終わってもうっとりとして、心の中で詞の言葉をつぶやいている。(36)

と描写されているが、伊藤漱平が「全十六幕(十六齣)とあるのによって見ても、これは当時盛行の金聖歎の批本(『第六才子書』)であろう(37)」とつとに指摘したように、確かに『紅楼夢』の主人公を魅了した『西廂記』は、金聖歎が「草橋驚夢」までで断ち切った十六幕の『第六才子書』である。

合山究は『紅楼夢新論』の中で、『紅楼夢』の主題や創作意図に関する従来の諸説に対して、次のような疑問を提起している。

当時の戯曲小説はほとんどみな大団円形式をとっており、悲劇らしい悲劇はないのに、『紅楼夢』は「徹頭徹尾

の悲劇である」（王国維の言）といわれる。作者はなぜ当時の小説の作法に従わず、『紅楼夢』をあえて悲劇的作品に仕立てあげたのであろうか[38]。

この問題に関して、同氏は独自の観点から、「『紅楼夢』を仙女崇拝小説とみるならば、『紅楼夢』が悲劇であることの理由について難なく説明できる」と述べている。筆者はそれに加えて、『紅楼夢』の作者が金聖歎の悲劇観および『第六才子書』の影響を受けたこともその大きな要因の一つだったのではないかと推測するものである。特に、同じく「案頭書」である文学作品として、読者に余情あふれ、考えさせる結末をもたらす意図を共通に有していたと思われる。

四 『第六才子書』の評価

金聖歎は、上演すべき台上曲である『西廂記』を、読むべき案頭書である『第六才子書』に書き直し、ひたすら読みやすくするための批評と改訂を行った。その結果、生まれた『第六才子書』は、文学作品として高く評価すべきではあるが、演劇脚本として成功したとは言えないだろう。この『第六才子書』の特徴や価値および欠点を客観的に評価するのは、戯曲の創作と上演の両方に熟達する李漁である。彼は『閑情偶寄』巻三に「塡詞餘論」という一節を設け、専ら『第六才子書』について論じている。

自有『西廂』以迄於今、四百餘載、推『西廂』爲塡詞第一者、不知幾千萬人、而能歴指其所以爲第一之故者、獨出一金聖歎。

『西廂記』が誕生してから今に至るまで、四百年余りの間に、『西廂記』を戯曲の最も優れた作品だと推賞する者は、何千万人もいる。しかし『西廂記』が最も優れた作品である理由を明確に指摘した者は、ただ金聖歎一人である。[39]

すなわち金聖歎評は、『西廂記』成立以来最もすばらしい評論であると評価されているのである。また、金聖歎評の特徴について、李漁は独自の見方で次のように語っている。

聖歎之評『西廂』、可謂晰毛辨髪、窮幽晰微、無復有遺議於其間矣。然以予論之、聖歎所評、乃文人把玩之『西廂』、非優人搬弄之『西廂』也。文字之三昧、聖歎已得之。優人搬弄之三昧、聖歎猶有待焉。如其至今不死、自撰新詞幾部、由淺及深、自生而熟、則又當自火其書而別出一番詮解。

金聖歎の『西廂記』批評は、いわゆる詳細を極めて、深遠を闡明し、その間に言い落とすところがない。ただ私からすれば、金聖歎の評論は、すなわち文人が鑑賞する『西廂記』であって、俳優が上演する『西廂記』ではない。文字上の要諦は、金聖歎がすでにこれを得ているが、舞台上の要諦は、金聖歎もなお得ていない。もし彼が今まで生き続けて、自らいくつかの戯曲を作り、細かく研究したならば、すなわちまた『第六才子書』を自ら焼き捨てて別の解釈を出したであろう。[40]

ここに言う「文字之三昧」とは戯曲の文学性を指し、「優人搬弄之三昧」とは戯曲の演劇性を指す。文学性から演劇性に至って、戯曲作品の特徴が現れてくる。金聖歎の批評は文学の要諦を十分に会得している一方で、戯曲の特徴はあまり理解していない。すなわち『第六才子書』は、文学作品としての『西廂記』ではあるが、戯曲作品としての『西廂記』ではなかったと、李漁は述べている。さらに、金聖歎評の優劣について次のような指摘がある。

聖歎之評西廂、其長在密、其短在拘。拘即密之已甚者也。無一句一字不逆溯其源而求命意之所在、是則密矣、然亦作者於此、有出於有心、有不必盡出於有心者乎?

金聖歎の『西廂記』批評は、その長所は精密にあり、その短所は拘泥にある。拘泥とはすなわち精密の過度なものである。一句一字としてその出典にさかのぼって工夫の所在を求めないことがないのは、すなわち精密である。しかしそれ故に、中には作者の心から出たものがあるとしても、必ずしもすべてが作者の心から出たものではないということもあるのではないか。(41)

このように、『西廂記』批評については、金聖歎はあまりにも深く考えすぎて、原作者である王実甫の本意に必ずしも合致するとは限らないというのである。

以上の李漁の評論から分かるように、『西廂記』をよく理解する人は金聖歎よりほかにいない。そして金聖歎をよく知る人は李漁よりほかにいないだろう。金聖歎が戯曲創作および演劇活動の体験を欠いたため、『西廂記』に戯曲作品としての特徴を十分に発揮させることができなかったが、しかし彼が自ら施した解説と改訂は、単に『西廂記』の理論批評にとどまらず、読者を楽しませるための案頭化としての文学創作であると言えよう。

李漁のほか、金聖歎を厳しく批判した論説も見える。例えば、梁廷枏の『曲話』には、

聖歎以文律曲、故毎於襯字刪繁就簡、而不知其腔拍之不協。至一牌畫分數節、拘腐最爲可厭。所改縦有妥適、存而不論可也。

金聖歎は文彩をもって曲詞を作ったから、襯字はみな繁縟を削って簡略にしてしまい、その節や拍子が合わなくなることを知らない。一つの曲牌を数節に分けるに至っては、その拘腐の最もいとうべきところである。たとえその改訂するところが妥当であっても、残して論じなくてもよかろう。(42)

というように、曲譜にあまりこだわらない金聖歎の改訂と批評は、いくら文彩に優れていても、評価すべきではないとしている。

しかし、それにしても、『第六才子書』が『西廂記』の流伝と発展の中で果たした重要な役割は、とうてい否定しがたいのである。清の兪樾が『茶香室叢鈔』の中で、

明代所行『西廂記』皆李日華本、自金聖歎外書行、而李本廢矣。

明代に流行した『西廂記』は、みな李日華の刊本（崔時佩・李日華の『南西廂記』——筆者注）であったが、金聖歎の『第六才子書』が刊行されてからは、李日華の刊本が廃されることになったのである。(43)

と言うのは、当時の情況を反映したものであろう。すなわち明代には、南曲伝奇の勃興に応じて、『西廂記』を広く受け入れさせるために、曲牌から賓白まで改訂した『南西廂記』が世に行われたが、『第六才子書』が作り出されてからは、その読みやすさと批評の奇警さとが相まって、文人士大夫に限らず、一般の人々にも愛読され、大いに流行

することになったのである。

五　まとめ

中国古典戯曲は、元代に北曲雑劇の繁栄期を迎えた後、明代から長編南曲を代表とする伝奇の時代に入り、南曲伝奇が隆盛を極めるにつれ、北曲雑劇は日に日に衰微していった。特に明末清初に至って、北曲雑劇はすでに歌唱・演出をしがたい状態となり、ただ文学ジャンルの一つとして、多くの文人に創作され続けるに過ぎなくなっていた。例えば、傅惜華の『清代雑劇全目』（中国戯曲研究院編、人民文学出版社、一九八一年）によれば、清代雑劇の演目は一三〇〇余種に上り、元代および明代のそれをはるかに上回っているが、実際にはあまり上演されていない。その形式においても大きな変化が見られた。元雑劇の特徴である「一本四折」「一人独唱」などの制限が破られ、曲牌についても、元来の字格および平仄は守られなくなった。しかもその言語は多く優雅で、高い文学性を有していた。つまり、明末以後の雑劇は、本来舞台で歌われるべき戯曲脚本から、書斎で読まれるための文学作品へと変遷していったのである。金聖歎の『第六才子書』が、当時のこのような戯曲創作の特徴を濃厚に反映するのも当然であろう。

すでに述べてきたように、金聖歎が『西廂記』を批評しながら改訂を加えた『第六才子書』は、原作の面目を一新する作品となった。その特徴をまとめてみると、まず、従来の「淫を誨える」という汚名に対して、『西廂記』は「淫書」ではなく、男女の純粋な愛情を描く「妙文」であることを強調した。そして明清の文壇を風靡する大団円のワンパターンに対して、『西廂記』第五本の「金榜題名、夫貴妻榮」というハッピーエンドを削り、原小説の本来の姿に変えた。さらに、当時流行していた『南西廂記』などの演劇脚本に対して、純粋な案頭書に書き直し、優れた文彩を理解した上で味わい楽しむことを可能にした。特に従来の文学批評ではあまり触れられていない登場人物の性格について、具体的に分析した。その結果、『第六才子書』は多くの人々、特に知識人の目を楽しませ心を奪い、初めて「案頭書」としての地位を確立し、盛行するに至ったのである。従って、『第六才子書』は、『西廂記』の広範な流行において重要な役割を果たしたばかりではなく、中国古典戯曲理論の発展においても、計り知れない影響を及ぼしたのである。すなわち、清の汪溥勳が、

聖歎之書、無有不切中關鍵、開豁心胸、發人慧性者矣。夫『西廂』爲千古傳奇之祖。聖歎所批、又爲『西廂』傳神之祖。

金聖歎の『第六才子書』は、要点を的確につき、気持ちを開かせ、人の生まれ持った英知を導き出さないことがない。すなわち『西廂記』は千古の伝奇の元祖であり、金聖歎の批判した『第六才子書』は、また『西廂記』の真髄を伝える元祖であろう。[44]

と論じるのも、あながち過褒の辞とは言えないのである。

注

(1) 詳しくは廖燕『金聖歎先生伝』(『二十七松堂文集』巻十四)および蔡丐因『清代七百名人伝・金人瑞』(蔡冠洛編著、北京中国書店、一九八四年)参照。

（2）李漁『閑情偶寄』（『中国古典戯曲論著集成』第七集所収）巻一「忌填塞」、二十八頁。

（3）笹川種郎『支那小説戯曲小史』（東華堂、明治三十年）一一四頁。

（4）無名氏『辛丑紀聞』（清・闕名輯『紀載彙編』所収、京都大学人文科学研究所蔵）

（5）金聖歎「第六才子書序二曰：留贈後人」。『第六才子書』は、『金聖歎批本西廂記』（張国光校注、上海古籍出版社、一九八六年）を用いる。

（6）「聖歎批『西廂記』是聖歎文字、不是『西廂記』文字。」（「読第六才子書西廂記法」七十一、『金聖歎批本西廂記』二十一頁）

（7）「読第六才子書西廂記法」一（『金聖歎批本西廂記』十頁）

（8）「読第六才子書西廂記法」二（同注（7））

（9）「読第六才子書西廂記法」三（同注（7））

（10）『第六才子書』第四巻第一章「酬簡・総批」（『金聖歎批本西廂記』二〇九頁）

（11）同注（10）

（12）「読第六才子書西廂記法」十一（『金聖歎批本西廂記』十二頁）

（13）『帰荘集』（中華書局、一九六二年）巻十「誅邪鬼」

（14）王応奎『柳南随筆』（『筆記小説大観』十八編第七册所収）巻三

（15）王利器『元明清三代禁毀小説戯曲史料』（上海古籍出版社、一九八一年）第二編地方法令「同治七年江蘇巡撫丁日昌査禁淫詞小説」

（16）第一巻第三章「酬韻」夾批

（17）「読第六才子書西廂記法」四十七（『金聖歎批本西廂記』十八頁）

（18）「読第六才子書西廂記法」七十（『金聖歎批本西廂記』二十一頁）

（19）「読第六才子書西廂記法」五十（『金聖歎批本西廂記』十九頁）

（20）「読第六才子書西廂記法」五十一（同注（19））

(21)「読第六才子書西廂記法」五十二（同注（19））
(22)「読第六才子書西廂記法」五十三（同注（19））
(23)『第六才子書』第三巻三章「頼簡」総批（『金聖歎批本西廂記』一八二頁）
(24)「読第六才子書西廂記法」五十五（『金聖歎批本西廂記』二十頁）
(25)「読第六才子書西廂記法」五十六（同注（24））
(26) 徐復祚『曲論』（『中国古典戯曲論著集成』第四集所収）二四一頁。
(27) 卓人月「新西廂記・序」（蔡毅編著『中国古典戯曲序跋彙編』補遺、斉魯書店、一九八九年）二七二三頁。
(28) 同注（27）二七二三頁。
(29) 同注（27）二七二四頁。
(30) 田仲一成「明末文人の戯曲観――『三先生合評元本北西廂』における〝湯若士〟評の方向――」（『東洋文化研究所紀要』第九十七冊、一九八五年三月）参照。
(31) 王国維『紅楼夢評論』（王国維・林語堂等著『紅楼夢芸術論』所収、台湾里仁書局、一九八四年）第三章「紅楼夢之美学上之価値」
(32) 魯迅『中国小説的歴史変遷』（人民文学出版社、一九七三年）第三講「唐之伝奇文」
(33)『第六才子書』第四巻第四章「驚夢」夾批（『金聖歎批本西廂記』二六八頁）
(34)「読第六才子書西廂記法」五十四（同注（24））
(35) 竹村則行「西廂記・還魂記と紅楼夢をめぐって夢の発展」（『日本中国学会報』第三十八集、一九八六年十月）、林文山「論『金西廂』対『紅楼夢』的影響」（『紅楼夢学刊』一九八七、五）参照。
(36)『紅楼夢』（人民文学出版社、一九八二年）第二十三回、三一五頁。
(37)『紅楼夢』（『中国古典文学大系・四十四』、平凡社、昭和四十四年）第二十三回注、三一〇頁。
(38) 合山究『紅楼夢新論』（汲古書院、一九九七年）二六六頁。

(39) 李漁『閑情偶寄』(『中国古典戯曲論著集成』第七集所収) 巻三「塡詞餘論」、七十頁。
(40) 同注(39)
(41) 同注(39)
(42) 梁廷枏『曲話』(『中国古典戯曲論著集成』第八集所収) 巻五、二九〇頁。
(43) 兪樾『茶香室叢鈔』(中華書局、一九九五年) 巻三
(44) 汪溥勳「題『聖歎批第六才子西廂』原序」(蔡毅編著『中国古典戯曲序跋彙編』巻六所収) 七二五頁。

第八章　『西廂記』文学における雅と俗

一　はじめに

「雅」と「俗」という概念は、文学において常に最も重要な評価の尺度であり、またその内容も多様なものを含むため、これまで様々な角度から言及されてきた。例えば、目加田誠の「雅に就いて」[1]、あるいは吉川幸次郎の「俗の歴史」[2]、合山究の「宋代文芸における俗の概念——蘇軾・黄庭堅を中心にして——」[3]、また村上哲見の「雅俗考」[4]、董上徳の「論古代雅・俗文学的互補与交融」[5]、尾上兼英の「中国小説史における『雅』『俗』の間」[6]、中野三敏の『十八世紀の江戸文芸——雅と俗の成熟——』[7]といった論著がつとに発表されており、「雅」と「俗」の概念に関して極めて示唆に富んだ論考が展開されている。

一方、唐代小説から唐詩宋詞、そして宋元話本・金諸宮調・元代雑劇・明清伝奇に至るまで、いろいろな文学作品に展開し続けた『西廂記』文学は、文人の案頭文学として生まれた後、民間の講唱文芸となり、そして戯曲としても上演され、常に「雅」と「俗」の間に歩を進め、文人士大夫の筆端にとどまらず、民間の講唱文芸においても格好の題材として歌い継がれてきたのである。

そこで本章では、この「雅」と「俗」という概念の由来と意味を再確認した上で、『西廂記』故事を題材とする主な作品を取り上げ、これらの作品の文体と表現をめぐって、具体的に考察することによって、『西廂記』文学および中国古典戯曲における雅俗の融合について検討してみたい。

二　雅俗という概念の由来

まず、「雅」と「俗」という言葉の由来、その意味および中国文学における雅俗の概念について確認しておきたい。

中国語では、一般的に「俗」という言葉で呼ばれるのは、もっぱら価値の乏しいものである。「俗人」「俗物」「俗士」などと呼ばれる人間は、つまらぬ人間である。また、「俗本」と呼ばれる書物は、価値のないテキストであり、「俗書」と呼ばれる字は、価値に乏しい字である。この「俗」と対立する概念を挙げるとすれば、やはり「雅」という言葉であろう。「雅」は優れたものの形容であり、肯定的評価を表す言葉となっている。

しかし文字の原義に立ち返ってみると、「雅」と「俗」は元来そのような意味を含んでいたわけではない。漢・許慎の『説文解字』におけるこの両字の説解は次のとおりである。

雅、楚烏也。一名鸒、一名卑居、秦謂之雅。
雅は楚烏なり。一に鸒と名付け、一に卑居と名付く、秦は之を雅と謂う。(8)

俗、習也。
俗は習なり。(9)

すなわち、「雅」が鳥の名であり、「俗」が風俗習慣という意味である。この「雅」と「俗」の二字が、一方は肯定的、他方は否定的評価を表す言葉となるには、なんらかの歴史的な経緯があったはずであるが、『論語』などの資料に示されるように、その発端はおそらく音楽にあったと考えられる。

悪紫之奪朱也、悪鄭聲之亂雅樂也。
紫の朱を奪ふを悪《にく》む、鄭声の雅楽を乱すを悪む。(10)

言天下之事、形四方之風、謂之雅。雅者、正也。
天下の事を言ふに、四方の風を形《あら》はす、之を雅と謂ふ。雅は正なり。(11)

自周・陳以上、雅鄭淆雜而無別、隋文帝始分雅・俗二部、至唐更曰「部當」。
周・陳より以上、雅鄭は淆雑して別無し、隋文帝始めて雅・俗二部を分け、唐に至りて更《あらた》めて「部当」と曰ふ。(12)

「雅楽」とは正統な、規範に合う音楽という意味であり、これと対立する音楽が、「鄭声」、すなわち俗楽である。先秦時代では、音楽以外のことについて「雅」を価値的な言葉として用いる例は、意外に乏しい。それが漢代以後になると、「雅」と「俗」という言葉は、音楽の評価から人の人格・人柄を評価する尺度としても使われるようになった。例えば、

夫田嬰俗父、而田文雅子也。嬰信忌不實義、文信命不辟諱。雅俗異材、舉措殊操。

夫れ田嬰は俗父にして、田文は雅子なり。嬰は忌を信じて義を実とせず、文は命を信じて諱を辟《さ》けず。雅俗は材を異にし、挙措は操を殊にす[13]。

不喜俗人、而當與之共事者、……六不堪也。

俗人を喜《この》まず、而も当に之と事を共にすべし。…六の堪えざるなり[14]。

可使食無肉、不可使居無竹。無肉令人痩、無竹令人俗。人痩尚可肥、士俗不可醫。

食をして肉無からしむ可きも、居をして竹無からしむ可からず。肉無きは人をして痩せしめ、竹無きは人をして俗ならしむ。人の痩するは尚ほ肥ゆ可きも、士の俗なるは医す可からず[15]。

余嘗爲少年言：「士大夫處世可以百爲、唯不可俗、俗便不可醫也」。

余嘗て少年の為に言ふ、「士大夫の世を処するは百を以て為す可し、唯だ俗なる可からず、俗なれば便《すなは》ち医す可からざるなり」と[16]。

というように、「俗父」「俗人」「俗士」などは、価値を持たない人間のことを指す。

さらに宋代に入ると、文学芸術を評価する基準として、普遍的に使用されるようになる。次に厳羽と蘇軾の文章を例として挙げる。

學詩先除五俗：一曰俗體、二曰俗意、三曰俗句、四曰俗字、五曰俗韻。
詩を学ぶには先づ五俗を除く：一に曰く俗体、二に曰く俗意、三に曰く俗句、四に曰く俗字、五に曰く俗韻[17]。

詩須要有爲而作、用事當以故爲新、以俗爲雅。好新務奇、乃詩之病。
詩は須要《すべから》く爲す有りて作るべし、用事は当に故を以て新と為し、俗を以て雅と為すべし。新を好みて奇を務むるは、乃ち詩の病なり[18]。

また、元稹・白居易の詩に対し、蘇軾が「元軽白俗[19]」と評したことは有名であるが、これも「新楽府」や「秦中吟」などの民間歌謡を吸収した作品が、詩とは典雅なものであるという立場からは認められなかったからである。宋代においては、「俗」という言葉は、単に詩論に散見されるのみならず、当時の文芸（詩文書画）全般に共通する課題として、社会通念および士大夫の生活態度や道徳観念にまで深くかかわりをもって語られる。俗を卑しみ雅を尊ぶのは、当時の文人士大夫に共通する精神的志向と言えるだろう[20]。

このように、文学の評語として「雅」「俗」の言葉が用いられるようになると、それが文学のジャンル分けのキーワードにも転化してくる。すなわち、中国古典文学は、しばしば「雅」と「俗」の二つに分けられてきた。「雅文学」は、文人士大夫の間に流行した詩詞・散文を中心とする文学作品を指し、「俗文学」は、庶民の間に流行した小説・戯曲・説唱・民謡などを中心とする文学作品を指す。

そもそも文言で書かれた詩文は、「雅」なる文学として高い価値を認められ、それに対して白話で書かれた戯曲や小説は、「俗」なる文学として低い評価しかされていなかった。こういった考え方に対し、鄭振鐸は俗文学およびその文学史上の位置づけについて、次のように述べている。

何謂「俗文學」？「俗文學」就是通俗的文學、就是民間的文學、也就是大衆的文學。換一句話、所謂「俗文學」就是不登大雅之堂、不爲學士大夫所重視、而流行於民間、成爲大衆所嗜好、所喜悦的東西。（中略）「俗文學」不僅成了中國文學史主要的部分、且也成了中國文學史的中心。

何を「俗文学」と言うのか。「俗文学」とは通俗文学であり、民間文学であり、大衆の文学でもある。言葉を換えて言えば、いわゆる「俗文学」とは大雅の堂に登らず、文人士大夫の重視しないものであり、民間において流行し、大衆に好まれ、喜ばれるものである。（中略）「俗文学」は中国文学の主要な部分であるだけでなく、もはや中国文学史の中心となっているのである。[21]

ここからは、鄭振鐸の俗文学に対する基本的な立場を読み取ることができる。すなわち彼は、従来俗文学に与えられてきたあまりにも低い評価に反発し、文学史上に相応の地位を与えるべきだと主張したのであった。鄭振鐸の『中国俗文学史』は、この分野における最初の画期的な著作として、それ以後の文学史研究に多大な影響を及ぼすこととなった。

しかし一方で、俗文学と雅文学との間に本来存在する有機的なつながりが見失われ、俗文学対雅文学という図式化による、研究の一種の住み分け状況が生じたことも事実であろう。俗文学の価値は、それが俗なる民間のものであるという点のみに限られるものではない。また、多くの文人士大夫人が俗文学を軽蔑したのは事実であるとしても、重視して受け入れる者も決して皆無ではなかった。鄭振鐸が俗文学を「中国文学史の中心」に据えたのも、俗文学を重視する勇敢な学識ある文人士大夫が、雅的な要素を意欲的に取り込み昇格させたとする見方が背後にあったからに相違ない。西廂故事を題材とした作品においては、その傾向がとりわけ顕著である。それが小説・戯曲・講唱文芸など俗なるジャンルに仕組まれた背後には、文人の参与と関心が終始一貫して色濃く存在したことは、言うまでもない。

表面上は、「雅」と「俗」のけじめがはっきりし、互いにかかわりがないように見えても、実際には、「雅」と「俗」の間では相互に貸借・融合が常に行われている。『西廂記』文学は、まさにこの「雅」「俗」間の絶妙な相互作用の上に発展し続けてきたと言ってよい。

三　俗中見雅（俗の中に雅を見出す）

『西廂記』文学の歴史をさかのぼってみると、周知のとおり、唐代小説『鶯鶯伝』がその出発点である。伝奇小説創作の最盛期と言われる唐の中葉以後に生み出された『鶯鶯伝』などの小説は、叙事の散文中に五・七言詩を挿入することが多い。これには様々な理由が考えられ、例えば、唐が詩の隆盛期であったということ、また時人が詩に格別の興味を持っていたということ、また小説の作者が詩人であったということ、さらに小説は「行巻」にも用いられたということなどが挙げられよう。しかし、とりわけ当時流行した講唱文学である変文が韻散交錯の様式であることは極めて示唆的であり、唐代伝奇小説のこのような形式が当時の講唱文学と相通じる要素を有すると考えるのは妥当であろう。このことは、やがて伝奇小説から戯曲へとつながる動きに大きくかかわっているものと考えられる。

ところで、唐は詩の黄金時代であり、崔鶯鶯と張生の恋愛を題材とする作品も、小説のみならず、多くの詩が作られている。まず、原小説の作者であり、かつ著名な詩人でもある元稹本人は「会真詩三十韻」、「答張生」、「寄詩」（一作「絶微之」、「告絶詩」などの詩を作り、それぞれ『鶯鶯伝』の中に挿入して、この小説の補助としている。また、このほかにも、『元稹集』外集巻一に鶯鶯を歌う詩二首が見える。

殷紅淺碧舊衣裳
取次梳頭闇淡妝
夜合帯煙籠暁日
牡丹經雨泣残陽
依稀似笑還非笑
彷彿聞香不是香
頻動横波嬌不語
等閑教見小兒郎

殷紅　浅碧　旧衣裳
取次《かりそめ》の梳頭　闇淡の妝
夜合　煙を帯び　暁日を籠む
牡丹　雨を経て　残陽に泣く
依稀として　笑ふが似《ごと》くなるも還た笑ふに非ず
彷彿として　香を聞ぐも是れ香にあらず
頻に横波を動かすも　嬌として語らず
等閑　小兒郎をして見えしむ(22)

艶時翻含態
憐多轉自嬌
有時還自笑
閑坐更無聊
暁月行看墮
春酥見欲銷

艶時は　翻て態を含み
憐れむこと多くして　転《うたた》自ら嬌しきを
時に還た自ら笑ふこと有るも
閑《しづ》かに坐りては　更に無聊たり
暁月　行《まさ》に堕つるを看んとし
春酥　銷きんと欲するを見る

何因肯「垂手」　何に因りてか「垂手」を肯はん
不敢望「迴腰」　敢て「迴腰」を望まず(23)

一方、元稹と同時期の詩人李紳は、「鶯鶯歌」を作り、

伯勞飛遲燕飛疾　伯労は飛ぶこと遅く　燕は飛ぶこと疾し
垂楊綻金花笑日　垂楊　金を綻ばせ　花笑ふの日
綠窗嬌女字鶯鶯　綠窓の嬌女　字は鶯鶯
金雀婭鬟年十七　金雀婭鬟　年は十七
黃姑上天阿母在　黃姑は天に上り　阿母は在り
寂寞霜姿素蓮質　寂寞たる霜姿　素蓮の質
門掩重關蕭寺中　門は重関を掩ふ　蕭寺の中
芳草花時不曾出　芳草花時　曾て出でず(24)

河橋上將亡官軍　河橋の上將　官軍を亡《な》みし
虎旗長戟交壘門　虎旗長戟　壘門に交はる
鳳皇詔書猶未到　鳳皇の詔書　猶ほ未だ到らざるに
滿城戈甲如雲屯　滿城の戈甲　雲の如く屯す

家家玉帛棄泥土
少女嬌妻愁被虜
出門走馬皆健兒
紅粉潛藏欲何處
嗚嗚阿母啼向天
窗中抱女投金鈿
鉛華不顧欲藏艷
玉顔轉瑩如神仙

此時潘郎未相識
偶住蓮館對南北
潛歎恓惶阿母心
爲求白馬將軍力
明明飛詔五雲下
將選金門兵悉罷
阿母深居鷄犬安
八珍玉食邀郎餐
千言萬語對生意

家家の玉帛　泥土に棄てられ
少女嬌妻　虜とせられんことを愁ふ
門を出づれば馬を走らせるは皆健兒
紅粉潛み蔵るに何処にあらんと欲す
嗚嗚として阿母は天に向ひて啼き
窓中に女を抱きて金鈿を投ず
鉛華を顧みず艶を蔵さんと欲するも
玉顔転に瑩きて神仙の如し

此の時潘郎と未だ相識らざるに
たまたま蓮館に住みて南北に対す
潜かに恓惶せる阿母の心を歎じ
為に白馬将軍の力を求む
明明たる飛詔五雲より下り
将は金門に選ばれて兵は悉く罷む
阿母深く居りて鶏犬安んじ
八珍玉食　郎を邀《むか》えて餐す
千言万語　生の意に対し

小女初笄爲姊妹　　小女　初めて笄して姊妹と為る

丹誠寸心難自比　　丹誠寸心　自ら比し難く
寫在紅牋方寸紙　　写して紅牋方寸の紙に在り
寄語春風伴落花　　語を春風に寄せ落花に伴ふ
彷彿隨風綠楊裏　　彷彿として風に随ふ綠楊の裏
窗中暗讀人不知　　窓中に暗《ひそ》かに読めば人知らず
剪破紅綃裁作詩　　紅綃を剪り破り裁ちて詩を作る
還怕香風畏飄蕩　　還た香風を怕《おそ》れ飄蕩を畏れ
自令青鳥口銜之　　自ら青鳥をして口に之を銜《ふく》めしむ
詩中報郎含隱語　　詩中郎に報ずるに隠語を含み
郎知暗到花深處　　郎は知りて暗かに花の深き処に到る
三五月明當戸時　　三五の月明らかに戸に当たるの時
與郎相見花間路　　郎と相見ゆ花間の路(25)

と詠じ、同じく元稹の詩友楊巨源も「崔娘詩」において、

清潤潘郎玉不如　　清潤なる潘郎　玉も如《し》かず

中庭蕙草雪消初　　中庭の蕙草　雪消ゆる　初《はじめ》
風流才子多春思　　風流才子　春思多く
腸斷蕭娘一紙書　　腸は断つ　蕭娘一紙の書(26)

と歌っている。

時代が下り、晩唐の詩人王渙は「惆悵詩十二首」の第一首に西廂記故事の主人公崔鶯鶯を描いている。

八蠶薄絮鴛鴦綺　　八蚕薄絮　鴛鴦の綺
半夜佳期並枕眠　　半夜佳期　枕を並べて眠る
鐘動紅娘喚歸去　　鐘動きて　紅娘は帰去を喚ぶ
對人匀淚拾金鈿　　人に対《むか》ひて　涙を匀《ととの》へ金鈿を拾ふ(27)

また著名な詩人杜牧も筆墨を惜しまず、元稹の「会真詩三十韻」との対応を試みた長編の「題会真詩三十韻」を詠んでいる。

これらの詩作は、いずれも崔鶯鶯と張生の才子佳人式の恋愛物語に対して賛辞を尽くし、またこれを広く宣伝した。このことについて魯迅は、

元稹以張生自寓、述其親歴之境、雖文章尚非上乗、而時有情致、固亦可觀、……而李紳、楊巨源輩既各賦詩以張

之、稹又早有詩名、後秉節鉞、故世人仍多樂道。
元稹は張生という人物にかこつけて、彼自身が実際に経験したことを述べたのである。上乗な文章ではないにもかかわらず、しばしば情趣が豊かで、なるほど観賞に値するが、…李紳や楊巨源といった連中がそれぞれ詩を作って、話にあやをつけた上に、また元稹自身早くから詩名があり、のち大官になったから、世人は好んで取りざたしたのである。(28)

と指摘している。

以上のように、崔鶯鶯と張生の恋愛を題材とする西廂故事は、元稹の伝奇小説『鶯鶯伝』に加え、唐代詩人の詠唱の中に、成立することになった。その成立過程には、次のような顕著な特徴を見ることができる。

まず、「俗」なる伝奇小説と「雅」なる詩とは深いつながりがある。(29)唐代は詩の繁栄期であるとともに、また文言短編小説の成熟期でもある。伝奇小説の作者は同時に優れた詩人であり、その結果、俗文学の範疇に入る伝奇小説の作品中に、しばしば「雅」なる詩のような構成と用語が駆使され、さらに詩そのものが直接挿入されることにもなった。『鶯鶯伝』にも、合わせて五首の詩が挿入されており、それはまさに「俗」の中に「雅」なる表現を取り込んだ作品であって、このような伝奇小説とは「詩意に富む小説」とも称することが可能である。このことは、見方を変えれば、一人の知識人の中に、「俗」なる小説と「雅」なる詩とを生み出す要素が共存していたということになろう。

次に、伝奇小説の作者たちは、当時の民間文学と深い影響関係にある。例えば、元稹はかつて長安白居易の宅で講唱文学のジャンルである「説『一枝花』話」を聴き、民間説話『一枝花』の材料に基づいて『李娃行』を書き、さらに白居易の弟白行簡も『李娃伝』を作った(李娃の旧名は一枝花、すなわち唐代伝奇小説中の李亜仙である)。また、伝奇小説の中に詩を挿入して、散文と韻文を交えるという形式は、当時の変文・俗講などの影響を受けたものと思われる。俗文学は決して民間だけで行われていたのではなく、文人の間にも浸透していたのである。

第三に、文人の間で「雅」なる詩と「俗」なる文をやり取りすることが、西廂故事の成立に大きな影響を及ぼしたと考えられる。白居易の『長恨歌』と陳鴻の『長恨歌伝』、白居易の『任氏怨歌行』と沈既済の『任氏伝』、元稹の『李娃行』と白行簡の『李娃伝』といった関係と同じく、元稹の『鶯鶯伝』もまた李紳の『鶯鶯歌』と相呼応しており、このような作品群の存在には、当時の文人たちの交遊ややり取りの風習と、またその風習が西廂故事を広く伝播させる背景となったことをうかがわせる。

このように、唐伝奇と新楽府運動によって生み出された作品は、「雅」「俗」を融合した傾向を次第に強めていった。「俗」なる小説は、文人によって書かれることにより、言葉が典雅になり、文彩に優れることとなり、一方「雅」なる詩も、民間の「俗」的な素材を積極的に取り込んで作られることとなった。しかし、元稹らが当時の文人として一流であったにもかかわらず、伝奇小説は依然として一段価値の劣る「俗」なものと見なされていたのである。

宋代は雅・俗文学が空前の大融合を遂げた時期である。西廂故事も、文人士大夫たちのサロンでの話題となり、彼らの創作の題材となった一方で、それにとどまらず、都市文明の発展と市民文化の勃興に伴い、俗文学の描く対象として民間で上演され、広く人々に受け入れられることとなった。

宋代に入ると、『鶯鶯伝』が小説集『太平広記』に収められたことにより、西廂故事はまず宋代文人の詩詞・筆記の中に取り込まれることとなった。例えば、北宋前期の晏殊の「浣溪沙」詞[30]、あるいは蘇軾の「南歌子」や「雨中花慢」詞[31]と「張子野年八十五、尚聞買妾、述古令作詩」[32]、そして王楙の『野客叢書』[33]および計有功の『唐詩記事』[34]などがそれである。また、秦観と毛滂は、それぞれ「調笑轉踏」を作って、「鶯鶯」を詠じている。[35]

一方、その当時の文人たちの多くは娼妓ともよく詩詞のやり取りなどをしており、また「瓦子」「勾欄」などといった民間娯楽の場所にも度々顔を出すなど、庶民階層と深いつながりを持っていた。してみれば、西廂故事が、かかる文人たちと庶民階層とのつながりを通して広く民間に受け入れられていったであろうことは想像に難しくない。北宋の羅燁『酔翁談録』巻一「舌耕叙引、小説開辟」は、当時『鶯鶯伝』が卓文君・李亜仙・恵娘魄偶・王魁負心・唐輔采蓮などの故事と並んで、説話人によってよく上演された伝奇小説であったと記している。また南宋の周密の『武林旧事』巻十の中に「鶯鶯六幺」という官本雑劇の題目が見られるのも、こうした情況を説明するものであろう。ただ残念なことに、これらの作品は現存していない。現存するのは、第三章に取り上げた趙令時の『商調蝶恋花鼓子詞』だけである。

趙令時は『鶯鶯伝』にそれまで楽曲がついていなかったことを惜しみ、民間講唱文芸の鼓子詞という俗文学のジャンルを採用し、『商調蝶恋花』という優れた講唱芸能作品を生み出したのである。この作品は、十二首の華麗な「蝶恋花詞」をそれぞれ語りの後に歌うことによって、はじめて楽曲に支えられることとなり、その当時行われていた西廂故事が士大夫階層にとどまらず、庶民の娯楽の場所でも上演に供されることを可能にした。しかも、ジャンルは俗文芸でありながら、作品の形式は整い、その表現も実に優れていて、生き生きとした描写が展開されているため、後世の戯曲に大きな影響を及ぼすことになったのである。

四　雅俗交融（雅と俗を融合する）

文学は言語（言葉）の芸術であり、戯曲や小説などの俗文芸は、文学の世界に一席の地を占めるために、その表現において、質朴自然という「本色」を失うことなく、しかもさらなる高い境界への発展を求めなければならなかった。すなわち雅文学の豊富な詞藻と華麗な文彩を参考にして、長を取って短を補い、「俗」と「雅」を融合することによって、俗文学ははじめて文壇の中に地位を確立することができたに違いないのである。

『西廂記諸宮調』（以下、『董西廂』と略す）はまさに宋金時期の「俗」「雅」を使いこなす代表的な作品である。その作者である董解元は、金の章宗（一一八九―一二〇八）の時の人というだけで、名前や経歴は一切分からない（その当時、解元は読書人に対する通称であった）。董解元は無名の下層知識人であったが、文学的教養に欠けた一般の民間芸人と異なり、豊富な知識を持っていた。『董西廂』巻三に、

十三學『禮』、十五學『春秋』、十六學『詩』『書』。前後五十餘萬言、置於胸中。一九渉獵諸子、至於禪律之說、無不著於心矣。

十三歳で『礼』を学び、十五歳で『春秋』を学び、十六歳で『詩経』『尚書』を学んで、前後五十余万言、ことごとく暗記しました。十八歳で諸子の書を渉猟し、仏教の説に至るまで、頭の中に入ってないものはありません。

という主人公張生の自己紹介は、まさに作者自身のことを述べていると言えよう。

このような董解元が中国俗文学史上最も偉大な作家の一人であることは疑いようもない。というのも、彼は作品を創作するに当たり、俗文学のジャンルである諸宮調の形式を採用しながら、幅広く『詩経』『左伝』『史記』・漢賦・唐詩・宋詞などの典故を踏まえているからである。次に挙げるのは『董西廂』の表現とその表現が踏まえる典故の例である。

○小春寒尚淺、前嶺早梅應綻、玉壷一夜、積漸裏冰澌生滿。
小春日和でさしたる寒さでもなく、前の嶺には早咲きの梅もほころびかねぬほどなれど、玉壷のごとき月澄み渡る一夜、次第に氷は満ち渡る。（『董西廂』巻一【中呂調】【碧牡丹】）
十月小春梅蕊綻。紅炉畫閣新裝遍。錦帳美人貪睡暖。羞起晩。玉壷一夜冰澌滿。（宋・歐陽修「漁家傲」、『全宋詞』一二九頁）
○聞諸夫子曰：君子有勇而無義爲亂、小人有勇而無義爲盜。故君子惡其勇而無禮也。
孔子さまの仰せには、「君子勇有りて義無くんば乱を為し、小人勇有りて義無くんば盗を為す。」その故「君子はその勇にして礼無きを悪《にく》む」とか。（『董西廂』巻二）
君子有勇而無義爲亂、小人有勇而無義爲盜、……惡勇而無禮者。（『論語・陽貨』）
○心雖匪石、不無一動。
貞節のその心も、動かされぬわけにはまいりません。（『董西廂』巻三）
我心匪石、不可轉也。（『詩経・邶風・柏舟』）
○……料來春困把湖山倚。偏疑：沈香亭北太眞妃。
……春の眠気に襲われて太湖石にもたれる風情、まこと沈香亭の北なる楊貴妃かと見まがうばかり。（『董西廂』巻五【仙呂調】【六幺遍】）

……解釋春風無限恨、沈香亭北倚欄干。

（唐・李白「清平調」、『全唐詩』巻二十七）

○雨兒乍歇、向晩風如漂冽、那聞得衰柳蟬鳴悽切。……縱有千種風情、何處説？

雨あがり、夕暮れに風寒く、聞くに耐えぬは衰えゆく柳に蟬のせつなく鳴く響き。…たとえいかに多くの風情あろうとも、いずこにて語るべきか。

（『董西廂』巻六【大石調】【玉翼蟬】）

寒蟬淒切。對長亭晩、驟雨初歇。……便縱有千種風情、更與何人説。

（宋・柳永「雨霖鈴」、『全宋詞』二十一頁）

○鶯鶯俏似章臺柳、縱使柔條依舊、而今折在他人手。

鶯鶯はさながら章臺の柳のごとく、枝は昔ながらの柔らかさとは申せ、今となっては他人の手に手折られてしもうた。

（『董西廂』巻七【仙呂調】【尾】）

章臺柳、章臺柳！昔日青青今在否？縱使長條似舊垂、亦應攀折他人手。

（唐・韓翃「章臺柳」、『本事詩・情感第一』所録）

○如今方驗做人難、儘他家問當、不能應對、正是新官對舊官。

今にして「はじめて証されるは人たることのつらさ」。いかに問われようと答えることもならず、これぞ「新官と旧官の差向い」と申すもの。

（『董西廂』巻七【中呂調】【尾】）

今日何遷次、新官對舊官。笑啼倶不敢、方驗做人難。

（楽昌公主詩、『本事詩・情感第一』所録）

○……愁何似？似一川煙草黄梅雨。悶似長江、攬得箇相思擔兒。
…愁いは何に似ておりましょうか。さながら地に満ちるけむる草、梅雨時の雨のごとし。悲しみは長江のごとく尽きることを知らず、恋の重荷背負うこととはなりました。（『董西廂』巻八【中呂調】【安公子賺】）
……若問間情都幾許。一川煙草、滿城風絮。梅子黄時雨。（宋・賀鑄「横塘路」、『全宋詞』五一三頁）

また、巻一の【般渉調】【耍孩兒】に見られる、

寒侵安道讀書舍、冷浸文君沽酒壚。
寒さは戴安道の書斎にしのびこみ、冷たさは卓文君の飲み屋を浸す。

という曲文は、明らかに『世説新語』任誕編に記載する晉の戴逵（字は安道）の伝説と『史記』司馬相如伝に記載される司馬相如と卓文君の故事から応用したものである。さらに、巻二の法本大師の話も、

古者叔段有不弟之悪、鄭伯可制而不制。黎侯有狄人之患、衞伯可救而不救。
昔叔段に弟にあるまじき悪行ありし時、鄭伯は制しうるにもかかわらず制そうとせず、黎侯に狄人の患いありし時、衞伯は救いうるにもかかわらず救おうとせず。

それぞれ『左伝』隠公元年と『詩経』邶風・旄丘序の記事によるものと思われる。

このように董解元は、『詩経』をはじめ古典詩文の作品を借用しながら、当時の口語・俗語を頻繁に使用し、それら雅なる古典の名句と俗なる当時の口語を巧みに融合させることによって、崔鶯鶯と張生の恋愛を歌う独自の諸宮調の世界を形作ったのである。

さて、中国文学史においては、しばしば「漢文・唐詩・宋詞・元曲・明清小説」という言い方がなされる。これは、漢の時代には司馬遷の『史記』や班固の『漢書』などの散文が、唐の時代には李白や杜甫らの詩が、宋の時代には蘇東坡や陸游らの詞が、元の時代には王実甫の『西廂記』や関漢卿の『竇娥冤』などの雑劇が、明清時代には羅貫中の『三国志演義』や曹雪芹の『紅楼夢』などの小説が、それぞれの時代を代表する最も優れた文学ジャンルであるとする考え方である。中国古典戯曲は、元代に北曲雑劇の繁栄期を迎えた後、明代から長編南曲を代表とする伝奇の時代に入った。元代雑劇や明代伝奇といった戯曲作品は、その歌辞の韻文が「雅」なる古典詩文と共通の要素を有するため、徐々に一つの文学としての地位を獲得していった。この方面における最初の本格的な研究書は王国維の『宋元戯曲考』（一九一二年）であるが、この研究書が世に出た後、関連の研究はますます盛んとなり、戯曲はその文学としての地位を正式に認知されたのである。その中に最も有名な作品である『西廂記』（以下、『王西廂』と略す）は、『董西廂』の形式と内容を踏まえて作られたと思われる。

元の雑劇『王西廂』が読者あるいは観客に賞賛されるのは、典雅な曲辞と通俗的な賓白、および巧みな描写技巧などの諸要因によるものであろう。元雑劇の表現は、曲《うた》・白《せりふ》・科《しぐさ》の三要素を仕組んでおり、韻文である曲は、雅なる古典詩文と共有するものが多い。一方、散文である白は、俗なる日常の口語俗語を多用している。元雑劇の言語風格は多様であるが、おおむね文語を基調とする文采派と口語を基調とする本色派に分類され、「本色」は質朴自然をもって特徴とするのに対して、「文采」は言葉遣いに美辞麗句を用いて文をつづる。

『王西廂』は華麗な詞藻によって、従来文采派の代表作と言われてきた。例えば、明の文人は『王西廂』の表現およびその作者王実甫について次のように絶賛している。

王實甫之詞、如花間美人。
王実甫の詞は、花間の美人の如し。(36)

作詞章、風韻美、……『西廂記』天下奪魁。
詞章を作り、風韻美しく、…『西廂記』は天下の魁を奪ふ。(37)

王實甫才情富麗、眞辭家之雄。
王実甫は才情富麗にして、真に辞家の雄なり。(38)

實甫斟酌才情、緣飾藻艷、極其於淺深濃淡之間、令前無作者、後掩來哲、遂擅千古絕調。
実甫は才情を斟酌し、藻艶を縁飾し、其れを浅深濃淡の間に極め、前に作者無く、後に来哲を掩《おお》はしめ、遂に千古の絶調を擅す。(39)

以上の評価から、『王西廂』の言語風格および戯曲史上における位置付けをうかがうことができる。
しかし、俗文学のジャンルに属するこの作品は、雅語美辞を用いるだけではなく、俗言口語をも多用している。雅なる表現の特色は「文采」、すなわち詞藻華麗にあり、俗なる表現の特色は「本色」、すなわち質朴自然にあると規定した上で、次にその「文采」と「本色」という両面から『王西廂』表現の特徴を具体的に見てみたい。

『王西廂』の内容は、大筋において金の『董西廂』を受け継いでいるが、作者は特にこの才子佳人の美しい恋物語にふさわしい、格調高くかつ華麗な曲辞を生むことに力を入れ、それがみごとな成功をおさめている。『王西廂』の表現は、主人公の気持ちと自然の景色を巧みに融合させることによって、読者あるいは観客の心を強く打つものになっている。作者は常に物語の展開と登場人物の感情の動きとをにらみ合わせ、風景描写において、詩的な境地を創出することに成功している。例えば、夜の花園に鶯鶯の現れるのを待つ張生は、

玉宇無塵、銀河瀉影；月色横空、花陰滿庭；羅袂生寒、芳心自警。

玉の宇は塵ひとつなく、天の川に影は流れる。月の光は空にみなぎり、花の陰は庭に満つ。うすぎぬの袂は寒さを生じ、おとめの胸はうちにいましめる。

（『王西廂』第一本第三折【鬪鵪鶉】）

と清らかで静かな夜の空を歌っている。また、自分と張生の結婚が奥方の背信によってかなわなかった後、鶯鶯は、

雲斂晴空、冰輪乍湧；風掃殘紅、香階亂擁。離恨千端、閑愁萬種。

雲おさまり空晴れて、氷の輪がにわかに湧く。風は落花を掃い、香階は乱れ覆われる。別離の恨みは千々に乱れ、つまらぬ愁いが種々に湧く。

（第二本第四折【鬪鵪鶉】）

と風が散り残りの花を吹き払った夜景を歌っている。同じ場所で、同じ曲牌を用い、主人公の心境によって目にした風景がずいぶん変わってくることをみごとに表現している。そして、ようやく心が通じて、鶯鶯がいよいよ西廂にやってくる場面で、張生は、

彩雲何在、月明如水浸樓臺。僧歸禪室、鴉噪庭槐。風弄竹聲、只道金珮響、月移花影、疑是玉人來。

五彩の雲はどこにあるのか、月の光は水のように楼台を浸す。僧は禅の宿坊に帰り、鴉は庭の槐に騒ぐ。風にかなでられる竹の声は、ただ黄金の珮《お》び玉の響きと思われ、月に移る花の影は、美人の来たるを思わせる。

（第四本第一折【混江龍】）

と歌い、雲・月・僧・鴉などの動きを借りて、自分のいらだちやときめきを表している。さらに、張生が受験のために上京するのを見送る場面では、鶯鶯は晩秋の景物を用いて寂しい雰囲気を作り上げ、別れの悲しみを詠じている。

碧雲天、黄花地、西風緊、北雁南飛。曉來誰染霜林醉。總是離人淚。

碧雲の天、黄花の地、西風は厳しく吹き、北の雁が南に飛ぶ。暁にだれが染めたか霜林の酔いし色。これらすべてが別れる者の涙誘う。

（第四本第三折【端正好】）

『王西廂』の作者は、景色の描写と感情の叙述を溶け合わせながら、古典詩文の精華を吸収することによって、言語の形象性と表現力を強めている。とりわけ『王西廂』の主人公は優れた文学の素養を持つ才子佳人であるという設

定を活用し、作者は彼らの歌う曲の中に、古典詩詞の佳句名文を多彩に取り込んで、このカップルの優雅な風格やその感情の動きにふさわしい表現をしている。そしてこのことは、『王西廂』の中には、人口に膾炙する名句が枚挙にいとまがないほど数多く存在するという結果を生み出した。[40]次にその例をいくつか挙げる。

○小子多愁多病身、怎當他傾國傾城貌。
私は愁い多く病がちで、どうして傾国傾城の美人の彼女とつりあえようか。（第一本第四折【雁兒落】）

この曲文は、漢の武帝の李夫人の美しさを歌った李延年の「北方有佳人、絶世而獨立、一顧傾人城、再顧傾人國。」（『漢書』巻九十七・「外戚伝」）という詩によるものである。

○有心爭似無心好、多情卻被無情惱。
心があるよりもいっそ心がなければよい、情の多きがかえって情なきに悩まされる。（第一本第四折【鴛鴦煞】）

「多情卻被無情惱」は宋の蘇軾「蝶恋花」（『全宋詞』三百頁）の詞句から引用したものである。

○落紅成陣、風飄萬點正愁人。……繫春心情短柳絲長、隔花陰人遠天涯近。
落ちる紅い花は辺り一面に広がり、風にひるがえる万紅が人の愁いをかきたてる。…春の思いをつなぎたいけれど情は短く柳の糸は長い、花の陰を隔て人は遠く天涯は近い。（第二本第一折【混江龍】）

【混江龍】には杜甫の「風飄萬點正愁人」（「曲江」、『全唐詩』巻二二五）詩句と朱淑真の「人遠天涯近」（「生査子」、『全宋詞』一四〇五頁）詞句が取り込まれている。

○羅衣不奈五更寒、愁無限、寂寞涙闌干。

羅《きぬ》の衣に明け方の寒さを耐えきれず、愁いの思いは限りなく、寂しくて涙がはらはらと流れ落ちる。

（第三本第二折【小梁州】）

この曲辞には「羅衾不耐五更寒」（南唐・李煜「浪淘沙」、『全唐五代詞』巻四）と「玉容寂寞涙闌干」（唐・白居易「長恨歌」、『白居易集箋校』巻十二）を少し変えて用いている。

○春宵一刻抵千金、何須詩對會家吟。

春宵の一刻は千金に当たり、詩は必ず詩人の前で歌わなければならないなどということがあるものか。

（第三本第四折【聖藥王】）

「春宵一刻値千金」は蘇軾の「春夜」（『蘇軾詩集』巻四十八）の名句であるが、ここでは、「値」を「抵」に改めている。

○當日箇月明纔上柳梢頭、卻早人約黄昏後。

その時月影が柳の梢にさしかかったばかりなのに、早くも人は（次の）黄昏の後の約束をしている。

（第四本第二折【小桃紅】）

この曲辞は歐陽修の「月到柳梢頭、人約黄昏後」（「生査子」、『全宋詞』一二四頁）の詞句によって作られたものである。

○暮雨催寒蛩、曉風吹殘月、今宵酒醒何處也。（第四本第四折【清江引】）

夕暮れの雨が寒こおろぎをせきたて、暁の風が残月を吹きやる、今夜酒を醒ますのはどこなのか。

「曉風吹殘月、今宵酒醒何處也」二句は柳永の「雨霖鈴」（『全宋詞』二十一頁）詞の「今宵酒醒何處、楊柳岸曉風殘月」を少し変えたものである。

○綫脱珍珠、涙湿香羅袖。楊柳眉顰、人比黄花瘦。（第五本第一折【挂金索】）

糸より抜けた真珠《たま》のごとく、涙は香羅の袖を潤す。柳眉顰めつつ、人は黄花《きく》より痩せ細る。

「人比黄花瘦」は宋・李清照「酔花陰」（『全宋詞』九二九頁）の名句「人似黄花瘦」によるものであるが、「似」を「比」に変えている。

○長安望來天際頭、倚遍西樓、人不見、水空流。

長安のかたを眺めれば天の果て、西楼の手すりにあまねく寄り添うも、人は見えず、水の空しく流れるばかり。

（第五本第一折【金菊花】）

「人不見、水空流」は秦観の「江城子」（『全宋詞』四五八頁）の詞句である。

このように、これらの曲辞は明らかに杜甫・白居易らの詩句、李煜・蘇軾・歐陽修・李清照らの詞句を踏まえ、それを巧みに折り込んで作り上げられている。もちろん『王西廂』の作者は単に唐詩宋詞などの名句をそのまま受け入れたのではなく、物語のプロットと人物の性格に合わせて、その歌われる場面や人物の設定を変えるなどして、原文と全く違う新しい効果を生み出し、『王西廂』独自の文彩と雰囲気を作り上げているのである。

『王西廂』は古典詩文の名句雅語を巧みに吸収すると同時に、当時の民間の口語俗言をも積極的に取り入れている。特に賓白には、口語や方言、また俗諺など質朴自然な表現が多く見られる。例えば、第四本第二折の有名な「拷紅」（紅娘を拷問する）場面において、奥方に呼ばれた鶯鶯の小間使紅娘と鶯鶯（旦）の会話は次のとおりである。

〔紅云〕姐姐、事發了也、老夫人喚我哩、卻怎了？

〔旦云〕好姐姐、遮蓋咱。

〔紅云〕娘呵、你做的隱秀者、我道你做下來也。

〔紅娘云う〕お嬢さま、ばれましたよ。奥方が私をお呼びです。どうしましょう。

〔旦云う〕いい子、なんとかごまかしてくれ。

〔紅娘云う〕ああ、助けて。お嬢さまは隠し通すおつもりでしたが、私はきっとばれると言いましたのに。

そして、殴られた紅娘は奥方に対して次のように言う。

〔紅云〕夫人休閃了手、且息怒停嗔、聽紅娘説。

〔紅娘云う〕奥方さま、お手を痛めませぬよう。まあお怒りを鎮めて、紅娘の申すことをお聞きくださいませ。

以上の賓白の中に見える、「事發了」「遮蓋咱」「做下來」「閃了手」などの言葉は、楊明索の丹念な調査によって、当時の中原地区の方言俗語であることが分かっている。[41]

また、賓白のみならず、曲辞の中にも活き活きとして素朴な口語と華麗な文語とを併用する表現がしばしば見受けられる。例えば、同じく「拷紅」において、

只着你夜來明去、倒有箇天長地久、不争你握雨攜雲、常使我提心在口。你只合帯月披星、誰着你停眠整宿?老夫人心數多、情性㑳。使不着我巧語花言、將没做有。

あなたには夜来て朝帰ってもらうだけだが、天長地久を願う。思いもかけずあなたは逢瀬を楽しんで、常に私をはらはらさせた。月と星の光をいただいて夜のうちに帰るべきなのに、だれがあなたを泊まり込んで朝帰りさせるのか。奥方さまはよく気が回り、性質が頑固である。私がどれだけ取り繕い言い逃れをして無駄のこと。

（第四本第二折【闘鵪鶉】）

とある。この曲文の中では、「心數多」「情性㑳」「將没做有」などの口語と、「天長地久」「提心在口」「帶月披星」「巧語花言」などの成語とが交互に使われている。こういった表現は、曲の晦渋、難解さを避け、卑近かつ朗読しやすい効果をあげている。

また、次に挙げる【油葫蘆】という曲は、もし曲牌が付いていなければ、賓白と見間違えかねないくらい口語的である。

這些時坐又不安、睡又不穩、我欲待登臨又不快、閒行又悶。毎日價情思睡昏昏。

いまや醒めても、眠っても心が安からず、私は遠くをながめても、歩いても胸ははれない。毎日うつらうつらしているばかり。（第二本第一折【油葫蘆】）

この曲は「不」を三回、「又」を四回続けて使うことにより、初めて張生に会った後の鶯鶯のいても立ってもいられない様子をさまざまと表現している。

『王西廂』の表現はさまざまな修辞技巧を含んでいるが、中でも「迭字詞」の運用に巧みである。これらの「迭字詞」は俗語を用いて襯字として曲の間に挿入されている。王国維の『宋元戲曲考』は、それまでの文学作品に類例を見ない新しい表現として、『王西廂』の次の二曲を挙げている。

綠依依牆高柳半遮、靜悄悄門掩清秋夜、疏剌剌林梢落葉風、昏慘慘雲際穿窗月。

なよなよとした青柳は高い塀を半分遮り、ひっそりと門は清秋の夜に閉ざされ、はらはらとこずえを払う葉を吹

き落とす風、ぼんやりと雲間にのぞく月の光。（第四本第四折【雁兒落】）

驚覺我的是顫巍巍竹影走龍蛇、虚飄飄莊周夢蝴蝶。絮叨叨促織兒無休歇、韻悠悠砧聲兒不斷絶。痛煞煞傷別、急煎煎好夢兒難捨、冷清清的咨嗟、嬌滴滴玉人兒何處也。

我が眠りを騒がせるのは竜蛇の走るようなぐらぐらとゆらぐ竹影、莊周はうつらうつらと胡蝶を夢見る。こおろぎがかしましく鳴いてやまず、砧の音はゆったりと流れてくる。きりきりと別れの痛みが胸を刺し、いらいらといい夢は捨てがたい。わびしく嘆息し、いとしい人はいまどこにいるのか。（同右【得勝令】）

張生が上京途中の宿で鶯鶯を夢見たあとに歌ったこの二曲は、書生としての彼の文才を充分に表すと同時に、「緑依依」「靜悄悄」「疏剌剌」「昏慘慘」「顫巍巍」「虚飄飄」「絮叨叨」「韻悠悠」「痛煞煞」「急煎煎」「冷清清」「嬌滴滴」などといった俗語の「迭字詞」を使うことによって、言語の通俗性に加え表現力がよりいっそう強められ、しかも文語と俗語の調和がとれた完璧な境地に達している。こういった表現について、王国維は次のように指摘している。

元曲爲中國最自然之文學。……獨元曲以許用襯字故、故輒以許多俗語、或以自然之聲音形容之。此自古文學上所未有也。

元曲は中国の最も自然な文学である。…元曲は襯字を用いることができるので、いつもたくさんの俗語をもって、あるいは自然な音をもって描写する。これはそれまでの文学史上に見られなかったことである。(42)

すなわち、王国維は元雑劇の通俗自然な言葉を肯定するという前提の下に、従来文采派の代表作と言われてきた『王西廂』の、見逃されやすい「本色」的な表現をあえて強調したのである。

一方、宮原民平もつとに「西廂記解題」（一九二二年）の中で、

『西廂記』の妙は、主として其の文に在り、文の妙はまた俗語の使用に在り。[43]

と記しており、まさに王国維の述べるところと通じるものがある。

以上見てきたように、『王西廂』の表現の特徴は、まず賓白が、雑劇の「本色」である生き生きとした口語や俗語を交えて生彩に富み、人物の性格および表情や態度を伝えることに成功している点にある。また、曲辞においても、明らかに華麗に傾き、「文采」派の詞藻を感じさせつつも、口語や俗語をも挟んで、自然な流暢さを失わない文体となっている。従って、『王西廂』の表現は、まさに「文采」と「本色」をともに有し、賓白と曲辞をともに生かし、形も精神も兼ね備えていたのであり、それゆえに、「雅」「俗」ともに賞賛されたのである。

五　まとめ

「雅」と「俗」という概念はそれぞれ何を指すのか、この問題については様々な角度からの種々な考え方がある。また、評価を表す言葉としても、時代の推移とともに、その基準と内包するものが次第に変化していった。中国古典文学において、従来詩文と小説・戯曲はそれぞれ「雅」と「俗」の二つのジャンルに分けられてきた。このことから、

「漢文・唐詩・宋詞・元曲・明清小説」という言い方を考える時、ある一つの趨勢が見て取れる。つまり、一時代を代表する最も優れた文学が、雅なる詩文から、俗なる戯曲小説へと移行しているということである。これは戯曲や小説という俗文学のジャンルにおける雅なる詩文と俗なる口語の表現の巧みな融合が生んだ結果であると思われる。そして、俗文学と雅文学の間にある相互の貸借・融合の過程は、実は作者の文学の性格や特徴および表現に対する理解と認識が次第に深まる過程でもある。

以上述べて来たように、西廂故事を題材とする唐の小説、宋の鼓子詞、金の諸宮調、元の雑劇などの俗文学作品は、その中に「俗」と「雅」を巧みに融合させることによって、広く流行するに至り、文人士大夫も刮目しなければならないほどの勢いとなった。もちろん、明代以後、作者の文人化が進み、多くの士大夫の支持を受けたこと、また清の金聖歎による改訂と批評が、『西廂記』文学の発展に大きく寄与したことも決して見逃すことはできない。

それにしても、王実甫の雑劇『王西廂』は、元稹の『鶯鶯伝』に始まる『西廂記』文学の一つの集大成となり、後世の戯曲へ多大な影響を及ぼした。清の云亭山人（孔尚任）は、

傳奇雖小道、凡詩賦・詞曲・四六・小説家、無體不備。至於摹寫鬚眉、點染景物、乃兼畫苑矣。其旨趣實本於三百篇、而義則春秋、用筆行文、又左・國・太史公也。

伝奇は小道（正統な文学ジャンルではない）といえども、およそ詩・賦・詞・曲・四六文・小説家などの体裁は、すべて備えている。人物や景物の描写に至っては、すなわち絵画の効果も兼ね備えている。その趣旨は実に『詩経』に基づいて、義は『春秋』に則り、表現法は、また『左伝』『国語』『史記』のごとくである。(44)

と述べている。ここで言う伝奇は、戯曲を指す。戯曲は俗文学のジャンルとはいえ、その作品の中には、雅なる詩文詞賦と俗なる口語方言との共存した表現がしばしば見られる。このような「雅俗融合」の表現こそが、優れた戯曲作品の特徴でもある。特に『王西廂』は、まさに「俗」と「雅」との融合が生んだ成果であり、しかも中国古典戯曲の最高水準を代表する傑作であるといっても過言ではあるまい。

注

（1）『文学研究』第二十輯、九州大学文学部九州文学会、一九三七年八月。
（2）『東方学報京都』十二冊四分冊、一九四二年三月、後『吉川幸次郎全集』（筑摩書房、一九六八年）第二巻所収。
（3）『九州中国学会報』第十三巻、一九六七年五月。
（4）金谷治編『中国における人間性の探究』（創文社、一九八三年）、後『中国文人論』（汲古書院、一九九四年）所収。
（5）『中山大学学報』一九九七年第二期。
（6）神奈川大学中国語学科編『中国通俗文芸への視座』（東方書店、一九九八年三月）所収。
（7）岩波書店、一九九九年一月。
（8）許慎『説文解字』（中華書局、一九六三年）七十六頁「隹部」
（9）同注（8）一六五頁「人部」
（10）『論語・陽貨』
（11）『毛詩・大序』
（12）『新唐書』巻二十二「礼楽十二」
（13）漢・王充『論衡・四諱』（『四庫全書』第八六二冊所収）

(14) 魏・嵇康「与山巨源絶交書」(『文選』巻四十三、上海古籍出版社、一九八六年)一九二七頁。
(15) 宋・蘇軾「於潜僧緑筠軒」(『蘇軾詩集』巻九、中華書局、一九八二年)四四八頁。
(16) 宋・黄庭堅「書繪巻後」(『豫章黄先生文集』巻二十九、『四部叢刊初編集部』所収)
(17) 厳羽『滄浪詩話・詩法』(人民文学出版社、一九六一年)
(18) 蘇軾「題柳子厚詩」(『蘇軾文集』巻六十七、中華書局、一九八二年)二一〇九頁。
(19) 原文は「元輕白俗、……衆作卑陋。」(『蘇軾文集』巻六十三)一九三八頁。
(20) 宋代文芸における除俗現象および文人の対俗意識などについては、合山究の「宋代文芸における俗の概念――蘇軾・黄庭堅を中心にして――」(前掲注(3))に詳しい。
(21) 鄭振鐸『中国俗文学史』(商務印書館、一九三八年)第一章「何謂俗文学」
(22) 『元稹集』(冀勤點校、中華書局、一九八二年)外集巻第一「鶯鶯詩」
(23) 同注(22)「贈雙文」
(24) 李紳「鶯鶯歌」(『全唐詩』巻四八三)
(25) 李紳「鶯鶯歌」(原載『董解元西廂記』。後『全唐詩補編』続補遺巻六に収録、中華書局、一九九二年)
(26) 楊巨源「崔娘詩」(『全唐詩』巻三三三)
(27) 王渙「惆悵詩十二首」(『全唐詩』巻六九〇)
(28) 魯迅『中国小説史略』(人民文学出版社、一九七三年)第九編「唐之伝奇文」
(29) 近藤春雄『唐代小説の研究』(笠間書院、一九七八年)第三章第三節「唐代小説と詩」参照。
(30) 晏殊の「浣溪沙」に、「……落花風雨更傷春、不如憐取眼前人」(『宋名家詞』第一冊『殊玉詞』)と言う。この「憐取眼前人」という句は『鶯鶯伝』中の「絶微子」詩から引用されている。
(31) 蘇軾の「南歌子」および「雨中花慢」詞の「美人依約在西廂」「今夜何人、吹笙北嶺、待月西廂」(龍楡生編『東坡楽府箋』巻三、商務印書館、一九三六年)の各句も『鶯鶯伝』に拠って作られたのである。

(32) 蘇軾の「張子野年八十五、尚聞買妾、述古令作詩」に「……詩人老去鶯鶯在、公子歸來燕燕忙」(『蘇軾詩集』巻十一、中華書局、五二三頁、一九八二年)とある。
(33)『野客叢書』(上海古籍出版社、一九九一年)二十九巻、四二二頁。
(34)『唐詩記事』(中華書局、一九六五年)巻七十九「鶯鶯」。
(35) 秦観の「調笑轉踏」十首は『淮海居士長短句』(中華書局、一九五七年)巻下に収録される。「鶯鶯」と題される第七首については、本論の第二章第二節を参照されたい。また、毛滂の「調笑轉踏」八首は『宋名家詞』第八冊『東堂詞』に収録される。第六首「鶯鶯」については、第二章で取り上げ具体的に述べた。
(36) 朱権『太和正音譜』(『中国古典戯曲論著集成』第三集所収)巻上、十七頁。
(37) 賈仲明「凌波仙」(『校訂録鬼簿三種』所録、中州古籍出版社、一九九一年)一三七頁。
(38) 何良俊『曲論』(『中国古典戯曲論著集成』第四集所収)七頁。
(39) 王驥徳「新校注古本西廂記・自序」(『中国古典戯曲序跋彙編』第二冊所収)六五六頁。
(40) 王季思校注本『西廂記』(上海古籍出版社、一九七八年)の注釈を参考した。
(41) 詳しくは、楊明索「王実甫『西廂記』中的蒲州方言俗語初考」(寒声ほか編『西廂記新論』二五五頁、中国戯劇出版社、一九九二年)参照。
(42) 王国維『宋元戯曲考』(『海寧王静安先生遺書』第十五冊、商務印書館、一九四〇年版)第十二章「元劇之文章」、七十六頁。
(43) 宮原民平「西廂記解題」(『国訳西廂記』所収、国民文庫刊行会、一九二二年)五頁。
(44) 云亭山人「桃花扇小引」(孔尚任『桃花扇』所収、人民文学出版社、一九五九年)一頁。

結語　『西廂記』研究の展望

本書では、『西廂記』変遷史、すなわち崔鶯鶯と張生の恋愛を題材とする『西廂記』文学の流伝と変化の歴史をたどった。その中で、『西廂記』の変遷と中国俗文学史の発展、西廂故事の流伝と『商調蝶恋花』の役割、西廂故事の戯曲化と『西廂記諸宮調』の特徴、『西廂記』の批評と『第六才子書』の流行、明清時代における民謡・俗曲と伝奇、『西廂記』の上演とその脚本、および『西廂記』文学における雅と俗などのテーマを中心に具体的に考察してきた。ここでは本書の結語として、前述の論旨をまとめた上で、今後の『西廂記』研究について展望してみたい。

一　本研究のまとめ

『西廂記』文学の研究は、元の雑劇『西廂記』が世に問われてから七百年余りの間に、主にその作者考証、版本変遷、内容鑑賞、人物分析や、『西廂記』雑劇と『西廂記諸宮調』との比較研究、さらには『西廂記』の現代京劇と地方劇の改編などの問題をめぐって数多くの考察がなされてきた。本書の執筆は、これら先学の優れた研究に基づきつつ、『西廂記』について再認識するところから出発したのである。

従来の『西廂記』研究は、以上見てきたように、主に文献学の考証と文芸学の分析から進められ、とりわけ雑劇『西廂記』とその作者といった内容を中心として検討されてきたが、『西廂記』の源流と変遷および中国文学史における位置付けについては、いまだ十分に究明されていない。また、雑劇『西廂記』についても、専ら文学作品としてのテキストへの注目であり、演劇の名品として生きた社会の中で演じられた実態とその脚本についての論考は見当たらない。さらに『西廂記』と『西廂記諸宮調』以外にも、『西廂記』文学の流れの中で、細かく検討すべき作品は少なくないが、それらの作品は従来あまり顧みられなかったように思われる。

従って、本研究では、巨視的と微視的という二つの視野、すなわち全体的な中国文学史における位置付けと、従来取り上げられなかった作品個々の具体的な分析・考察から、『西廂記』文学の変遷を研究しようと試みたのである。

まず、第一章においては、『西廂記』の変遷と「伝奇」という名称の変化とのつながりについて検証した。中国文学史において、時代の推移とともに、「伝奇」という言葉は、時に小説の代名詞となり、時に講唱文芸あるいは戯曲の呼称となった。では、なぜこのように一つの言葉が全く別の作品ジャンルを指すことがありえたのであろうか。『西廂記』の変遷を考察する時、歴代の「伝奇」作品が取り上げた題材に、ある共通性が存在することに気付く。すなわち、『西廂記』文学に代表される恋愛物語こそが、歴代の「伝奇」に共通して描かれる主な題材なのである。唐代小説『鶯鶯伝』から明代戯曲『南西廂記』に至るまで、『西廂記』文学は、小説・鼓子詞・諸宮調・話本・戯文、あるいは戯曲に仕組まれて、まさしく「伝奇」という言葉とともに様々な作品の形をとりつつ世に送り出されてきた。「伝奇」が指すジャンルの変化の根底には、終始一貫して歴代の『西廂記』作品の流行があったと見て取れるのである。

次に、第二章と第四章とは、『西廂記』変遷史において、従来あまり研究されなかった作品を取り上げ、これらの作品の特徴および『西廂記』変遷史における位置付けなどについて、検討してみたものである。北宋の趙令時は、唐代小説『鶯鶯伝』の基本的なプロットに基づきながら、民間講唱文芸の「鼓子詞」というジャンルを採用し、独自の見解によって『商調蝶恋花』という優れた『西廂記』作品を生み出した。この作品については、中国戯曲史を語る上でしばしば言及されるものの、具体的な研究はいまだなされていないのが実情である。第二章では、作者趙令時の伝記と作品成立の背景を調査した上で、『商調蝶恋花』の内容と特徴を詳細に分析した。この作品は、当時行われていた西廂故事に初めて楽曲を添えたものであり、この作品の登場によって西廂故事は文人士大夫のサロンにとどまらず、庶民娯楽の場所での上演にまで進出することとなった。しかも、その形式と内容の特徴および成功度から見れば、この作品こそは『西廂記』変遷史において重要な役割を果たし、特に『西廂記諸宮調』『西廂記』雑劇および後世の戯曲への道を開いたということが可能であろう。

明清時代の俗文学のジャンルといえば、まずは長編小説あるいは戯曲が挙げられるであろう。しかし、実際には当時民間では通俗的な民歌俗曲のたぐいが流行していた。第四章では、従来の『西廂記』研究においてほとんど扱われなかった、『新編題西廂記詠十二月賽駐雲飛』『雍熙楽府』『摘錦奇音』『霓裳続譜』『白雪遺音』などの民歌俗曲集を調査し、その中に収められている作品と伝奇との比較検討を通して、明清時代における『西廂記』文学が文人の伝奇戯曲から民間の民謡・俗曲へどのように伝播していったのかを、各受容層の嗜好や社会的背景などの視点から明らかにした。これを要約すると、民謡・俗曲は口承文芸として、民間の至るところで行われていた。その歌い手と聴衆はともに庶民、あるいは都会の妓女・商人であろう。そして西廂故事は人々に最も好まれたメロディーに乗り、わかりやすい口語・方言によって語られることで、民間で大いに流行していった。一方、文人の手によって作られた『南西廂記』などの伝奇は、形式を俗文学に借りつつも、文人士大夫の文学として、古典の教養を有した受容者の趣味に合わせたため、曲辞ばかりでなく賓白にも典故や美辞麗句を頻用した。すなわち、民謡・俗曲と文人伝奇とは、作者・場所・受容層・表現手法などが異なることから、それぞれより「俗」であり、またより「雅」である傾向を有することとなった。しかし、庶民俗夫にとっても、文人雅士にとっても、『西廂記』のような恋愛物語が時間と場所とに関係なく魅力的なものであったことに変わりはないであろう。

さらに、第三章と第五章では、『西廂記』変遷史上において、最も重要な位置を占める作品である『西廂記諸宮調』

（『董西廂』）と『西廂記』雑劇（『王西廂』）について、新たな角度から論証した。まず、『西廂記諸宮調』については、これまでの研究において、人物像・語彙・版本などをめぐってはしばしば検討されてきたが、一方でその形式や内容および北宋以来の講唱文芸とのかかわりなどの問題が、まだ解明されないまま残されていたように思われる。第三章においては、『西廂記諸宮調』を中心として、特に諸宮調の実体、またこの作品と宋の『商調蝶恋花』鼓子詞や、元の『西廂記』雑劇との比較研究を通し、西廂故事の戯曲化について考察した。『商調蝶恋花』鼓子詞から『西廂記』雑劇へという西廂故事戯曲化の流れの中で、金の董解元『西廂記諸宮調』はまさに前を受けて後を開くという役割を果たした作品である。すなわち董解元は『商調蝶恋花』の鼓子詞という形式およびその内容の影響を受けた上で、宋・金の間に流行した「諸宮調」というジャンルを採用し、また原作に対する彼独自の見解を展開しつつ、『西廂記』故事の悲劇的結末を大団円へ改変し、『西廂記諸宮調』という最も優れた講唱文学の作品を作り出した。そして「諸宮調」というジャンルが、形式・内容・表現などあらゆる面で、それ以前の講唱文芸が雑劇へと発展してゆく過渡的な性格を有することになり、この作品も当然のことながら戯曲の構造に近づき、その結果、後世の戯曲、特に『西廂記』雑劇へ直接影響を及ぼすに至った。従って、『西廂記』文学の戯曲化の流れを考えると、もし『西廂記諸宮調』がなければ、傑作『西廂記』雑劇が誕生することもなかったと言えるであろう。

『西廂記』雑劇については、従来の研究においては、該作の文学性および作者・内容・版本などが盛んに議論されるばかりで、演劇の名作としての『西廂記』の上演実態とその脚本や受容層などについては、関連資料が乏しいこともあって、現在に至ってもいまだ十分には知られていない。第五章では、明清時代の雑記・随筆および小説・戯曲に見える『西廂記』の上演記録を調査し、また上演に供される脚本を具体的に分析することによって、その上演の実態および脚本の特徴を探究してみた。明清の文人士大夫は数多くの戯曲作品を作ると同時に、随筆および日記の中に観劇事情などを詳細に記録している。明の沈徳符『万暦野獲編』、馮夢禎『快雪堂日記』、清の焦循『劇説』、鄒枢『十美詞記』などはその好例で、それぞれ『西廂記』の上演に関する記録を書き留めている。また、当時作られた『金瓶梅』『紅楼夢』などの小説や『香嚢怨』『三義記』『鸎鵡墓貞文記』などの戯曲の中には、『西廂記』を演じた場面がしばしば描かれた。こういった上演記録から、『西廂記』が至るところで多様な受容層の嗜好に応じて種々に変化しつつ上演され、広く愛好されたことがうかがい知れるのである。

また、明末清初の劇壇に最も大きな影響を与えた『綴白裘』は、実際に俳優あるいは曲師によって上演された脚本である。中に収録されている『西廂記』九齣は、『西廂記』の主要な場面を要領よく選択しており、西廂故事を完全に上演することができると同時に、単齣ごとに独立性を持ち、当時の折子戯の盛行に合わせて、単独でも演じることができた。知識人を主とする読者に向けた『西廂記』の原作から、庶民階層の嗜好を徹底的に追求する脚本への変遷を考える際には、上演を目的とするこの『綴白裘西廂記』が大きな手掛かりとなろう。形式から見れば、観客もしくは聴衆に分かりやすくするため、難解な曲辞および冗長な歌曲を削減したと同時に、登場人物の賓白を大幅に増加させ、特に独唱から合唱・対唱（二人の役が交互に歌う）へ変わったのに伴って、対話の場面も大いに増やした。また内容から見れば、庶民の嗜好に合わせるため、原作にない、観客を楽しませる筋を加え、とりわけ猥褻なやり取りが目立つようになった。さらに庶民的な存在である紅娘のイメージが強調されるようになるのも、やはりその当時の観客に親しみを感じさせ、最も受け入れやすくするためであったと考えられる。明清時代においては、社会経済の発展や都市文化の繁栄に伴う庶民階層を中心とした観客が増加し、そういった観客を迎えるための娯楽場が増えていった。その結果、そこで上演に供された『西廂記』もまた、その形式と内容がより通俗化の方向へ向かったのはやむをえぬことであったろう。

第六章では、明清時代に上梓された主な『西廂記』版本の序跋を考察し、これらの序跋に見える『西廂記』に対する評価を分析しつつ、当時の文芸思潮、審美観、および受容層の嗜好や社会的背景などを併せて検討してみた。

明の中葉以後、商品経済の発展と都市文化の繁栄、出版技術の発達に伴い、観劇・読書・蔵書といった風潮が広まっていた。そうした観客・読者および蔵書家の需要を満足させるため、『西廂記』の様々な校注本が世に出回り、そこに付された序跋は、受容者に『西廂記』の楽しみ方を教えると同時に、俳優たちに演じ方を提示したのである。またこれらの序跋は、戯曲家が自分の戯曲理論を公表する場にもなっていた。明清における主な『西廂記』の序跋を精読することによって、作品の流伝に関する考証や、説明・表現の鑑賞と批評、そして高度な理論的分析、さらに実践的な上演方法などをめぐる校注者の戯曲理念を見て取ることができる。

第七章においては、清代以後の三百余年の間に最も流布し、影響の大きかった『第六才子書西廂記』について考察した。金聖歎の『第六才子書西廂記』はなぜ一世を風靡し、また後世にも多大な影響を及ぼしたのか。その魅力と特徴を探ることは、『西廂記』変遷史を考える上で重要かつ不可欠な課題であると思われる。

明末以後の雑劇は、本来舞台で歌われるべき戯曲脚本から、書斎で読まれるための文学作品へと変遷しつつあった。当時のこのような戯曲創作の影響を受けて、金聖歎は、本来上演すべき台上曲である『西廂記』を、読むべき案頭書である『第六才子書』に書き直し、読みやすくするための批評と改訂を行い、原作の面目を一新する作品に作り上げた。その特徴をまとめてみると、まず、従来の「淫を誨える」という汚名に対して、『西廂記』は「淫書」ではなく、男女の純潔な愛情を描く「妙文」であることを強調した。そして明清の文壇を支配する「大団円」のワンパターンに対して、『西廂記』第五本の「金榜題名、夫貴妻榮」という結末を削り、『鶯鶯伝』の本来の姿に戻した。さらに、当時流行していた『南西廂記』などの演劇脚本とは異なる純粋な案頭書に書き直し、優れた文彩を理解した上で味わい楽しむことを可能にした。その結果、『第六才子書』は多くの人々、特に知識人の目を楽しませ心を奪い、はじめて「案頭書」としての地位を確立し、盛行するに至ったのである。従って、『第六才子書』は、『西廂記』変遷史において重要な位置を占めるのみならず、中国古典戯曲理論の発展においても、深遠な影響を及ぼす作品となりえたのである。

最後の第八章においては、『西廂記』文学における「俗」と「雅」について考察した。『西廂記』変遷史は、まさに中国俗文学と雅文学との融合過程そのものとも言える。文人の伝奇小説『鶯鶯伝』から展開してきた『西廂記』文学の末流をたどれば、宋・金・元・明・清における俗文学発展の一つの典型的な軌跡をうかがうことができる。その発展の背後には、中国文学全体の性格にかかわるさまざまな示唆的視点が、実は隠されている。つまり、「俗」なる小説や戯曲というジャンルは、本来文学的地位の低いものであったとする見方は基本的に間違っていない。しかし、あえてそれを重視した文人が作品創作に当たって「雅」なる詩文の表現を意欲的に取り込んだことによって、はじめて文壇における地位を確立することができ、文人士大夫の情趣を重んじる社会にも認められたわけである。

『西廂記』変遷においても、それが小説・戯曲・講唱文芸など「俗」のジャンルに仕組まれた背後に、文人の参与と関心が終始一貫して色濃く存在したことは、言うまでもない。また、中国文学史において、従来の「漢文・唐詩・宋詞・元曲・明清小説」という、これらがそれぞれの時代を代表する最も優れた文学ジャンルであるとする考え方を見ても、ある一つの趨勢を看取することができる。すなわち、一時代を代表する優れた文学のジャンルが、「雅」なる詩文から、「俗」なる戯曲・小説へと移行しているということである。これは単に俗文学が雅文学を圧倒したということではなく、「俗」なる戯曲や小説というジャンルに「雅」なる詩文の表現を巧みに取り込んだ結果であると思われる。そして、俗文学と雅文学の間における貸借・融合の過程は、とりもなおさず作者が文学の性格と特徴に対する理解と認識をしだいに深めていった過程にほかならない。戯曲や小説は俗文学のジャンルとはいえ、その作品の中には、雅なる詩文と俗なる口語の共存した表現がしばしば見える。このような「雅俗融合」の表現こそが、優れた俗文学の作品の特徴でもある。特に元雑劇『西廂記』は、まさに「俗」と「雅」を融合して生み出された一つの成果であり、しかも中国古典戯曲の最高水準を示す代表的傑作である。

二　今後の研究

以上、八章にわたり、八つのテーマをめぐって、中国古典戯曲の名作『西廂記』とその変遷について、筆者なりの見解を述べてきた。もちろん、筆者のこの論考だけで『西廂記』文学に関する問題が全て解明されたわけではない。というのも、『西廂記』文学については、まだ研究すべき課題が多く残されているからである。以下に今後の『西廂記』研究を展望して、残された問題点やこれからの方向性を検討してみたい。

（一）評論などの考察

明清の戯曲評論および各版本の序跋の中には、『西廂記』についてその曲辞を賞賛する朱権・王世貞、全体の魅力を推賞する王驥徳・李漁、総合的に高評を下す李贄・金聖歎、などの数多くの透徹した見解が含まれている。これらの見解を考察すれば、その時々に出現した道徳指向・価値観念・審美情趣、および受容層の嗜好などを見いだすことができるはずである。本書第六章は、そのような課題に取り組んだ試論であり、今後もさらに版本ごとに細かく考察する必要があると思われる。

（二）版本集成の編纂

『西廂記』の版本は、中国大陸と台湾、および日本など各地に散見する。各種の『西廂記』版本目録によれば、明刊本・清刊本・注釈本・改編本・翻訳本など、合わせて三百種を超える版本が記録されている。中国大陸では、すでに『古本戯曲叢刊初集』（文学古籍刊行社、一九五四年）が刊行され、その中に『新刊奇妙全相註釈西廂記』（弘治本）、『元本題評音釈西廂記』（劉竜田本）、『張深之先生正北西廂秘本』を収録する。また『暖紅室彙刻西廂記』（江蘇人民出版社、一九六〇年）の中にも、明の閔齊伋刻本『董解元西廂記』、凌濛初即空観原刻本『西廂記』雑劇のほか、『鶯鶯伝』『南西廂記』および校注・釈義など、合わせて十三種が収められている。もし現存するすべての版本をとりまとめて刊行することができれば、以後の『西廂記』研究への大きな益となるに違いない。当然、こういった作業は個人の力の及ぶことではなく、各方面の協力が不可欠である。

（三）改編本などの整理

元雑劇『西廂記』が世に出た後、単にそれが重版刊行され続けたにとどまらず、様々な改作や続編が出版された。明清代だけでも、三十三種の改編本と続編本が記録されているが、そのうち、十三種が現存する。一方、民間においても、『西廂記』に関する民謡・俗曲が流行した。ただし、傅惜華編の『西廂記説唱集』（上海出版公司、一九五五年）に収録されるのは、残念ながらそのごく一部にすぎない。こういった改編本と続編本および民謡・俗曲などは、さらに詳しい整理と深い研究を行う必要がある。また、これらの研究は、『西廂記』の現代劇（京劇と地方劇）を、どのように改編すれば、元雑劇の優れたところを失わずに、今日の観衆の嗜好に合わせられるのかについてのヒントを与えてくれることにもなるであろう。

(四)新しい課題の開拓

版本考証、辞藻鑑賞、人物分析などについてもさらに深く研究する必要があるが、新しいテーマをも探究しなければならない。例えば、従来あまり取り組まれなかった作品に対して詳細な考察をすることによって、その特徴や『西廂記』変遷史における位置付けなどを確認すること、またテキストや語彙といった従来の文学史的研究以外にも、『西廂記』文学を社会史的、文化史的な視点からとらえ直すこと、さらに現代文芸理論と比較文学の斬新な研究方法で『西廂記』の諸問題を再検討することなどが求められよう。

『西廂記』研究を一つの科学性と系統性を持つ学問に築き上げるためには、学術界の交流と協力が不可欠である。一九八七年、『西廂記』研究組織である「西廂記研究会」が発足し、同年十月に北京師範学院で「『西廂記』学術討論会」が行われ、また一九九〇年五月には西廂故事の発生地——山西省永済県普救寺で「西廂記研究会第一回国際学術シンポジウム」が開催された。こういった組織の設立と研究会の開催によって、『西廂記』研究はいっそう盛んになり、世界に広がっていった。時が流れれば流れるほど、古典劇の名作『西廂記』はますます人々を魅了し、また『西廂記』研究もますます盛んになっていくであろう。

付録

一　初出一覧
二　主要参考書目
三　研究論著目録

一　初出一覧

序　論　『西廂記』変遷史概説
　書き下ろし

第一章　西廂故事と小説戯曲――『伝奇』から『西廂記』へ――
　『日本中国学会報』第五十集、日本中国学会　一九九八年十月
　原題　西廂故事の流伝と「伝奇」――「伝奇」という名称の変遷をめぐって――
　（本書において加筆修正を加えた。）

第二章　西廂故事と講唱文芸――宋・趙令畤『商調蝶恋花』をめぐって――
　『中国文学論集』第二十四号　九州大学中国文学会　一九九五年十二月
　原題　宋代西廂故事と蘇軾――趙令畤「商調蝶恋花」をめぐって――
　（本書において加筆修正を加えた。）

第三章　西廂故事の戯曲化――金・董解元『西廂記諸宮調』を中心として――
　『中国文学論集』第二十五号　九州大学中国文学会　一九九六年十二月
　原題　西廂故事の戯曲化について――金・董解元『西廂記諸宮調』を中心として
　（本書において加筆修正を加えた。）

第四章　『西廂記』の流伝――明代伝奇から民歌俗曲へ――
　『中国文学論集』第二十七号　九州大学中国文学会　一九九八年十二月
　原題　明清時代における西廂故事の流伝について――伝奇から民歌俗曲へ――
　（本書において加筆修正を加えた。）

第五章　『西廂記』の上演――案頭書から台上曲へ――
　『九州中国学会報』第三十七号　九州中国学会　一九九九年五月

原題　明清時代における『西廂記』の上演とその脚本――案頭書から台上曲への変遷――
（本書において加筆修正を加えた。）

第六章　『西廂記』の序跋――序跋に見る戯曲の理念――
『中国文学論集』第三十四号　九州大学中国文学会　二〇〇五年十二月
原題　序跋に見る戯曲の理念――明清刊『西廂記』を中心に――
（本書において加筆修正を加えた。）

第七章　『西廂記』の批評――清・金聖歎『第六才子書』を中心として――
『文学研究』第九十七輯　九州大学文学部　二〇〇〇年三月
原題　金聖歎とその『西廂記』批評――『第六才子書』の特徴をめぐって――
（本書において加筆修正を加えた。）

第八章　『西廂記』文学における雅と俗
『九州中国学会報』第四十号　九州中国学会　二〇〇二年五月
原題　『西廂記』における雅俗の融合――その「文采」と「本色」の表現をめぐって――
（本書において加筆修正を加えた。）

結　語　『西廂記』研究の展望
『中国文学論集』第三十号　九州大学中国文学会　二〇〇一年十二月
原題　『西廂記』研究の回顧と展望
（本書において加筆修正を加えた。）

二　主要参考書目

一、本書目の各項の記載順序は、題目、著者（編集者）、出版社、出版年である。
一、日本の年号および民国年号は、西暦に統一した。文字は正字に統一した。

『文淵閣四庫全書』　四庫館纂輯　（漢城）驪江出版社　一九八八年景印版
『叢書集成初編』　王雲五主編　商務印書館　一九三八年
『四部叢刊』　張元濟等輯　商務印書館　一九一九年景印版
『説郛三種』　明・陶宗儀等編　上海古籍出版社　一九八八年景印版
『筆記小説大觀』　歴代學人撰　（臺北）新興書局　一九八三年景印版
『古本戲曲叢刊』　古本戲曲叢刊編委会　商務印書館　一九五四—一九五八年
『善本戲曲叢刊』　王秋桂主編　臺灣學生書局　一九八四—一九八七年景印版
『中國古典戲曲論著集成』　中國戲曲研究院編　中國戲劇出版社　一九五九年
『中國古典戲曲序跋彙編』　蔡毅編著　齊魯書社　一九八九年
『中国古代戲曲序跋集』　呉毓華編著　中國戲劇出版社　一九九〇年
『舊唐書』　後晉・劉昫等撰　中華書局　一九七五年
『新唐書』　宋・歐陽修／宋祁撰　中華書局　一九七五年
『宋史』　元・脱脱等撰　中華書局　一九七七年
『金史』　元・脱脱等撰　中華書局　一九七五年
『元史』　明・宋濂撰　中華書局　一九七六年
『明史』　清・張廷玉等撰　中華書局　一九七四年
『清史稿』　趙爾巽等撰　中華書局　一九七六年

『元稹集』　冀勤點校　中華書局　一九八二年
『元稹年譜』　卞孝萱　齊魯書社　一九八〇年
『蘇軾詩集』　清・王文誥輯註　中華書局　一九八二年
『蘇軾文集』　孔凡禮點校　中華書局　一九八六年
『東坡樂府箋』　龍楡生編　商務印書館　一九三六年
『金聖歎全集』　曹方人／周錫山標點　江蘇古籍出版社　一九八五年
『碧鷄漫志』　宋・王灼　『中國古典戲曲論著集成』第一集所收
『侯鯖録』　宋・趙令時　『叢書集成初編』文學類所收
『都城紀勝』　宋・灌園耐得翁　上海古典文學出版社、一九五六年
『夢粱録』　宋・呉自牧　上海古典文學出版社、一九五六年
『東京夢華録』　宋・孟元老　上海古典文學出版社、一九五六年
『醉翁談録』　宋・羅燁　（日本）文求堂　一九四〇年景印版
『武林舊事』　宋・周密　上海古典文學出版社　一九五六年
『野客叢書』　宋・王楙　中華書局　一九八七年
『校訂録鬼簿三種』　元・鍾嗣成　中州古籍出版社　一九九一年
『南村輟耕録』　元・陶宗儀　中華書局　一九五九年
『青樓集』　元・夏庭芝　『中國古典戲曲論著集成』第二集所收
『萬曆野獲編』　明・沈徳符　中華書局　一九五九年
『四友齋叢説』　明・何良俊　中華書局　一九五九年
『少室山房筆叢』　明・胡應麟　中華書局　一九五八年
『揚州畫舫録』　清・李斗　中華書局　一九六〇年
『全唐詩』　中華書局　一九六〇年
『全宋詞』　唐圭璋編　中華書局　一九六五年

『全元散曲』　隋樹森編　中華書局　一九八〇年
『全明散曲』　謝伯陽編　齊魯書社　一九九四年
『全清散曲』　凌景埏／謝伯陽編　齊魯書社　一九八五年
『明清民歌時調集』　上海古籍出版社編　上海古籍出版社　一九八六年
『永樂大典戲文三種』　錢南揚校注　中華書局　一九七九年
『諸宮調二種』　凌景埏／謝伯陽校訂　齊魯書社　一九八八年
『元曲選』　明・臧晉叔編　中華書局　一九五八年
『元曲選外編』　隋樹森編　中華書局　一九五九年
『新校元刊雜劇三十種』　徐沁君校點　中華書局　一九八〇年
『六十種曲』　毛晉編　文學古籍刊行社　一九五五年
『笠閣批評舊戲目』　清・笠閣漁翁『中國古典戲曲論著集成』第七集所收
『重訂曲海総目』　清・黄文暘『中國古典戲曲論著集成』第七集所收
『也是園藏書古今雜劇目録』　清・黄丕烈『中國古典戲曲論著集成』第七集所收
『清代雜劇全目』　中國戲曲研究院編　人民文學出版社　一九八一年
『詞話叢編』　唐圭璋編　中華書局　一九八六年
『董解元西廂記』　金・董解元著／凌景埏校注　人民文學出版社　一九六二年
『西廂記』　元・王實甫著／王季思校注　上海古籍出版社　一九七八年
『集評校注西廂記』　元・王實甫著／張人和集評／王季思校注　上海古籍出版社　一九八七年
『貫華堂第六才子書西廂記』　元・王實甫著／金聖嘆批評／傅曉航校點　甘肅人民出版社　一九八五年
『金聖歎批本西廂記』　元・王實甫著／金聖嘆批改／張国光校注　上海古籍出版社　一九八六年
『南西廂記』　明・李日華撰／張樹英點校　中華書局　二〇〇〇年
『西廂記説唱集』　傅惜華編　上海出版公司　一九五五年
『牡丹亭』　明・湯顯祖著／徐朔方・楊笑梅校注　人民文學出版社　一九六三年

『金瓶梅』　明・笑笑生　齊魯書社　一九八七年

『長生殿』　清・洪昇著／徐朔方校注　人民文學出版社　一九五八年

『紅樓夢』　清・曹雪芹／高鶚　人民文學出版社　一九五七年

『唱論』　元・芝庵　『中國古典戲曲論著集成』第一集所收

『中原音韻』　元・周徳清　『中國古典戲曲論著集成』第一集所收

『太和正音譜』　明・朱權　『中國古典戲曲論著集成』第三集所收

『南詞叙録』　明・徐渭　『中國古典戲曲論著集成』第三集所收

『曲論』　明・何良俊　『中國古典戲曲論著集成』第四集所收

『曲律』　明・王驥徳　『中國古典戲曲論著集成』第四集所收

『顧曲雜言』　明・沈徳符　『中國古典戲曲論著集成』第四集所收

『曲論』　明・徐復祚　『中國古典戲曲論著集成』第四集所收

『遠山堂曲品』　明・祁彪佳　『中國古典戲曲論著集成』第六集所收

『遠山堂劇品』　明・祁彪佳　『中國古典戲曲論著集成』第六集所收

『曲品校注』　明・呂天成撰／呉書蔭校注　中華書局　一九九〇年

『新傳奇品』　清・高奕　『中國古典戲曲論著集成』第六集所收

『閑情偶寄』　清・李漁　『中國古典戲曲論著集成』第七集所收

『雨村曲話』　清・李調元　『中國古典戲曲論著集成』第八集所收

『劇話』　清・李調元　『中國古典戲曲論著集成』第八集所收

『劇説』　清・焦循　『中國古典戲曲論著集成』第八集所收

『花部農譚』　清・焦循　『中國古典戲曲論著集成』第八集所收

『曲話』　清・梁廷枏　『中國古典戲曲論著集成』第八集所收

『今樂考證』　清・姚燮　『中國古典戲曲論著集成』第十集所收

『増訂南九宮譜』　明・沈璟　『善本戲曲叢刊』第三輯所收

『南詞新譜』　清・沈自晉　『善本戲曲叢刊』第三輯所收
『九宮正始』　清・鈕少雅　『善本戲曲叢刊』第三輯所收
『北詞廣正譜』　清・李玉　『善本戲曲叢刊』第六輯所收
『綴白裘』　清・錢德蒼　『善本戲曲叢刊』第五輯所收
『九宮大成南北詞宮譜』　清・允禄主編　『善本戲曲叢刊』第六輯所收
『海寧王静安先生遺書』　王國維　商務印書館　一九四〇年
『王觀堂先生全集』　王國維　（台北）文華出版社　一九六八年
『王國維戲曲論文集』　王國維　中國戲劇出版社　一九五七年
『宋元戲曲考』　王國維　『海寧王静安先生遺書』第十五冊所収
『呉梅戲曲論文集』　呉梅　中國戲劇出版社　一九八三年
『南北詞簡譜』　呉梅編著　臺灣學海出版社　一九九七年
『鄭振鐸古典文學論文集』　鄭振鐸　上海古籍出版社　一九八四年
『中國俗文學史』　鄭振鐸　商務印書館　一九三八年
『中國小説史略』　魯迅　人民文學出版社　一九七三年
『陳寅恪史學論文選集』　陳寅恪　上海古籍出版社　一九八七年
『徐朔方集』　徐朔方　浙江古籍出版社　一九九三年
『中國戲劇史長編』　周貽白　人民文學出版社　一九六〇年
『中國戲曲通史』　張庚／郭漢城主編　中国戲劇出版社　一九八一年
『戲劇理論史稿』　余秋雨　上海文藝出版社　一九八三年
『中國戲曲史探微』　蔣星煜　齋魯書社　一九八五年
『中國戲劇學史稿』　葉長海　上海文藝出版社　一九八六年
『中國戲劇史論集』　趙景深／李平／江巨榮　江西人民出版社　一九八七年
『中國戲曲觀衆學』　趙山林　華東師範大學出版社　一九九〇年

『中國分類戲曲學史綱』　謝柏梁　臺灣商務印書館　一九九四年
『中國戲劇學通論』　趙山林　安徽教育出版社　一九九五年
『中國戲曲文化』　周育徳　中國友誼出版公司　一九九五年
『中國戲曲史論』　呉新雷　江蘇教育出版社　一九九六年
『中國古代曲學史』　李昌集　華東師範大學出版社　一九九七年
『中國古代戲劇統論』　徐振貴　山東教育出版社　一九九七年
『玉輪軒曲論』　王季思　中華書局　一九八〇年
『北曲新譜』　鄭騫　臺灣藝文印書館　一九七三年
『唐戲弄』　任半塘　上海古籍出版社　一九八四年
『曲論初探』　趙景深　上海文藝出版社　一九八〇年
『曲論探勝』　齊森華　華東師範大學出版社　一九八五年
『戲文概論』　錢南揚　上海古籍出版社　一九八一年
『宋金雜劇考』　胡忌　古典文學出版社　一九五七年
『元雜劇發展史』　季國平　中國戲劇出版社　一九九〇年
『崑劇演出史稿』　陸蕚庭　上海文藝出版社　一九八〇年
『中國戲班史』　張發頴　瀋陽出版社　一九九一年
『中國家樂戲班』　張發頴　學苑出版社　二〇〇二年
『明清傳奇綜録』　郭英徳編著　河北教育出版社　一九九七年
『元明清三代禁毀小説戲曲史料』　王利器輯録　上海古籍出版社　一九八一年
『中國禁書大觀』　安平秋／章培恒主編　上海文化出版社　一九九〇年
『從鶯鶯傳到西廂記』　王季思　上海古典文學出版社　一九五五年
『董西廂和王西廂』　孫遜　上海古籍出版社　一九八三年

『明刊本西廂記研究』　蔣星煜　中國戲劇出版社　一九八二年
『西廂記考証』　蔣星煜　上海古籍出版社　一九八八年
『西廂記鑑賞辞典』　賀新輝／朱捷編著　中國婦女出版社　一九九〇年
『西廂記新論』　寒聲等編　中國戲劇出版社　一九九二年
『西廂記論証』　張人和　東北師範大学出版社　一九九五年
『西廂記的文獻學研究』　蔣星煜　上海古籍出版社　一九九七年
『支那小説戲曲小史』　笹川種郎　東華堂　一八九七年
『支那近世戲曲史』　青木正兒　弘文堂書房　一九三〇年
『支那戲曲研究』　久保得二　弘道館　一九二八年
『元人雜劇序説』　青木正兒　弘文堂書房　一九三七年
『支那文學概論』　塩谷温　弘道館　一九四六年
『西廂記』　元・王實甫著／鹽谷節山譯　昌平堂　一九五一年
『中國戲曲演劇研究』　岩城秀夫　創文社　一九七三年
『元雜劇研究』　吉川幸次郎　『吉川幸次郎全集』（筑摩書房　一九六八年）巻十四所収
『唐代小説の研究』　近藤春雄　笠間書院　一九七六年
『增訂明刊元雜劇西廂記目録』　傳田章編　汲古書院　一九七九年
『中國祭祀演劇研究』　田仲一成　東京大學出版會　一九八一年
『中國戲曲善本三種』　神田喜一郎監修／岩城秀夫解説　思文閣　一九八二年
『中國の宗教と演劇』　田仲一成　東京大學出版會　一九八五年
『中國古典劇の研究』　岩城秀夫　創文社　一九八六年
『中國郷村祭祀研究』　田仲一成　東京大學出版會　一九八九年
『中國巫系演劇研究』　田仲一成　東京大學出版會　一九九三年
『中國戲曲小説の研究』　日下翠　研文出版　一九九五年

『中國通俗文藝への視座』　神奈川大學中國語學科編　東方書店　一九九八年
『董解元西廂記諸宮調研究』　金文京等　汲古書院　一九九八年
『中國演劇史』　田仲一成　東京大學出版會　一九九八年
『中國古典演劇研究』　小松謙　汲古書院　二〇〇一年
『楊貴妃文學史研究』　竹村則行　研文出版　二〇〇三年

三　研究論著目録

一、本目録は、一九〇三年から二〇〇九年に至るまでに、中国大陸・台湾・香港および日本で公刊された『西廂記』研究に関する著書、主な論文および注釈本を収録したものである。

一、本目録に収録した著書、主な論文は、王実甫の『西廂記』(『王西廂』)、董解元の『西廂記諸宮調』(『董西廂』)および『第六才子書西廂記』(『金西廂』)を直接研究対象としたものに限定した。従って、『鶯鶯伝』『南西廂記』などの関連作品および一般的な文学史、鑑賞辞典などの書籍中の章節は、原則として収録の対象としなかった。

一、本目録の各分類内での排列順序は、それぞれ公刊された時期の先後に従った。

一、各項の記載順序は、題目、著者、出版社(著書の場合)、掲載誌(論文の場合)、出版年月である。

一、雑誌の巻数や出版年月については、以下のとおりとした。

(例)第五巻第三期　→5-3

一九八五年第三期　→1985-3

一九八五年五月　→1985.5

一、日本の年号および民国年号は、西暦に統一した。文字は正字に統一した。

一、便宜上『西廂記』『西廂記諸宮調』などの書名の表記は、『　』を省略した。

一、本目録の作成に当たっては、「中国古代、近代文学研究」(中国人民大学書報資料中心)、「戯劇、戯曲研究」(同)、「東洋学文献類目」(京都大学人文科学研究所附属東洋学文献センター)、「『西廂記』研究資料索引」(賀新輝/朱捷編著『西廂記鑑賞辞典』所収、中国婦女出版社、一九九〇年)、「日本における『西廂記』研究」(井上泰山、『中国俗文学研究』第八集、一九九〇年十二月)、「『董西廂』主要論著目録」(金文京ほか、『「董解元西廂記諸宮調」研究』所収、汲古書院、一九九八年)などを参考とした。

目次

（一）著書

西廂記和白蛇傳　黄裳　平明出版社　1953
從鶯鶯傳到西廂記　王季思　上海古典文學出版社　1955
西廂記分析　周天　上海古典文學出版社　1956
西廂記簡説　霍松林　作家出版社　1957
元曲六大家略傳　譚正璧　古典文學出版社　1957
金聖歎傳　陳登原　太平書局　1963
明刊元雜劇西廂記目録　傳田章　東京大學東洋文化研究所附属東洋學文獻センター刊行委員会　1970
王實甫和西廂記　潘兆明　中華書局　1980

元曲家考略　孫楷第　上海古籍出版社　1981
西廂述評　霍松林　陝西人民出版社　1982
明刊本西廂記研究　蔣星煜　中國戲劇出版社　1982
中國戲曲史鉤沈　蔣星煜　中州書畫社　1982
西廂論稿　段啓明　四川人民出版社　1982
西廂記藝術談　呉國欽　廣東人民出版社　1983
董西廂和王西廂　孫遜　上海古籍出版社　1983
西廂記罕見版本考　蔣星煜　東京不二出版株式会社　1984
五大名劇論・西廂記論　董每戡　人民文學出版社　1984
元雜劇論集　李修生等編　百花文藝出版社　1985
西廂記淺説　張燕瑾　百花文藝出版社　1986
西廂記説唱集　傅惜華編　上海古籍出版社　1986.
文壇怪傑金聖歎　徐立／陳瑜　湖南教育出版社　1987
西廂記考證　蔣星煜　上海古籍出版社　1988
西廂記鑑賞辞典　賀新輝／朱捷編著　中國婦女出版社　1990
西廂記曲譜研究　謝朝鐘　九宮文化出版社　1990
王實甫及其西廂記　王萬莊　時代文藝出版社　1990
董王合刊本西廂記研究論文集　汪志勇編　復文圖書出版社　1991
西廂記六論　牧恵　大川出版社　1992
西廂記新論　寒聲等編　中國戲劇出版社　1992
金聖歎與中國戲曲批評　譚帆　華東師範大學出版社　1992
金聖歎小説理論與戲劇理論　郭瑞　中國文聯出版公司　1992
西廂之戀——才子佳人文學的典範　姚力藝　山西教育出版社　1994

西廂記論証　張人和　東北師範大學出版社　1995
花間美人西廂記　全秋菊／呉國欽　汕頭大學出版社　1997
西廂記的文獻學研究　蔣星煜　上海古籍出版社　1997
董解元西廂記諸宮調研究　金文京ほか　汲古書院　1998
西廂記二論　林宗毅　文史哲出版社　1998
經典叢話西廂妙詞　趙山林　江西教育出版社　1999
西廂記的戲曲藝術　陳慶煌　里仁書局　2003
西廂記研究與欣賞　蔣星煜　上海辞書出版社　2004
西廂記傳播研究　趙春寧　厦門大學出版社　2005
戲曲文獻研究叢稿　黄仕忠　国家出版社　2006
現存明刊西廂記綜録　陳旭耀　上海古籍出版社　2007
西廂記接受史研究　伏滌修　黄山書社　2008

（二）校注・訳注本

西廂記評釋　鹿島修正　青木嵩山堂　1903
西廂歌劇　金井保三／宮原民平　文求堂書店　1914
新譯西廂記　岸春風樓　文教社　1916
新譯西廂記（一〜六）　久保天隨　帝國文學 25-7 〜 25-12　1919
国譯西廂記（國譯漢文大成文學部第九巻）　宮原民平譯注　國民文庫刊行會　1921
完譯西廂記　深沢暹　秋豊園　1934
西廂五劇注　王季思校注　浙江龍泉吟書屋　1944
集評校注西廂記　王季思校注　上海開明書店　1948

西廂記　塩谷温　昌平堂　1948
西廂記　王季思校注　新文藝出版社　1954
西廂記　呉曉鈴校注　作家出版社 1954
西廂記　王季思校注　北京中華書局　1958
西廂記　呉曉鈴校注　人民文學出版社　1958
歌譯西廂記　塩谷温　天理養徳社　1958
董解元西廂記　凌景埏校注　人民文學出版社　1962
西廂記（中國古典文學大系 52　戲曲集・上）　田中謙二　平凡社　1970
西廂記　王季思校注　上海古籍出版社　1978
西廂記新註　張燕瑾／彌松頤註　江西人民出版社　1980
西廂記諸宮調注譯　朱平楚注譯　甘肅人民出版社　1982
西廂記通俗注釋　祝肇年／蔡運長注釋　雲南人民出版社　1983
貫華堂第六才子書西廂記　傅曉航校點　甘肅人民出版社　1985
貫華堂第六才子書西廂記　曹方人／周錫山校點　江蘇古籍出版社　1985
金聖歎批本西廂記　張國光校注　上海古籍出版社　1986
集評校注西廂記　王季思校注／張人和集評　上海古籍出版社　1987
西廂記集解　傅曉航編輯校點　甘肅人民出版社　1989
西廂記　張雪静校注　山西人民出版社　1989
西廂記選譯　王立言譯注　巴蜀書社　1994
西廂記　張燕瑾校注　人民文學出版社　1994
西廂記　王季思校注　里仁書局　1995
西廂記　方言俗語注釋本　李小強／王小忠注釋　中國文文聯出版公司　1997

（三）論　文

（1）西廂記（王西廂）

①総　論

王實甫西廂記　呉梅『小説林』9　1907
西廂記考　節山學人『東亜研究』2-11　1912
讀西廂記偶筆　楊濬庐『中華小説界』2-7　1915.7
緑陰茗話（上）西廂記　塩谷温『帝國文學』24-7　1918
西廂記雜考　久保天随『帝國文學』24-10　1918
西廂藝術上之批判與其作者之性格　郭沫若『文藝論集』1921
西廂記底演變　傅永孝『學風』2-10　1932.12
讀西廂記後　劉修業『讀書月刊』2-6、2-7　1933.3、1933.4
論西廂記的現實性　程以中『大公報』1952.8.2
讀西廂記隨筆　陳凡『劇本』1954-1
對「讀西廂記隨筆」的商榷　陳朗『劇本』1954-12
答「對讀西廂記隨筆的商榷」　陳凡『劇本』1954-12
論西廂記　徐朔方『光明日報』1954.5.10
西廂記敍説　王季思『人民文學』1954-9
論西廂記　宋之的『人民文學』1955-10
論西廂記及其改編　林涵表『戲曲研究』1957-1
關於西廂記和有關西廂記的評論　劉秉義『山西師院學報』1957-1
對「論西廂記及其改編」的意見　碧波『戲曲研究』1958-1
歌訳西廂記刊行を記念して――塩谷温先生来講記

志賀正年『ビブリア』13　1959
西廂記三論　古典文學教研組宋元小組『山東大學學報』1961-1
西廂記評論中存在的問題　李漢秋『光明日報』1964.8.23
雜劇西廂記の南戲化——西廂物語演變のゆくえ
田中謙二『東方學報（京都）』36　1964
西廂記的題材、人物及其他　陳美林『南京師院學報』1978-3
董西廂和王西廂　張明華『書林』1979-2
從鳳求凰到西廂記——兼談如何評價古典文學的愛情作品
王季思『文學遺產』1980-1
西廂記的諷刺藝術　周桂峰『淮陰師專學報』1981-1
舞臺上的喜劇、現實生活中的悲劇——讀西廂記筆記三篇
方平『文藝論叢』12　1981.1
從西廂記談大團圓　劉蔭柏『復旦學報』1981-2
情眞語透——讀西廂雜感　祝肇年『長江戲劇』1981-3
我對於王實甫西廂記的五點看法——蔣星煜『明刊本「西廂記」研究』序
趙景深『讀書』1981-4
從西廂記談起　長弓島『黒龍江戲劇』1981-4
欣賞西廂記　呉國欽『南國戲劇』1981-6
西廂記三題　古今『聊城師院學報』1982-2
化腐朽爲神奇——淺談西廂記的推陳出新
姚奇『戲劇叢刊』1982.3
西廂故事的來龍去脈　戚宜君『中華文藝』24-1　1982.9
唐人傳奇與後代戲劇　譚正璧／譚尋『文獻』13　1982.9

漫談西廂記的讀法　陳多『黒龍江戲劇』1983-2
曹雪芹用小説形式寫的西廂記批評史——紅樓夢中不可或缺的道具
蔣星煜『揚州師院學報』1983-3
王實甫和愛情喜劇西廂記　霍松林『陝西教育』1983-5
西廂記論叢　張人和『中山大學學報』1983-7
西廂記二題　陳賡平『蘭州大學學報』1984-3
西廂記研究綜述　朱恒夫『文學研究動態』1984-9
明人批判西廂記述評　幺書儀『中國古典文學論叢』1　1984.12
西廂記講綬綱要　祝肇年『戲劇學習』1985-1
西廂記的形成及其藝術特色　劉維後『鞍山師專學報』1985-2
西廂記研究與中日文化交流——『西廂記罕見版本考』自序
蔣星煜『戲劇界』1985-2
試論王實甫西廂記的獨特地位　陳少欽『集美師專學報』1986-1
深廣的超越——西廂記新探之一　陳少欽『泉州師專學報』1986-2
「西學」在搖藍中叫嚷　蔣星煜『上海戲劇』1987-6
讀西廂札記　孫學明『杭州師範學院學報』1988-1
近年來西廂記研究綜述　周續賡『文史知識』1988-2
詞章風韻、天下奪魁的西廂記　馬國權『語文學習與研究』1988-12
論西廂記系統的文化内涵　賀光速　湖北大學學報 1989-2
西廂記的歴史光波　王季思『文藝研究』1989-4
「太平多暇」与董・王西廂的產生　陳美林『河北師院學報』1990-2
從鶯鶯傳到西廂記看才子佳人戲劇模式的形成（提要）
朱昆槐『河北師院學報』1990-2

西廂記七事　呉曉鈴『藝術界』1990-11
從鶯鶯傳到西廂記論中國悲喜劇的發展　朱昆槐『書目季刊』25-1　1991.6
西廂記または物語の謎解き　廣瀬玲子『東洋文化研究所紀要』120　1993.2
近百年西廂記研究　張人和『社會科學戰綫』1996-3
談西廂記的成書過程兼及文學史上的借鑑現象
劉銀光『臨沂師專學報』19-1　1997.2
西廂記現代研究之誤區——剖析蘇雪林之西廂記評論
蔣星煜『上海師範大學學報』1998-1
西廂故事の流傳と「傳奇」——「傳奇」という名稱の變遷をめぐって——
黄冬柏『日本中國學會報』50　1998.10
王世貞述評西廂記之價値　張世宏『文獻』1999-1
西廂記研究の回顧と展望　黄冬柏『中國文學論集』30　2001.12
西廂記における雅俗の融合——その「文采」と「本色」の表現をめぐって——
黄冬柏『九州中國學會報』40　2002.5
序跋に見る戲曲の理念——明清刊西廂記を中心に——
黄冬柏『中國文學論集』34　2005.12
西廂記故事演進的多元文化解讀　郝青雲／王清學『中國社會科學院研究生院學報』2008-4
沈德符西廂記評論得失檢討　敬曉慶『西北師大學報』2009-4

②作　者

西廂記第五本關續説辨妄　馬玉銘『文學』2-6　1934.6
西廂記作者考　王季思『國文月刊』28、29、30　1944
校注西廂記前言　呉曉鈴　香港中華書局　1954.12

關於元曲家的兩個問題　馮沅君『文史哲』1957-7
王實甫生平的探索——王實甫退隱散套跋
　馮沅君『文學研究』1957-7
西廂記雜劇作者質疑　周妙中『文學遺産』増刊 5　1957.12
再論關漢卿——關漢卿與西廂記問題　楊晦『北京大學學報』1958.3
關於西廂記雜劇的創作時代及其作者　陳中凡『江海學刊』1960-2
關於西廂記雜劇的作者問題——對楊晦同志「關著王續」説的商榷
　陳中凡『光明日報』1961.1.29
關於西廂記的作者問題　王季思『文匯報』1961.3.29
再談西廂記的作者問題　陳中凡『光明日報』1961.4.30
關於西廂記作者問題的進一步探討　王季思『光明日報』1961.7.9
關於西廂記作者問題的再進一步探討　陳中凡『光明日報』1961.10.22
關漢卿作或續作西廂説溯源　譚正璧『學術月刊』1962-4
王實甫年代新探　戴不凡『文史』1965-4
西廂記作者新考　鄭騫『幼獅學誌』11-4　1973.12
雜劇西廂記の作者——王實甫について　内田隆之『日本文學論究』34　1974
元代曲家同姓名考　葉徳均『戲曲小説叢考』所收　中華書局　1979
王實甫和他的西廂記　伍悦『戲劇創作』1980-2
王實甫作西廂記的年代　董每戡『戲劇論叢』1981-2
從明刊本西廂記考證其原作者　蔣星煜『戲曲研究』5　1982.4
西廂記第五本非王實甫所作　藍凡『復旦學報』1983-4
西廂記作者問題辨正　趙景深『中國戲曲初考』中州書畫社　1983
西廂記二題　陳賡平『蘭州大學學報』1984-3

西廂記作者關王二説辨析　董如龍『學術季刊』1985-2
西廂記作者問題的商榷　錢南揚『南京大學學報』1985-4
西廂記應爲關漢卿所作　呉金夫『西北大學學報』1985-4
王實甫西廂記完成於金代説剖析——評戴不凡「王實甫年代新探」
蔣星煜『地方戲藝術』1986-3
西廂記王作關續説辨僞　胡緒偉『荊州師專學報』1986-4
論西廂記作者及第五本問題　周續賡『中國古代戲曲論集』中國展望出版社　1986
論西廂記第五本　林文山『福建論壇』1986-6
也談西廂第五本　張守基『濟南師專學報』1987-1
西廂記作者考——「西廂記作者關王二説辨析」之再辨析
蔣星煜『河北師院學報』1988-1
西廂記第五本不是王實甫所作　蔡運長『戲曲藝術』1988-4
西廂記作者新探　陳慶煌『漢學研究』7-1　1989.6
元曲四大家與王實甫　蔣星煜『戲劇藝術』1990-2
王實甫生平・作品推考　劉蔭柏『戲曲研究』33　1990.6
關於王實甫　李毓珍『山西大學學報』1991-2
關漢卿也創作過一本西廂記——兼論西廂記之王作關續説
陳紹華『揚州師院學報』1992-1
關於王作關續説　田中謙二『西廂記新論』所収
中國戲劇出版社　1992
從關漢卿現存作品看西廂記作者問題　徐子方『江海學刊』1995-5

③版　本

西廂記的本來面目是怎樣的　西諦『清華週刊』37巻9-10　1932.5（後『中國文學研究』所收、作家出版社、1957）

輯雍熙樂府本西廂記序　孫楷第『圖書館學季刊』7-1　1933.3

跋重刻元本題評音釋西廂記　鄭振鐸『大公報・文藝副刊』7　1933（後『中國文學研究』所收、作家出版社、1957）

西廂記版本の研究　田中謙二『ビブリア』1　1949

西廂記諸本の信憑性　田中謙二『日本中國學會報』2　1951

評新版西廂記的版本和注釋　霍松林『文學遺産』増刊1　1955

明何壁本北西廂記跋　趙景深『戲曲筆談』1961-4

新發現的明何壁校本北西廂記　張心逸『江海學刊』1961-11

明何壁校北西廂記提要——坿張心逸彙校
波多野太郎『書報』44　1961.12

明何壁校北西廂記提要——坿張心逸彙校補遺
波多野多郎『横浜市立大學論叢』13-2、13-3　1962.3

萬曆版西廂記の系統とその性格　傳田章『東方學』31　1965

詞壇清玩西廂記——槃薖碩人改定本について
内田泉之助『二松學舍大學論集』1969.3

三先生合評元本北西廂附元稹會眞記　張棣華『中央圖書館館刊』7-2　1974.9

西廂會眞記二部　張棣華『中央圖書館館刊』7-2　1974.9

李卓吾先生批點西廂記眞本二部　張棣華『中央圖書館館刊』7-2　1974.9

第六才子書二部　張棣華『中央圖書館館刊』7-2　1974.9

新刻魏仲雪先生批點西廂記　張棣華『中央圖書館館刊』7-2　1974.9

新校注古本西廂記　張棣華『中央圖書館館刊』7-2　1974.9

鼎鐫陳眉公先生批評西廂記（附釋義・蒲東詩・錢塘夢）

滿漢西廂記　張棣華『中央圖書館館刊』7-2　1974.9
樓外樓訂正妥註第六才子書　張棣華『中央圖書館館刊』7-2　1974.9
跋劉龍田本西廂記　張棣華『中央圖書館館刊』7-2　1974.9
鄭騫『書和人』316　1977.7
遠山荷塘の諺解校注古本西廂記　傳田章『東京大學教養學部外国語科研究紀要』25-4　1977
明刊本西廂記的古本・元本問題——兼談新發現的徐士範刊本
蔣星煜『學術月刊』1979-3
何璧與明何璧校本西廂記　蔣星煜『廈門大學學報』1979-4
槃邁碩人增改定本西廂記跋　王季思『玉輪軒曲論』所收　中華書局　1980
評徐士範本西廂記——明版各本西廂記的一個比較研究
蔣星煜『中華文史論叢』1980-1
顧玄緯本西廂記與李楩本西廂記　蔣星煜『上海師院學報』1980-1
新發現的最早的西廂記殘葉　蔣星煜『群衆論叢』1980-1
明刊六種徐文長本西廂記的眞僞問題　蔣星煜『杭州大學學報』1980-2
凌刻西廂記與閔刻西廂記　蔣星煜『揚州師院學報』1980-4
徐士範刊本西廂記對明代題評音釋本的影響
蔣星煜『南京師院學報』1980-4
德譯本西廂記　龔維『上海戲劇』1980-5
日本對明刊本西廂記的版本研究　蔣星煜『讀書』1980-18
張深之本西廂記與徐文長本・王驥德本的血緣關係
蔣星煜『古典文學論叢』1　1980.8
王實甫以外二十七家西廂考　譚正璧『文獻』7　1981.1
蔣星煜『明刊本西廂記研究』序　波多野太郎『戲劇藝術』1981-2

明代上饒余瀘東氏生平之探索及其校正本西廂記的來龍去脈
蔣星煜『江西師院學報』1981-2

西廂會眞傳「湯顯祖沈璟評」辨僞　張人和『社會科學戰綫』1981-2

徐奮鵬校刊的評注本西廂記和演出本西廂記
蔣星煜『戲劇藝術』1981-3

關於寶黛所讀的十六齣本西廂記　蔣星煜『紅樓夢學刊』1981-3

西廂記的外文譯本和滿蒙文譯本　王麗娜『文學遺産』1981-3

西廂記受南戲・傳奇影響之跡象　蔣星煜『徐州師院學報』1981-4

論西廂會眞傳爲閔刻閔評本——與羅忼烈、張人和兩先生商榷
蔣星煜『社會科學戰綫』1981-4

李卓吾批本西廂記的特徵・眞僞與影響　蔣星煜『戲曲研究』5　1981

沈迷西廂三十年——『論明刊本西廂記』後記
蔣星煜『随筆』18　1981.9

西廂記稱崔氏春秋非自程巨源始　張人和『社會科學戰綫』1982-1

師儉堂刊湯顯祖本西廂記與李卓吾本的關係
蔣星煜『戲劇學習』1982-1

西廂記徐本、屠本評釋　蔣星煜『中華文史論叢』1982-2

西廂記的日文譯本　蔣星煜『文學遺産』1982-3

西廂會眞傳爲閔評説質疑——與蔣星煜先生商榷
張人和『社會科學戰線』1982-4

李卓吾本西廂記對明末孫月峰本、魏仲雪本的影響
蔣星煜『學術月刊』1982-5

明刊羊城佑卿評釋本西廂記——一種獨特的徐文長本西廂記

西廂記齣目演變簡化的過程　蔣星煜『戲劇藝術資料』1982-7

論朱素臣校訂本西廂記演劇　蔣星煜『戲曲藝術』1983-2

琵琶本西廂記考――對日本久保得二、傳田章二氏研究西廂記的一點補正　蔣星煜『文學遺産』1983-4

清道光年間嶺南的北曲演唱本西廂記――吳蘭修『桐華閣本西廂記』論略　蔣星煜『學林漫録』1983-7

硃訂西廂記　蔣星煜『戲劇藝術資料』1983-9

李卓吾先生批點西廂記眞本　鄭振鐸『西諦書話』所收　三聯書店　1983

談新編校正西廂記殘葉的價値　鄭振鐸『西諦書話』所收　三聯書店　1983

元本出相北西廂記的王・李合評本與神田喜一郎藏本　周續賡『文學遺産』1984-1

再論西廂會眞傳爲閔刻閔評本――答張人和同志　蔣星煜『中華文史論叢』1984-1

明代休寧程巨源的「崔氏春秋序」――一篇具體而微的「西廂記概論」　蔣星煜『戲曲藝術』1984-1

汪廷訥校刻環翠堂樂府本西廂記　蔣星煜『藝譚』1984-3

周昂對西廂記的研究及其對金批的再批判　蔣星煜『藝譚』1985-1

評『槃邁碩人西廂定本』的校訂和增訂――敬質王季思先生　蔣星煜『中國古典文學論叢』2　1985

弘治本西廂記刊於何年　蔣星煜『社會科學戰綫』1985-2

徐士範本西廂記的齣目　王堅『社會科學戰綫』1985-2

張人和『社會科學戰綫』1985-2

西廂記版本二考　蔣星煜『揚州師院學報』1985-3
毛奇齡對西廂記本來面目的探索——毛西河論定西廂記所作校注的依據
　蔣星煜『河北學刊』1985-3
明末文人の戯曲観——『三先生合評元本北西廂』における「湯若士」評の方向——
　田仲一成『東洋文化研究所紀要』97　1985.3
成化本西廂記殘葉的校勘意義　于徳馨『四川大學學報叢刊』27　1985.5
明初刊本西廂記殘葉　路工『訪書見聞録』所收　上海古籍出版社　1985
金聖歎對西廂記的體例作過革新么　蔣星煜『中國戯曲史探微』所收　齊魯書社　1985
明初以來、西廂記の流伝と分化——碧筠齋本を起点としての一考察——
　田仲一成『伊藤漱平教授退官記念中國學論集』　汲古書院　1986
屠赤水本王實甫西廂記について　傳田章『伊藤漱平教授退官記念中國學論集』　汲古書院　1986
田水月山房北西廂與重訂元本批點畫意北西廂之關係
　張新建『文獻』1986-2
徐士範本西廂記並非孤本　張人和『文獻』1986-4
陳眉公評本西廂記的學術價値——明代上海地區文學家評注的明刊本西廂記
　蔣星煜『上海社會科學院學術季刊』1986-4
傳田章對西廂記版本學的貢獻——評『明刊元雜劇西廂記目録』
　蔣星煜『曲苑』2　1986.5
徐士範本西廂記的孤本・善本問題——兼答張人和同志
　蔣星煜『中華戯曲』2　1986-10
明刊西廂記的插圖與作者雜録　蔣星煜『戯曲研究』16　1986-11
西廂記的版本和體例　張人和『文史』26　1986
清代初年西廂記批判的新形式——關於醉心篇的幾個問題

蔣星煜『華東師範大學學報』1987-6
西廂記明清刊本目録　王綱「西廂記學術討論會」北京師範學院　1987.10
也談徐渭評本北西廂　王鋼『文獻』1988-3
你娘、紅娘、槃邁碩人本西廂記——答蔣星煜先生
張人和『山西師大學報』1988-3
封岳研究西廂記的豊碩成果——含章館西廂記的評校
蔣星煜『上海師範大學學報』1989-2
評張人和『集評校注西廂記』　蔣星煜『戲劇藝術』1989-2
「徐文長西廂記題辭」眞僞辨　張新建『南京大學學報』1989-4
關、王、馬、白名劇在國外　王麗娜『河北師院學報』1990-2
徐文長本西廂記考　張建新『徐謂論稿』所收　文化藝術出版社　1990
雍熙樂府本西廂的輯録與校訂——評孫楷第「西廂記曲文・序」
蔣星煜『山西師大學報』1991-1
北西廂古本校定者陳實庵　柯愈春『文獻』1991-2
明刊文秀堂本西廂記考　蔣星煜『學林漫録』13　1991.5
一個鮮爲人知的清鈔本西廂記　張建新『西廂記』所收　中州古籍出版社　1993
中國版本學中的西廂記現象　蔣星煜『杭州師院學報』1995-4
西廂記的版本系統概觀　張人和『社會科學戰綫』1997-3
明刊本西廂記體制的演變軌跡　張人和／楊今才『東北師大學報』1998-6
論周憲王本西廂記之眞僞　黃季鴻『社會科學戰綫』2001-1
弘治本西廂記について　土屋育子『中國文學報』2004-10
『元本出相北西廂記』辨正　陳旭耀『文化遺産』2009-2
研雪子『翻西廂』非沈謙『翻西廂』　汪超宏『文學遺産』2009-4

④主　題

關於西廂記愛情主題的探討　夏虹『黒龍江大學學報』1979-4

王實甫雜劇西廂記反封建主題的發展和深化　蘇興『社會科學戰綫』1980-1

從鳳求凰到西廂記――兼談如何評價古典文學的愛情作品　王季思『文學遺産』1980-1

西廂記的歷史意義及其時代局限　馬美信『邊塞』1980-1

西廂記發覆　董每戡『中山大學學報』1980-2

試論王實甫的流傳及影響　金寧芬『群衆論叢』1980-3

創造性的改編――從鶯鶯傳到西廂記的情節典型化和主題提煉　寧宗一『古典文學論叢』2　陝西人民出版社　1982

論西廂記的宗教批判　朱彤『北方論叢』1982-5

西廂記故事的歷史演變　金循華／萬玉蘭『課外學習』1986-1

王實甫西廂記的愛情婚姻觀　徐煉『湘潭大學學報』1987-3

略論西廂記中兩種價値觀念的衝突　毛忠賢『宜春師專學報』1987-3

元雜劇中反掠奪婚姻的思潮――兼及西廂記的「寺警」和「爭艷」　王毅『江漢論壇』1988-7

王實甫雜劇中的倫理思想　莊爾然『道德與文明』1989-1

論西廂記系統的文化内涵　賀光速『河北大學學報』1989-2

願天下有情的都成了眷屬――讀王實甫西廂記的愛情描寫　岩泉『山西成人教育』1989-4、1989-5

西廂記對性禁區的衝激及其世界意義　蔣星煜『藝術界』1991-4

西廂記與中國傳統的愛情觀　郎淨『名作欣賞』2001-2

⑤言　語

西廂記語言藝術三題　李大珂『安徽戲劇』1979-3
談西廂記的語言藝術　徐應佩／周溶泉『陝西戲劇』1980-2
西廂記語言運用的技巧　宋綿有『南開大學學報』1980-4
西廂記語言札記　張燕瑾『古典文學論叢』3　陝西人民出版社　1982
江山各有才人出、各領風騷數百年——論西廂記的文采　劉靖安『湘潭師專學報』1982-3
西廂記中的內蒙河套方言　常虹『文學遺產』1982-4
談劉龍田本西廂記的韻白　單乃眞『鞍山師專學報』1983
西廂記曲辭中的詩詞典故的運用　許榮生『青海師專學報』1983
妙筆傳情、天下奪魁——淺談西廂記中詩歌的作用　別廷峰『承德師專學報』1983-3
咀嚼不盡、愈久愈新——西廂記的詩劇風格及其表現手法　張燕瑾『曲苑』1　江蘇古籍出版社　1984-7
西廂記曲辭中的修辭範例　王宏偉『青海師院學報』1984-1
試論西廂記對前人名劇的妙用　孫龍驊『青島師專學報』1984-1
西廂記的語言藝術　呉功正『新劇作』1984-2
論王西廂寫景状物的語言藝術　張粵民／袁啓明『湖南師專學報』1984-3
西廂記語言的藝術魅力　王良恵『佳木斯師專學報』1984-3
同是寫送別、語言各千秋——「長亭送別」與「元帝送妃」賞析　韓軍『天津師專學報』1984-3
西廂記「長亭送別」折曲辭意境　李萍『語文教學與研究』1984-4
元雜劇語言藝術風格的一個變奏——讀西廂記

詹錦隆『雲南教育學院學報』1985-1

充滿風趣的戲曲語言——略論西廂記紅娘的語言藝術
袁啓明等『戲劇叢刊』1985-2

竟似古人尋我——王西廂廣引成句入曲的語言藝術
袁啓明『名作欣賞』1985-2

西廂記方言十三解　趙曉茂『河北師範大學學報』1985-4

西廂記語言的動作性　朱桓夫『戲劇』1986-4

「如花間美人」的王實甫之詞　李廣柏『元明清戲曲攬勝』湖北教育出版社　1987

西廂記語言藝術簡論　陳玉蘭『西北民族學院學報』1987-2

西廂記第一折如何示鶯鶯之美——容顏美、形體美、姿態美、風度美……
蔣星煜『名作欣賞』1988-2

談談西廂記中韻文的繼承發展　蔡運長『民族藝林』1988-3

西廂記雙關語研究——以藥名入曲的〔小桃紅〕
蔣星煜『河北師院學報』1990-1

淺談西廂記的語言藝術　黃兆漢『詞曲論集』光明圖書公司　1990-9

就西廂記中方言注釋與王季思先生商榷　邢文英／趙小茂『河北大學學報』1991-3

⑥芸術上の特色

論西廂記的藝術特色　伍六及『北京大學學報』1962-5

論西廂記的藝術特色　蕭善因『吉林大學學報』1979-6

衝突、性格、情節——漫談西廂記的戲劇衝突
宋靖宗『延安大學學報』1979-1

衝突、性格、情節——漫談西廂記的戲劇衝突（續）

宋靖宗『延安大學學報』1980-1
張生爲什麼跳墻——西廂記賞析舉隅
黃天驥『南國戲劇』1980-3
西廂記的結尾歪曲了歷史的眞實么
王維國『河北大學學報』1980-3
西廂記的喜劇特色
顏長珂『戲曲研究』2 1980
西廂記的高潮懸念及動作
段啓明『西南師院學報』1981-1
西廂記的諷刺藝術
周桂峰『淮陰師專學報』1981-1
西廂記藝術談
呉國欽『戲劇藝術資料』1981-5、1981-6
情境交輝——讀西廂記「長亭」隨感
祝肇年『陝西戲劇』1981-7
小議西廂記「長亭送別」
張雲生『唐山師專學報』1982-1
眼睛的妙用——讀西廂記隨筆
祝肇年『劇壇』1982-1
略談西廂記的情和景
劉福善『寫作學習』1982-1
化腐朽爲神奇——淺談西廂記的推陳出新
姚奇『戲劇叢刊』1982-3
因人見境、因境見人——西廂記學習札記
萬鷹『河北戲劇』1982-9
崔張結局辨
董上德『中山大學研究生學刊』1983-1
西廂記戲劇性論
平海南『戲劇藝術』1983-2
西廂記賴簡探微
王星琦／陸沈西『中山大學研究生學刊』1983-3
西廂記喜劇特色淺探
周維培『藝壇』1983-3
西廂記「長亭送別」時間糾謬一辨
卜健『戲劇學習』1983-4
鶯鶯不曾賴簡
王星琦／陸沈西『藝壇』1983-4
『西廂記藝術談』小引
王季思『南國戲劇』1983-6
西廂記是不是喜劇
方正耀『讀書』1983-12

元人雜劇的喜劇風格
王星琦『南京師大學報』1984-1

發微闡妙、淋漓盡致——析西廂記的「贈物」
姚奇『戲劇叢刊』1984-1

淺談西廂記中「鬧簡」・「賴簡」的原因
趙軍元『喀什師院學報』1984-1

道是無情郤有情——試論西廂記的結尾
謝曉蘇『成都大學學報』1984-2

西廂記情節節奏探微
魯恩宏『河南戲劇』1984-2

西廂記「長亭送別」時間無謬辨——與卜健同志商榷
祝爾康『戲劇學習』1984-3

花團錦簇、曲折多姿——賞析西廂記「鬧簡」一場戲
夏中『福建戲劇』1984-3

西廂記「長亭送別」時間糾謬再辨——兼答祝爾康同志
卜健『戲劇學習』1984-4

摹聲繪色、狀物傳情——談西廂記的摹繪技巧
周植榮『南國戲劇』1984-5

戲劇情節的斷想——讀王實甫西廂記有感
錢傳簪『長江戲劇』1984-5

淺析西廂記情節構思的藝術特點
石澤鎰『電大文科園地』1985-1

一波三折、妙趣橫生——西廂記「鬧簡」賞析
藤振國『江西戲劇』1985-2

西廂記的戲劇衝突
呉功正『新劇作』1985-6

西廂記「賴簡」的突轉藝術
沈繼常等『南通師專學報』1986-2

從「長亭送別」看王西廂對董西廂的繼承和創新
裴憲森『貴州文史學刊』1986-3

張生性格特徵辨析　王安庭『山西師大學報』1986-4
論西廂記的藝術特色　范文發『戲曲研究』1986-7
西廂記的戲劇性　李廣柏『元明清戲曲攬勝』湖北教育出版社　1987
「堂前巧辨」的構思及西廂記的高潮問題
蔣星煜『藝術百家』1987-2
「鬧簡」「賴簡」實質商兌　呉政『河北師專學報』1987-4
從西廂記「長亭送別」看元雜劇的民族特色
周丕宏『大學文科園地』1987-4
淺談王西廂的結構藝術　紫栗『徽州師專學報』1988-1
西廂記的藝術特色　齊森華『文科月刊』1988-3
滿目淒淒皆秋色、怎當一腔離人情——兼及西廂記的「寺警」和「爭艷」
王毅『江漢論壇』1988-7
西廂記的喜劇效果　蔣星煜『戲劇藝術』1993-1

⑦人物像

試談鶯鶯在西廂記裡的地位　邵炘『文學遺産增刊』7　1959.12
雜劇西廂記における人物性格の強調　田中謙二『東方學』22　1961
論崔鶯鶯　南薰『文學評論』1964-4
西廂記的矛盾衝突與紅娘　蔣星煜『名作欣賞』1980-1
何來意惹情牽——西廂記主人公登場淺析
郁華『戲劇界』1980-2
雜劇西廂記的人物描寫　辛人『藝譚』1980-3
恐俺小姐有許多假處哩——西廂記「鬧簡」「賴簡」中的鶯鶯的喜劇形象

離魂倩女假假眞眞――西廂記崔鶯鶯心理活動的描寫
洪雲『廣州文藝』1980-6
論西廂記的人物
雷生『江蘇戲劇』1980-11
西廂三幻同名人物性格辨
張人和『古典文學論叢』2　齊魯書社　1981
恐俺小姐有許多假處――談西廂記中的鶯鶯的作假
段啓明『西南師院學報』1982-2
人物心理描寫及其他――評西廂記
傅治同『名作欣賞』1982-2
西廂記人物論
潘征起『戲劇叢刊』1982-2
通過甲的眼睛爲乙畫像――讀西廂記一得
馬焯榮『藝譚』1982-3
紅娘三題――讀書札記
許來渠『河北戲劇』1982-8
談紅娘形象的複雜性
陶士華『佳木斯師專學報』1983-1
天下奪魁、貴在寫心――談西廂記人物心理描寫
幺書儀『戲曲藝術』1983.2
佛門弟子的「破戒」――談西廂記中僧人的描寫
岳少峰『教學與科研』1984-2
論張生崔鶯鶯的愛情的思想基礎及其它
劉福善『寫作學習』1984-2
西廂記人物小談
張傳良『常德師專學報』1984-5
眞善美的和諧統一體――西廂記崔鶯鶯小議
阿晩『電大學刊』1984-6
紅娘如何成爲千古不朽的藝術形象
黃世才『韓山師專學報』1985-1
論鶯鶯「變卦」的情感依據
陳新偉『鞍山師專學報』1985-1
正如『華東師大學報』1985-2

試論紅娘形象的塑造和流變　何書置『零陵師專學報』1985-2
論古代戲曲心理過程的描寫　周寅賓『文學遺産』1985-3
高歌卑賤者的勝利——西廂記「拷紅」賞析
王季思『文史知識』1985-3
論老夫人　林文山『山西師大學報』1985-4
論張生　林文山『河北師院學報』1986-1
論崔鶯鶯　林文山『汕頭大學學報』1986-1
狠毒的慈母——淺談西廂記的老夫人　李雲飛『呼蘭師專學報』1986-1
筆底處處蕩心聲——談西廂記的人物心理描寫
宋戈『遼寧大學學報』1986-4
從審美効果上寫美——略論王實甫描寫崔鶯鶯的美
袁啓明／張粵民『語文學習』1986-4
試論鶯鶯的性心理軌跡及其文化内涵　莊美之『名作欣賞』1986-4
論紅娘　林文山『學術研究』1986-6
略論崔鶯鶯的性格結構　華耀祥『揚州教育學院學報』1987-2
論知識素養在鶯鶯形象塑造中的作用　秦效成『安徽教育學院學報』1987-3
文章士・旖旎人——張生　李簡『古典文學知識』1987-4
論琴童在西廂記中之地位　蔣星煜『河北學刊』1988-5
紅娘鶯鶯及其它　姜超『語文學刊』1988-6
崔鶯鶯的愛情追求　么書儀『古典文學知識』1988-6
從董、王西廂的比較中看張生的形象塑造
蔡運長『戲曲藝術』1990-1
耐人尋味的不寫之寫——評西廂記第五本對鶯鶯形象的處理

王仁銘『江漢論壇』1990-2

給普天下有情人以巨大的鼓舞力量――談西廂記中崔鶯鶯的形象
張元國『江漢論壇』1990-11

紅娘的膨化、越位、回歸和變奏　蔣星煜『河北學刊』1991-3

⑧改編と演出

論西廂記及其改編　林涵表『戲曲研究』1957-1

對「論西廂記及其改編」的意見　碧波『戲曲研究』1958-1

從田漢西廂記的改編談鶯鶯性格及其結尾處理
兪琳『戲劇研究』1959-5

談西廂記的小説、戲曲、電影　魯椎子『書評書目』79　1979.11

談西廂記中的一段唱（附　曲譜）――演員手記
張君秋『人民戲劇』1980-1

撩人欲醉――看宋長榮演紅娘　聶石樵『中國古典文學名著解題』中國青年出版社　1980

典雅清麗的詩劇西廂記――記袁雪芬扮演崔鶯鶯
章力揮／高義龍『戲曲研究』7　1982.12

田漢改編西廂記的成就　馬焯榮『戲曲研究』7　1982.12

談崑曲西廂記的改編　畢丁『戲曲研究』1983-2

賦古以新、寓奇於平――喜看崑曲新本西廂記
時弢『戲劇界』1983-2

試論田西廂的得失　張粵民／袁啓明『戲劇學習』1983-2

幽蘭一枝溢清芬――評新編崑曲西廂記　史乘『戲曲研究』1983-2

改編西廂記的設想與實踐　馬少波『文藝研究』1983-2

崑曲西廂記的新意　宋大聲『北京藝術』1983-4
成如容易卻艱辛——漫談西廂記崑劇本的改編
沈玉成『戲劇報』1983-4
崑聲初奏北西廂　傅雪漪『戲劇報』1983-6
評新編西廂記後傳及其演出　黎輝『河南戲劇』1983-6
改舊與出新——談馬少波改編的西廂記　王季思『劇本』1983-10
西廂記與春秋經　愈爲民『江蘇戲劇』1983-10
田漢同志與京劇西廂記　君秋『戲劇電影報』1983-12
演西廂、改西廂　閻立品文／閻立仁整理『戲曲藝術』1984-2
紅娘演出一千場後記　宋長榮『戲劇報』1984-6
袁雪芬在西廂記中的長短句唱腔　李梅六『戲劇報』1984-7
我演唱紅娘——兼談民族唱法的我見　常香玉『音樂藝術』1985-1
北崑西廂記邊緣談　蔣星煜『中華戲曲』1　1986
談馬少波西廂記的改編與排練與實踐　傅雪漪『戲劇叢刊』1988-5
論崔張故事的再創造——兼評大陸和港台的三個改編本
許翼心／王小雷『河北師院學報』1990-2
田漢改編西廂記始末（上）（下）　黎之彦『中國戲劇』1991-1、1991-2
「金玉其外」的越劇改編本西廂記　蔣星煜『上海戲劇』1994-2
并非「金玉其外」亦非「敗絮其中」——談越劇西廂記并與蔣星煜先生商榷
方同德『中國戲劇』1994-8
明清時代における西廂記の上演とその脚本——案頭書から台上曲への變遷——
黄冬柏『九州中國學會報』37　1999.5
從西廂記到紅娘　周傳家『戲曲藝術』2000-3

傍観される「相思」――西廂記の演劇性―― 廣瀨玲子『専修人文論集』71 2002
明清時期北西廂記演唱樣式變化考述 伏滌修『戲曲藝術』2007-2

⑨箋注と考証

西廂記齣目考 羅錦堂『大陸雜誌』17-1 1958.7
第四次西廂記校改本補記 王季思『安徽大學學報』1978-2
從佛教文獻論證「南海水月觀音現」――明刊本西廂記偶拾之一 蔣星煜『中國古典文學研究論叢』1980-1
王實甫作西廂的年代 董每戡『戲劇論叢』1981-2
西廂記六字三韻語誤引辨證 張人和『文學遺產』1982-1
西廂記稱『崔氏春秋』非自程巨源始 張人和『社會科學戰綫』1982-1
且説「棄擲今何道」――西廂記探微 李協軍『昆明師院學報』1982-2
也談「棄擲今何道」 于徳馨『昆明師院學報』1982-4
久保得二及其中國戲曲研究 張傑『戲曲研究』6 1982.7
『集評校注西廂記』前記 王季思『戲曲研究』7 1982.12
評王季思先生的西廂記注釋 王學奇『語文研究』1983-1
西廂記故事溯源小議――讀『世説新語』札記 馬寶豊／郭孝儒『山西師院學報』1983-2
西廂曲論辨誤 張人和『東北師大學報』1983-4
崔鶯鶯、鄭恆新證 李鐵城『河南戲劇』1983-4
也談西廂記的注釋 彌松頤／張燕瑾『文學遺產』1983-4
西廂記帶姓之由來 蔣星煜『戲曲研究』1983-6

「顛不剌」爲美玉、美女考――讀明刊西廂記偶拾之二　蔣星煜『揚州師院學報』1984-4
西廂記新注注釋商榷　王萬荘『文學遺産』1984-4
西廂記稱『春秋』考　蔣星煜『晉陽學刊』1984-5
再評王季思先生的西廂記注釋　王學奇『天津教育學院學報』1985-2
西廂記異文四考　蔣星煜『中華文史論叢』1985-3
明刊西廂記插圖與作者雜録　蔣星煜『戲曲研究』16　1985.9
西廂記酒令　周作人『知堂書話』所收　岳麓書社　1986.4
西廂記王注獻疑　呂鴻運『廣西師範大學學報』1988-1
莫把「紅娘」作「你娘」　蔣星煜『山西師大學報』1988-1
西廂記之西廂考　蔣星煜『中華戲曲』5　1988-1
論西廂記的評點系統　譚帆『戲劇藝術』1988-3
田中謙二對元雜劇的翻譯注釋與研究　蔣星煜『河北學刊』1989-1
評張人和『集評校注西廂記』　蔣星煜『戲劇藝術』1989-2
研究西廂記的一段歷程　蔣星煜『藝術百家』1989-10
蔣星煜的西廂記研究　趙山林『上海藝術家』1989-3
析「蔣星煜先生的西廂記研究」　譚帆『安徽新戲』1989-4
王季思戲曲研究成果初探　蕭德明『文藝研究』1989-5
「老夫人閉春院」考釋　蔣星煜『河北師院學報』1989-2
王實甫因何用「明月三五夜」其詩而略其題　蔣星煜『河北師院學報』1990-2
西廂記箋注解証本　傅曉航『戲曲研究』35　1990.12
「明月三五夜」題解　蔣星煜『文史知識』1991-2

西廂記中「大」讀「墮」音考　王雪樵『文獻』50　1991.10
西廂記三考　蔣星煜『河北師院學報』1993-3
西廂記文獻與西廂記研究　蔣星煜『河北師院學報』1994-4

（2）西廂記諸宮調（董西廂）

董解元絃索西廂記中的兩個典故　孫楷第『國立北平圖書館』6-2　1932（後『滄州後集』所收　中華書局　1985）
董西廂に見える俗語の助字　田中謙二『東方學報（京都）』18　1950
董西廂與詞及南北曲的關係　鄭騫　臺灣大學『文史哲學報』2　1951.2
董西廂の構成——主として諧謔的手法について
飯田吉郎『中國文化研究會會報』2-4　1952
文學としての董西廂（上、下）　田中謙二『中國文學報』1・2　1954・1955
古本董解元西廂記と張心逸先生の點勘　波多野太郎『大安』4-6　1958
古本董解元西廂記について　飯田吉郎『大安』4-8　1958
董西廂文法筆記（上）　長田夏樹『神戸外大論叢』11-2　1960
董西廂用韻考　周大撲『武漢大學學報』1963-2
董西廂與王西廂　傅懋勉『人文科學雜誌』57-2　1957
與王西廂合稱雙璧的董解元西廂記　柳無忌『幼獅學誌』14-3、14-4　1977
暖紅室本董西廂摘誤　『馮沅君古典文學論文集』山東人民出版社　1980
金院本與董西廂　劉洪濤『南開學報』1981-6
董解元是南宋人么　孫映達『徐州師院學報』1983-3
玉茗堂批訂董西廂辨僞　徐朔方『社會科學戰綫』1984-2
略論董解元的西廂記諸宮調　石星『固原師院學報』1984-2
論董解元和西廂記諸宮調　徐凌雲『安慶師院學報』1984-4

唐宋文學和董解元西廂記　吳庚舜『河北師院學報』1985-3
玉茗堂董西廂藏本　路工『訪書見聞録』所收　上海古籍出版社　1985
蝶戀花和董西廂――鼓子詞和諸宮調　徐調孚『中國文學名著講話』中華書局　1986-1
關於董西廂的創作年代　徐凌雲『文學遺産』1986-3
董西廂具體寫作時間新證　思言『重慶師院學報』1986-4
董西廂版本ノート　傳田章『外國語研究紀要』（東京大學教養部）34-5　1986
論董解元西廂記　陳美林『鎭江師專學報』1989-2
試論董解元西廂記的藝術個性　陳美林『文學評論叢刊』31　1989.3
董西廂作者籍貫探討　李正民『晉陽學刊』1991-1
董西廂疊詞藝術初探　周義芳『西南師大學報』1992-2
金代文學的代表――董西廂　張春山『運城高專學報』1993-3
説唱文學としての董西廂　輪田直子『集刊東洋學』76　1996.11
西廂故事の戯曲化について――金・董解元西廂記諸宮調を中心として――
黃冬柏『中國文學論集』25　1996.12

（3）第六才子書西廂記（金西廂）

怎樣評價金人瑞的文學評論――兼談金批西廂記
祝肇年『文學遺産增刊』9　1962.6
金聖歎的文學批評　劉大傑／章培恒『中華文史論叢』3　1963-5
談金聖歎式的批評　陳香『書評書目』11　1974.3
論金聖歎的批評方法（上）（中）（下）（續完）
陳香『書評書目』17-20　1974.9～1974.12
從第六才子書看金聖歎的文藝觀　江巨榮『古代文學理論研究』2　1980

傑出的古典戲劇評論家金聖歎——金本西廂記批文新評
張國光『古代文學理論研究』3　1981-2

論金聖歎評改西廂　林文山『社會科學研究』1981-5

第六才子書西廂記（金聖歎本西廂記）の特質——その「案頭書」化について——
熊谷祐子『集刊東洋學』46　1981.10

出之或然、入以必然——從西廂記看金聖歎戲劇觀的一個矛盾
鄧喬彬『藝譚』1983-4

難道還不應爲金聖歎平反——讀何滿子同志貶金聖歎的新作及其舊著駁議
張國光『中南民族學院學報』1984-3

金聖歎評點西廂記的戲劇藝術觀　周書文『北京師院學報』1985-2

評金西廂（上）（下）　林文山『戲劇藝術』1985-3、1985-4

境中人・人中境——淺析金聖歎論西廂記的語言
金登才『戲文』1985-4

金批第六才子書發覆　齊森華『曲論探勝』所收　華東師範大學出版社　1985

戲曲理論發展史上的突破性貢獻——第六才子書述評之一
高必勝『蘇州大學學報』1985-4

金聖歎論戲劇人物語言個性化　謝柏良『文科月刊』1985-5

金聖歎的戲曲評點淺探　齊森華『大學文科園地』1985-5

周昂對西廂記的研究及其對金批的再批評——『增訂金批西廂』面面觀
蔣星煜『中國古典文學論叢』2　1985.8

金聖歎的西廂記批評　葉長海『戲曲論叢』1　甘肅人民出版社　1985

略談金聖歎的戲曲美學思想——金批本西廂記校注札記
張之中『中華戲曲』1　1986.1

金聖歎戲曲文學創作論的邏輯結構　譚帆『學術月刊』1986-6
金聖歎評西廂記的寫作技巧　傅曉航『中華戲曲』2　1986.10
金批西廂諸刊本記略　傅曉航『戲曲研究』20　1986.11
金聖歎戲曲人物理論爭議　譚帆『文學遺産』1987-2
金聖歎研究的又一成果――讀張國光校注的『金聖歎批本西廂記』
祝風梧『湖北大學學報』1987-5
清代初年西廂記批評之形式　蔣星煜『華東師大學報』1987-6
金聖歎修改過西廂記的體例么　蔣星煜『文學評論叢刊』30　1988
論西廂記的評点系統　譚帆『戲劇藝術』1988-3
金批西廂的底本問題　傅曉航『文獻』1989-3
金聖歎論創作心理――金批西廂讀書札記之一
陳竹『華中師範大學學報』1989-5
金聖歎小説戲曲評點理論的文藝心理學價値
佘徳餘『北方論叢』1989-6
論金聖歎的悲劇美學思想　鄒世毅『藝術百家』1990-1
清代金批西廂研究概覽　譚帆『戲劇藝術』1990-2
論西廂記的評点系統　譚帆『河北師院學報』1990-2
金聖歎美學思想體系初探　梅慶吉『晉陽學刊』1990-2
金批西廂底本之探索――兼評金西廂優於王西廂之説
蔣星煜『河北學刊』1990-3
金批西廂記的内在模式及其功過――兼論「戲曲分解」説
林宗毅『漢學研究』15-2　1997
金聖歎「讀第六才子書『西廂記』法」の數條をめぐって

材木谷敦『中國文學研究』1998-12

金聖歎とその西廂記批評――第六才子書の特徴をめぐって――
黄冬柏『文學研究』97 2000.3

（4）比較研究とその他

讀西廂記與 Romeo and Juliet――中西戲劇基本觀念之不同
堯子『光華半月刊』4-1 1935-10

讀西廂記與 Romeo and Juliet――中西作者描寫人物之不同
堯子『光華半月刊』4-3 1935-11

西廂記與西游記
顧隨『中法大學月刊』10-5 1937.3

東墻記與西廂記
隋樹森『文史雜誌』2-5、2-6 1942.6

董西廂和王西廂
傅懋勉『人文科學雜誌』1957-2

王西廂與董西廂的比較
黄兆漢『東方』18 1968

評述王實甫改編的西廂記雜劇――與董解元西廂記諸宮調對比
柳無忌『幼獅月刊』48-1 1978

董西廂和王西廂
張明華『書林』1979-2

有比較才能鑒別――金西廂優於王西廂之我見
張國光『文學評論叢刊』1979-3

雜劇西廂記和諸宮調西廂記的比較研究 蘇興『社會科學戰綫』1980-1

論「西廂三幻」――鶯鶯傳、董西廂、王西廂
段啓明『西南師院學報』1980-2

西廂記、牡丹亭和紅樓夢
徐扶明『紅樓夢研究集刊』6 1981.2（後『紅樓夢與戲曲比較研究』所收 上海古籍出版社 1984）

王實甫和湯顯祖血淚寫戲曲　壽生『藝譚』1981-3
西廂記受南戲、傳奇影響之迹象　蔣星煜『徐州師院學報』1981-4
從董西廂到王西廂　蕭源錦『戲劇界』1981-5
獨創放異彩——牡丹亭與西廂記的比較　齊裕焜『名作欣賞』1982-1
呉曉鈴談西廂記、金瓶梅及中國俗文學　潘捷『明報月刊』17-11　1982.11
紅樓夢對西廂記的借鑑　蔣星煜『藝譚』1982-3
紅樓夢與西廂記　李夢生『紅樓夢學刊』1983-1
從西廂記、牡丹亭看桃花扇中愛情主題的發展
秦文兮『武漢大學學報』1983-2
董西廂和王西廂的「長亭送別」　傅義『宜春師專學報』1983-2
比較董西廂和王西廂的「長亭送別」　曾憲森『玉林師專學報』1983-2ˊ 1983-3
論「鶯鶯歌」對西廂記的影響　于德馨『四川大學學報叢刊』21　1983.11
鶯夢・離魂・游陰——西廂記・倩女離魂・牡丹亭浪漫主義創作方法初探
徐鳳生『江蘇戲劇』1983-11
倩女離魂是西廂記的反動么　姜志信『河北師院學報』1984-2
西廂記和『羅密歐與朱麗葉』的繼承與創新
呉金韜『寧波師院學報』1984-3
同是寫送別、語言各千秋——「長亭送別」與「元帝送姫」語言淺析
韓軍『天津師專學報』1984-3
湯顯祖與西廂記——有關崔鶯鶯、杜麗娘比較研究的一些看法
蔣星煜『江西師範大學學報』1984-3
在繼承中創新——比析董西廂和王西廂的「長亭送別」
傅義『名作欣賞』1984-4

簡論日本近代的中國戲曲研究　張傑『戲曲研究』1984-8
崔鶯鶯杜麗娘之比較　鄒自振『撫州師專學報』1985-1
董西廂與王西廂語言風格比較　賈慶申『許昌師專學報』1985-2
從西廂記、梅香中「賴簡」談起　劉蔭柏『河北師院學報』1985-3
羅密歐與朱麗葉和西廂記創作上的異同現象
呉金韜『中國比較文學』（浙江文藝出版社）2　1985
羅密歐與朱麗葉和西廂記的比較　桑敏健『杭州大學學報』1986-1
西廂記對金瓶梅的影響——兼談金瓶梅的作者問題
蔣星煜『華東師範大學學報』1986-1
從崔鶯鶯、杜麗娘到林黛玉　黄進『汕頭大學學報』1986-2
從「長亭送別」看王西廂對董西廂的繼承和創新
曾憲森『貴州文史叢刊』1986-3
盛開在天各一方的春葩——西廂記、羅密歐與朱麗葉的人生透視和民族性差異
岸波『西北民族學院學報』1986-4
一部罕見的古典戲曲悲劇論著——卓人月氏「新西廂序」簡介
陳多『曲苑』2　1986.5
西廂記・還魂記と紅樓夢をめぐる夢の發展——現實の中の夢から夢の中の現實へ——
竹村則行『日本中國學會報』38　1986.10
也談金瓶梅與西廂記——與蔣星煜先生商榷
周鈞韜『華東師範大學學報』1987-2
崔鶯鶯和杜麗娘　馬樹園『太原師專學報』1987-2
論金西廂對紅樓夢的影響　林文山『紅樓夢學刊』1987-2
從「鷩夢」到「離夢」——試論倩女離魂對西廂記的繼承與發展

歐陽光『文史知識』1987-4

試論鶯鶯傳、董西廂、王西廂中的婚宦矛盾
陳良海『貴州文史叢刊』1988-1

西廂記聖藥王與蘇東坡春夜　蔣星煜『文史知識』1988-2

崔鶯鶯與杜麗娘　王德威『河北大學學報』1988-4

一掬悲傷涙、傾訴兩樣情——西廂記和羅密歐的比較分析
方溢華『廣州師院學報』1989-2

從西廂記等四部名著看元明清戲劇愛情觀念的演變和發展
王開初『戲劇評論』1989-6

李漁的西廂記批評　蔣星煜『華東師範大學學報』1990-2

愛情題材　從發展層次上觀照（上）——兼論西廂記與牡丹亭之異同
寧宗一『戲曲藝術』1992-1

情愛與性愛——評西廂記和牡丹亭　鄧家琪『戲曲研究』42　1992.9

『世説』、『晉書』「韓壽偸香」與鶯鶯傳、西廂記的傳承関係
詹秀恵『中央大學人文學報』11　1993.6

王西廂・董西廂語言藝術比較　袁啓明／張粤民『名作欣賞』1994-4

滿洲旗人による近世漢語の繙訳の實態——金瓶梅と西廂記を中心に
寺村政男『中國語學』241　1994.10

あとがき

本書は、二〇〇二年十月に九州大学より博士（文学）を授与された学位論文「『西廂記』変遷史研究」を基に、多少の増補を施し、さらに学位取得後に発表した関連論文一篇を加えたものである。博士論文の審査委員として、主審の竹村則行教授（中国文学）をはじめ、柴田篤教授（中国哲学史）、川本芳昭教授（東洋史学）、静永健准教授（中国文学）の諸先生にご指導いただき、貴重なご教示を賜ったこと、ここに記して感謝の意を表したい。

思えば、九州大学中国文学研究室に入ってから博士学位を取得するまで、まる十年の歳月を費やした。この十年の間、大学院の指導教官である竹村則行先生をはじめ、多くのすばらしい先生方にご指導いただき、学位論文をまとめることができた。今こうして研究成果を世に問うことで、十年の恩のいくばくかを返せただろうか。今後もこの十年の恩に報いるべく研鑽していきたい。

私事になるが、筆者は日本に来る前に上海教育考試センター（現上海市教育考試院）で大学入試関係の仕事に携わっていた。その職を辞して日本に来たのは、その実、当時ブームとなっていた外国留学をしてみようという、いささか浅薄な動機に基づくもので、大学で中文（中国言語文学）を専攻したとはいえ、日本でその道を究めようと思い定めて企てたものではなかった。今思えば汗顔の至りであるが、このふらちな留学生を温かく迎え入れ、そして学術研究の道へと導いてくださったのが竹村先生である。文学作品に現れた楊貴妃故事を系統的にまとめ上げた楊貴妃文学史研究という先生の優れた研究を肌身に感じながら、見よう見まねで「西廂記故事」を題材とする文学作品を対象として研究に取り組むうち、次第次第に学問の道に対する思いを強めていったのである。

唐の小説「鶯鶯伝」から清の雑劇『第六才子書』に至るまで、様々な作品に作り上げられた「西廂記故事」は、典型的な才子佳人式の恋物語であって、長い間人々に感動を与え続けてきた。時代、作品のジャンル、そして受容者の階層を超えて、これらの作品が読者の心を虜《とりこ》にし、観客や聴衆の喝采を博した魅力はどこにあるのか。この疑問を究明するため、筆者は全体的な中国文学史における位置付けと具体的な個々の作品の考察から研究を行ってきた。まだ日本に来たばかりでちょっとした日本語つづるのにも四苦八苦していた頃に、日本語の言い回しから研究方法に至るまで、筆者を指導し支えてくれたのは、多くの先生方と先輩や友人であった。論文を仕上げるたびに日本語を添削してくれた九州大学中文研究室の多くの先輩や同学にはいくら感謝しても、し足りないほどである。

初任地の福井大学で筆者を迎え入れてくれた澤崎久和教授の温厚な人柄と謹厳な学風は、北陸の満天に舞う粉雪の美しさとともに筆者の心に深く感銘を与えた。現在奉職する九州共立大学の同僚である山本洋一教授は、ご多忙にもかかわらず、念入りに本書の初校をお読みくださり、語句や表現などについて教示してくださった。また、九州国際大学の芦益平教授には、留学の当初から今日に至るまで公私にわたってたいへんお世話になっている。これらの先生方に、この場を借りて厚く御礼を申し上げる。

最後に、本書を刊行するに当たっては、十年前に中国語教科書の出版からお世話になっている白帝社に、またお世話いただけることとなった。編集担当の杉野美和さんには、本書が少しでも読みやすくなるよう、諸般にわたりご助言いただいた。ここに心から感謝の意を表すものである。

二〇〇九年十二月二十一日

松本清張生誕百年を迎える小倉にて　黄　冬柏

や行

ら行

た行

な行

は行

ま行

さ行

索　引

一、本書に掲載された主な人名、書名および重要事項を対象とし、五十音順に配列した。人名や書名等であっても、論述上、肝要ではないと判断した場合は、採録の対象から外している。数字は頁を表す。

一、西廂故事を題材とする主な作品である『鶯鶯伝』(『会真記』『伝奇』)、『元微之崔鶯鶯商調蝶恋花詞』(『商調蝶恋花』)、『西廂記諸宮調』(『董西廂』)、『西廂記』(『王西廂』)、『南西廂記』(『南西廂』)『第六才子書西廂記』(『金西廂』)とその作者(元稹、趙令時、董解元、王実甫、崔時佩・李日華、金聖歎)は頻出するため、採録の対象から外した。また、西廂故事の主要人物である鶯鶯(崔鶯鶯)、張生、紅娘も採録しない。

一、本書のキーワードである「西廂故事」「恋愛物語」「才子佳人」は採録の対象から外した。

一、便宜上、『紅楼夢』『牡丹亭』などの書名の表記は、『　』を省略した。

黄冬柏（こう　とうはく）

1960年、中国上海市生まれ。華東師範大学卒業、上海教育考試センターを経て来日。九州大学大学院文学研究科博士課程修了、文学博士。九州大学文学部助手、福井大学教育地域科学部助教授を経て、現在、九州共立大学経済学部准教授。共著に『実用ビジネス中国語会話』（白帝社、2000年）、『わかりやすくおもしろい中国文学講義』（中国書店、2002年）、『漢語生活会話』（白帝社、2004年）、『やさしい中国語10課』（中国書店、2008年）、論文に「西廂故事の流伝と『伝奇』」（『日本中国学会報』第50集、1998年）など。

『西廂記《せいしょうき》』変遷史《へんせんし》の研究《けんきゅう》

2010年2月24日　初版発行

著　者　黄冬柏
発行者　佐藤康夫
発行所　白帝社
〒171-0014　東京都豊島区池袋2-65-1
電話 03-3986-3271　FAX 03-3986-3272
info@hakuteisha.co.jp
http://www.hakuteisha.co.jp/

組版・印刷　倉敷印刷㈱　　製本　カナメブックス

6914　ISBN978-4-86398-011-2